悄吟文丛

古耜 主编

第三辑

罗张琴

著

# 南来北往

中国言实出版社

**图书在版编目(CIP)数据**

南来北往 / 罗张琴著. -- 北京：中国言实出版社，
2024.1

（悄吟文丛 / 古耜主编. 第三辑）

ISBN 978-7-5171-4742-8

Ⅰ.①南… Ⅱ.①罗… Ⅲ.①散文集－中国－当代
Ⅳ.①I267

中国国家版本馆CIP数据核字（2024）第019512号

# 南来北往

责任编辑：佟贵兆
责任校对：张　朕

出版发行：中国言实出版社
　　地　址：北京市朝阳区北苑路180号加利大厦5号楼105室
　　邮　编：100101
　　编辑部：北京市海淀区花园路6号院B座6层
　　邮　编：100088
　　电　话：010-64924853（总编室）　010-64924716（发行部）
　　网　址：www.zgyscbs.cn　电子邮箱：zgyscbs@263.net

经　　销：新华书店
印　　刷：徐州绪权印刷有限公司
版　　次：2024年2月第1版　　2024年2月第1次印刷
规　　格：787毫米×1092毫米　　1/32　　10.125印张
字　　数：168千字

定　　价：59.80元
书　　号：ISBN 978-7-5171-4742-8

# 女性散文何以风光无限

## 古　耜

在中国古代，知识女性撰写锦绣文章虽系凤毛麟角，但属确切存在，易安居士和她的《金石录·后序》便是这方面的标本和佐证。不过作为一种创作现象或文学品类，女性散文终究是五四新文化运动推动妇女解放的产物，冰心、庐隐、丁玲、林徽因等才是其发轫与前驱，而女性散文真正的强势崛起和蔚为大观，则是从新时期到新世纪伟大时代的馈赠。

近半个世纪以来，在思想解放和改革开放历史大潮的强力推动下，从五四新文化现场一路走来的现代女性散文，越发显示出生机勃勃、阔步前行的态势：几代女作家进一步冲破陈旧观念的束缚和保守势力的阻滞，以崭新的精神风貌、饱满的生活热情和旺盛的创作精力，投身于变动不居而又生机盎然的生活现场，既积极参与公共空间的世相书写与问题探讨，又潜心关注女性自身的发展、提升与进步，从而不断捧出流光溢彩、质文兼备的散文佳作；一大批女性散文家正是在这种有内涵、有难度、有追求的创作实践中砥砺前行，逐渐登上一个时代的散文标高；而整个女性散文创作亦凭借持久的不间断的繁荣红火，成为当今时代散文现场勃发向上的重要一翼。恩格斯说："在任何社会中，妇女解放的程度是衡量普遍解放的天然尺度。"而女性散文的蓬勃发展正是女性解放的卓然呈现，透过它，可以看到国家的昌盛、社会的进步和民族的振兴。

女性散文何以风光无限，其中的原因应该有以下几个方面：

第一，新时期以来的女性散文创作，蕴含一种多方探索，跃动不羁的内在活力。曾有如是说法：在新时期的文学领域，小说、诗歌、戏剧乃至文学评论，都经历了强劲大胆的文体变革，唯有散文安步当车，依然故我，给人以陈旧保守的感觉。这样的说法是否符合散文的实际尚待讨论，但如果拿它来评价女性散文，则明显是圆凿方枘，失之偏颇。

事实上，女性散文并不缺少试验和探索。二十世纪八九十年代之交，"小女人散文"不胫而走，风行一时。其中掺杂的琐碎、无聊和自恋固然需要摒弃，但它对世俗场景的关注，对笔调的经营和细节的把握，以及由此酿成的较强的文本可读性，还是给散文创作以有益的启示。稍后，一种直接以"女性散文"为标识的创作群体亮相文坛。叶梦的《羞女山》、王英琦的《女性的天空是高远的》、韩小蕙的《女人不会哭》、张爱华的《关于爱情：往错了说》、斯妤的《也是叹息》、匡文立的《历史与女人》、唐敏的《女孩子的花》等一批作品，勾勒了这一群体的早期阵容。毋庸讳言，这些作品或多或少带有西方"女权主义"的影子，但更多的还是连接着中国女性实际的生命体验和观念认知，是基于自我感受的艺术表达，唯其如此，它们对于强化散文创作的女性意识，推动女性散文向纵深化和个性化发展自有重要意义。接下来，"新潮散文"和"新散文"交叉或次第登场，其中一批才华横溢的女性散文家，如周晓枫、格致、冯秋子、张立勤、陈染、塞壬、洁尘、杜丽等，以特立独行，高蹈脱俗的创作吸引着文坛的目光，其新颖的散文理念，个性化、陌生化的叙事风格，还有在语言修辞层面的苦心孤诣，剑出偏锋，均为女性散文的柳暗花明、推陈出新提供了有力借鉴，进而成为女性散文创新发展的重要资源和不竭动力。

第二，历史语境的转换和社会氛围的变化，为女性散

3

文的繁荣发展提供了特殊机遇。无论古代还是现代，个体人生的日常生活都是丰富和重要的，然而由于文化传统、历史条件和社会心理的复杂互动，在较长一段时间里，人们的日常生活并没有得到文学书写的青睐，相反常常被忽略或遗忘。新时期以降，随着社会主义市场经济的兴起和人的主体意识的确立，以及商品和消费理念的传播，日常生活开始越来越多地进入人们的视野，并迅速成为文学的主要表现对象。在这一过程中，日常生活不再单单是一种题材或景观，同时还是一种不可缺席的审美要素——即使是篇幅宏大的历史或地理散文，日常生活亦常常是一种基因性底色性的存在。也正是在这一过程中，女作家的特长和优势得以充分展现：约定俗成的社会伦理和家庭分工，决定了她们相对疏离公众诉求与商场奋斗，而更多同衣食住行、儿女情长缠绕厮磨；长期的家庭责任和亲情输出又让她们对日常生活拥有更多形而下的理解与把握；加之有现代女性的思想和知识就中加持，这使得她们笔下的日常生活不但栩栩如生，活力沛然，而且时常发人深思，耐人寻味。近年来很是活跃的女性散文家，如苏沧桑、陈蔚文、李娟、阿微木依萝、钱红莉、王芸、指尖等，虽然创作题材与艺术风格均有较大的差异，但其中异曲同工、美美与共的一点，便是对日常生活的准确把握和生动描摹。而正是这种对日常生活的成功再现，给当下的女性散文增添了别一种精彩和魅力。

第三，在散文和女性之间存在一种微妙而稳定的对话与契合关系。曾有研究者认为：散文是一种更接近女性的文体。这话初听会觉得笼统和偏颇，但细想又不无道理。如所周知，散文属于文学中的"自叙事"，它通常需要作家更多调动主体的才华和手段，以构建属于"我"的精神天地与情感世界。而在"表现自我"的维度上，女作家显然更得缪斯的神髓与钟爱。你看：抒情是散文重要而得力的表现手段，网络背景下，一些沉溺于匆忙叙事的男性作家不同程度地舍弃了它，而在阿舍、安然、许冬林的笔下，一种源于女性生命深处的汩汩深情，或与岁月同行，或请山川相伴，或携诗境共生，则是一派流光溢彩，沁人心脾，显示出"情为何物"的力量。自视与内倾是五四时期女性散文常见的言说特征，这一特征在当今女作家中不仅得以延续，而且获得新生。不是吗？同样的绵绵絮语和娓娓道来，以往主要是精神沉吟，心灵独白，如今则更多引入日月消长、万物更迭，将其化作人在天地间的哲思和同一切生命的对话，张映姝、祁云枝、朱朝敏、项丽敏等女作家的生态书写，可谓这方面的生动展现。尤其值得关注的是，一批女作家如李舫、何向阳、艾平、王雪茜、林渊液等，大抵从弗吉尼亚·伍尔夫的创作理论得到启发，在坚持女性散文基本特征的基础上，开始进行积极的吸收与拓展，如大胆突破约定俗成的题材限制，合理强化作品的理性元素和文化内涵，不断尝试多见于男性作家的技巧手法乃至风格营造等，所有这些都有效地强化了女性散文的表现力、感染力和影响力，同时也为散文的整体发展提供了启迪与借鉴。

正是基于以上事实，窃以为，当下文坛应当对女性散文多一些关注、研究和推动。也正是沿着这一思路，笔者在中国言实出版社的鼎力支持下，选编了旨在展示当下女性散文创作成就的"悄吟文丛"，并于2017和2021年先后出版了该文丛的第一、二辑，每一辑均包括十位女作家的潜心创作。现在该文丛的第三辑翩然问世，再次推出十位女作家，她们是朝颜、阿微木依萝、黄璨、宁雨、罗张琴、蔡瑛、蔺莉、张映妹、斤小米、张金凤。我热切希望读者能喜欢这些作家和作品，同时通过"悄吟文丛"，感受到中国女性散文的风采以及她们欣然前行的跫音。

（作者系著名文学评论家、作家）

## 流年

## 花瓣

## 焰火

3

流

年

# 南来北往

一

暗红笨拙的转轴，灰白不平的地砖。花团锦簇的油漆，袒胸露腹的锈迹。

蓝白杂陈的窗玻璃，绿意阑珊的爬墙虎。错落的墙角正将白杨枝叶间漏下的日光切割成冷峻斑驳的几何图影。

几只野猫被很深的墙的阴影拘围，它们一动不动，仿佛正在积蓄过冬前的足够温度。

院门是敞开的，却没能与曲折幽深的巷子连通成风的走廊。北京的风，喜欢的似乎永远只是高处。

它们从四面八方涌进这院子，却没有将你的长风衣横吹成一面鼓胀的帆，也没能让你手中拎着的稻香村点心盒一左一右荡激烈的秋千，而是直直顺着那几株颇有些年岁的白杨"蹭蹭蹭"往上爬。

它们在白杨繁茂又密集的枝叶间逗留、盘桓、嬉闹，发出高阔而细密的"哗哗哗"的声响，院子上方那一整片深醇的蓝天，就此成为风的海洋，而落在院中的那些黄绿相间的叶子则是风落在水底的影子。

院门外的地铁、商场、道路、人群，甚至喧嚣的一切，在你身后如潮水般散去。

"在皇城人海之中，租人家一椽破屋来住着，早晨起来，泡碗浓茶，向院子一坐，你也能看得到很高很高的碧绿的天色，听得到青天下驯鸽的飞声……"每次跨进这院门，你所喜欢的郁达夫笔下的故都秋意，就会成为你由压抑寒凉渐渐走向妥帖温厚的京城生活的一部分，这发现足使你的心，变得如秋日晴空般高远、开阔。你扬扬下巴，深嗅一口阳光，紧了紧手里稻香村点心盒，拎高行李无比轻快地跨了进去。

你是我的表妹，你父亲是我外婆与廖姓前夫生的第一个孩子，我该叫他一声"舅舅"的。刚刚你在首都机场落地时，一开手机，便收到你父亲经"深思熟虑"后同意与你们同住并拟定明日抵京的消息，你百感交集，欣悦无比。

这个一生漂泊、鳏居数载、宿命感极强的犟老头，终于能说服自己开始尝试为亲人牵绊停留了。你本想第一时间打车回家收拾屋子，以最明亮的所有迎接他的到来，行至中途又改了行程，让师傅先载你到商场稻香村专柜买了些点心。

自 18 岁离开南京到北京上大学、工作、结婚、生子……你似乎习惯了将稻香村点心选作为伴手礼。而事实是，你自小并不怎么吃甜食，对糕点类的东西更是提不起一点儿兴趣。选它，也许只是因为你来北京上学时父亲曾选它当作礼物送给你吧。尽管这礼物压根不合你心意，"塞"过来的方式也很是潦草，但它实实在在是你收到来自父亲送的第一份礼物啊。一想到一向跟自己远天远地的父亲居然能在北京给自己买礼物，你就觉得受宠若惊。你迈着单纯、轻巧的步履，在闪着粼粼波光、有着初夏般清凉芬芳的学院里打着旋不停转，心情就像蔷薇花一样明艳美好。

要知道，你盼收父亲的礼物已经整整盼了 18 年。18 年，如果从出生开始你便掰着手指头数的话，应该数了 6500 多天了吧。

也不知这犟老头，私心里究竟喜不喜欢这稻香村的点心！


二

在你心里，父亲从来就是一丛燃烧的荆棘，光华常在，温暖全无。比烟火明亮，比灰烬虚幻。你深深被燃烧吸引，也久久为荆棘所伤，后来如果不是母亲的点醒，你也许一生都无法真正理解他。

你一直认为他不喜欢你。因为，从小到大，不管你怎么努力怎么优秀，他都一概漠然置之，仿佛你只是两性关系领域下，被随手捏造出来的、没有感情色彩的一个试验品。关于你的长相、品性、情绪、学识、待人接物等等，他也一律是不过问的，更不要说有所期许了。你曾在心里评判他在你们家的地位，就是一个因某种原因必须受制于家庭的"优秀长工"或者说"赚钱机器"。

自你记事起，他不是在离开家就是在离开家的路上。每回离家，都要在外待好长一段时间，等积累了一些钱，便风风火火回趟家悉数交到你母亲手上，短则住个三两天，长则待小半个月，且将大部分时间都花在了与亲友喝酒、吃饭、打牌这些不知道有什么意思的活动上。待酒足饭饱，他便再一次挥挥衣袖独自仗剑走天涯，去到更远的地方开始新一轮的忙活了。

如此循环往复，便构成了一个父亲的全部。这一度让你陷入深深的自我怀疑，觉得一定是自己不够好或是在身世上存在重大隐情，让他失望、难堪，他才会忽视你、离开家。

你开始推测与之有关的所有可能。比方说，你是他捡来的孩子？比方说，你是你母亲和别人生的孩子？比方说，你身上存在不治绝症或致命缺陷？又或是他很迷信，而你的八字刚好克着了他……当这些可能都被你通过各种途径一一否定排除了后，天地之间，似乎便只剩最后一种可能了。那就是他骨子里重男轻女，一直想让你母亲给他生个男孩，偏偏这些年你母亲只生下你这么一个女孩。

别的东西也许通过努力可以改进或改变，唯有"女孩"本身，是老天注定的，人怎么努力都于事无补，你的内心深处突然涌起某种悲凉，但你没有绝望，因为，你毕竟是他的亲生孩子啊，未来只要你更努力懂事、更努力学习、更努力获得各种奖或别人的夸奖，他也许就能心理平衡，开始注意到你的好，再往后就能以你为荣了吧。

据我观察与了解，对于你父亲，与其说你是孝顺，不如说是在讨好，终你一生似乎都在努力地讨好他，想赢得他的赞赏与青睐、关心与疼爱。这种事实的存在，很大程度上对你的人生产生了很不好的影响，让你无论在生活中遭遇到了什么不平与委屈，首先想到的一定是自己不够好、要妥协、要退让。

高一上学期的某个深夜，突如其来的一声尖叫，划破屋子的宁静，你被吓得魂飞魄散，"腾"一下从床上坐起，冲进了你母亲的房间里。你看见母亲披头散发、交叠着双腿仰躺在床上，双目紧闭，嘴唇微张，脸颊潮红，大汗淋漓，有着溺水濒死之人般的虚弱。

想来母亲是梦魇了吧。你收束着无所适从的惊惧，走近并抱紧她。她从梦魇中清醒，然后告诉你不要紧，她刚刚只是梦到你父亲了。她顺手揿亮台灯，你发现她的脸上洋溢着一种奇怪又神秘的微笑，看上去很像是飘然欲仙在极乐世界的一种幻觉，又像是一个人窥视过《红楼梦》中的风月宝鉴后所能得到的某种虚幻满足。

那时的高中校园里，总有些少不更事又假装成熟的孩子会相邀躲在小角落，密谋说出各自父母或勇猛或缠绵的交合片断，虽然飘进你耳朵的只是含糊其辞的只言片语，却也算对你完成了非庄严途径的性启蒙，彼时，你大概也就明白了母亲梦魇的主要内容了。原来，父亲如长工般的循环往复，其实也构成了一个丈夫的全部。


三

乌云滚过漫山遍野的松枝，雨欲来，风满楼。一路无话。

你拉开家中窗帘，将整个别墅的窗一扇接一扇打开，就回到了自己的房间，好像在等待又或是在平息些什么。

她一个人在一楼厨房，无声无息忙碌着。你偶尔能听到一两声厨房电器的声响，像飞机掠着低空飞过时发出的那种动静，比惊雷温和，比哭泣响亮。

天全黑了。你一直不下楼，她来你房间，给你端来一碗你最爱的鸭血粉丝汤。你们各怀心意，吃得不那么尽如人意。她本想如常一般收拾下楼，走到一半，又停住了。过了一会，她返身折回，牵起发呆的你，一起进了书房。你隐约觉得有些谜底快要揭晓了。

人在接近真相时，是不是都很忐？也许吧，反正你说当时你坐在书房那个椅子上时，心里七上八下的，混乱得很，特别担心自己会被晴天霹雳劈中脑门，又特别害怕自己会因经验不足而来不及对她施救，饮恨终身。

"孩子，你可知这世上走南闯北的真相？"你不明就里，缄口不答。

"这世上走南闯北的真相大体分两种，一种是寻找出路，这出路，有时是生活所迫，有时是精神所需；一种呢，逃离牵绊，多数是情感上的牵绊。你爸这半生漂泊，属于后者，但他绝对不是你所认为的坏人恶人，也绝非不爱我们。事实上，他对这个家是毫无保留的。奈何这一生，他是被抛弃怕了的人，因为害怕自己被再次抛弃，他只能逼迫自己怀着恨意假装绝情、没有眷恋地过。因为只有这样，他才不惧"人生何处不告别"的痛。想爱又害怕爱，想恨其实也只是恨了个虚无，一辈子活成这个样子，我是知他心里苦的。他不知道要怎么面对，所以才选择不停逃离，以为回避我们、远走他乡就能不那么拧巴。我不恨他，只心疼他。希望你也要不恨他，理解并原谅他。也许等他老些，走不动了，他慢慢就接受这一切了。我一直等着呢……"

震惊之余，你还是有些心绪难平，那些看上去似乎可以恍然大悟的瞬间，依然夹杂了许多未曾说出口的委屈和幽怨。父亲害怕再被抛弃，那他那武断的、自私的逃离，对你和母亲来讲难道不是一种抛弃吗？己所不欲，勿施于人，为什么要扩大痛苦、延续伤害呢？当然，你不想再让母亲伤心，并没有再去争辩或控诉些什么。你心里明白，在这个家，小孩的情绪尚有一个母亲可以安抚，大人的伤口永远只有她自己一个人慢慢舔舐、修补。

我的母亲曾与我讲过她同母异父大哥也就是你父亲的大致经历。在你父亲 10 岁那年，廖家被"打地主"。一夜之间，整个家族分崩离析。你爷爷，廖家的四少爷，一个特别骄傲的人，难堪折辱，关进牢房不久就疯了，成了呆呆傻傻的痴人，后撞墙而死，留下三个年幼的孩子和怀胎三个多月的妻子即你奶奶、我外婆在那乱世艰难漂泊。

为挣吃食，外婆不得不随廖家姑嫂一起到集市练习摆摊，卖煎饼果子。谁知，屋漏偏逢连夜雨，外婆的娘家不久连卖煎饼果子的资格都被剥夺了。外婆只好去山上砍柴火卖，只是，鲜少做过家事又怀着身孕的她能砍回来几担柴呢？几个孩子眼看就要活活被饿死了。

外婆走投无路，眼一闭、心一横就往那条名叫乌江的大河跳，希望用自己和肚子里孩子的死来换三个孩子的生。是路过的大队民兵连长张生救下了她，并开始尽己所能对孤苦无依的她施以援手。

随着交往的深入，张生渐渐喜欢上了这个落难的好看的地主家的女人，决定冲破阻力娶她做老婆，并表示若廖家人明确表示不要她肚子里的那个孩子，他必定当亲生孩子一般照料养大。

这样的决定在当时堪称石破天惊，让山穷水尽的外婆得以面对新的天地，她终于可以不用每时每刻为三个孩子的生死提一口气、揪一颗心了。嫁到张家前，外婆将三个孩子妥善安置给了廖家的亲友：你父亲坐船走水路到南京投靠他五叔；你姑姑送到隔壁公社随她二姑生活；你叔叔则被他大伯收养照顾。

时局艰难，这段由历史造成的骨肉分离，让身陷其中的每个人，或多或少都留下了难以磨灭的心灵创伤。牢房那具血肉横飞的尸体，是10岁那年便开始追杀你父亲的凶器；乌江边上号啕难抑的悲声，是终生围困你父亲的楚歌；

长江行船的千里凶险，成为凝视 10 岁孩子的一口深渊；被叔父叔母远送新疆独自谋生，成了你父亲终生难以痊愈的暗疾。当然，还没完，后来他还因穷苦被初恋抛弃，又因疾病被师傅抛弃在了一望无尽的山东原野上。

天南地北，他的身份不断发生变化，有时是下放知青，有时是学开拖拉机的工人，有时是岗位不停得到调整和升迁的机关干部，有时是下海经商的企业主和业务遍及全国的职业项目经理人。变来变去，他始终没能治愈好自己。即便有了一个完整的家，他依然习惯以冷漠之名，如惊弓之鸟般地不断逃离。一个有天有地的大别墅里，空置你和你母亲，生活陷入如镜花水月般的虚无苍凉。


## 四

你是在你母亲骤然离世的那年冬天重新搬回到这里的。

刚参加工作、还没结婚前，在你父亲的张罗下，你曾在这短暂租住过。他说，这儿在南锣鼓巷边上，穿过银锭桥，就是什刹海，离故宫啥的可近了。最难得，房东是个可亲近的老太太，他已提前找人约好老太太在屋里头等。

你一直记得第一次到这儿时的场景。

自行车，蜂窝煤，腌咸菜的大缸子，冒着热气的火炉子，屋顶上火红的柿子，房檐上悬挂着的冰凌，盖着棉被的白菜垛，戴着虎头帽的小孩子，冬天的老北京大杂院，满满当当的，给人一种暖老温贫的热乎劲……你避开几只搁放猫食的旧瓷碗，向一扇粗简的防盗铁门走去。

一只狼狗突然从旁边屋子窜出大半个身子，扯着链条狂吠，那些隐藏在暗处的大狗小狗瞬间群情鼎沸。这集聚呼啸的声浪，仿佛险象环生的重峦叠嶂朝你压来，在你明显要失去定力时，穿着厚旗袍袄子、戴着葱白翡翠镯子的银发老太太踱着稳健的步子出来了。她人就这么轻轻往院子中间一站，世界立刻安静了下来。

二十来平方米的狭长天地，被改造成类似现在 LOFT 公寓的样子，原木风格，旧而不俗；大小床，高低柜，贵妃椅，鲜花绿植宠物，书桌餐桌茶几，光碟墨宝画作，全而不满，整体素朴温馨、清贵雅致，与老太太给你的感觉一模一样。

租房合同的字签完，你舍不得走，老太太笑了笑，留你喝了一会儿工夫茶。送你出门时，老太太说，瞧见没？咱这院子，今后可都属着你呐。

"属着你呐"，多动听的四个字啊！你当时忍不住向老太太讨了一个大大的拥抱。

下雪了。你一个人从大杂院跑去故宫看雪。

回南京老家过年，你挨在母亲身旁守夜，叽叽喳喳点评着南北两方不一样的雪。

你说南京的雪，一直都是小小的，轻逸的，像姑娘家脸上细细软软的透明绒毛，又或是小孩子嘟起来的柔软双唇。下雪的南京，各种声音淡淡的，仿佛暮色里的田园合鸣；各种足迹也是淡淡的，像洇散在宣纸上的墨痕；连乌云间的触碰都是淡淡的，像彼此挠着胳肢窝，又酥又痒的一阵悸动之后，晶莹的小雪籽便一粒粒从天下散落下来。雪籽滚过面颊，嵌进衣领，人像是站在烟波浩渺的长江，看流水清寒，特别贴近农耕时期旧时光的美好。

而北京的雪，却是大大的，厚厚的，势大力沉，定力十足，仿佛白茫茫之中埋伏着十万大军、百万大军，像摸不得的老虎屁股，又或者闭着眼和天地交着锋的九五至尊。

你用肩膀碰了碰她的肩膀，问她想不想以后每个冬天都去北京摸一摸雪老虎的大屁股，再把它像卷煎饼果子般卷起来？知她特别怕冷，你还郑重其事地对着炉盆火许了个愿，说你爸帮你租的大杂院哪哪都好，就是老了点，供暖跟不上，等将来你在北京有了属于自己的、供暖很足的新房子，一定接她过去一块住，给她温喜欢的米酒，放她最爱听的昆曲，让她靠着你的头、枕着你的肩入睡，就像小时候她哄你睡觉那样，等厚厚的第一场冬雪下下来，你就带着她去故宫，让她可着劲摸老虎屁股，让整座紫禁城吹胡子瞪眼。

这愿许得单纯、热烈又持久，持久到直到她去世，你也未能如愿以偿。你每念及此，就算站在盛夏的阳光底下，心里都会即刻下起一场纷纷扬扬的大雪来。


五

事实上，年轻的你只在那个大杂院住了两年不到就退了租，搬到南三环边上某小区 16 楼向南那幢总面积约 120 平方米的供暖很足的端户里去了。

但你没有接她过去。不是不想，而是不能。因为那儿只是你名义上的家，你完全做不了主，这真使你痛苦。

我说"名义上"，是陈述事实，一点也没因为你是我表妹而带情绪。法律层面讲，"南三环"房产证上只有你婆婆、公公、老公三人的名字。感情层面，就更不用说了，你婆婆从未在心里真正接纳过你。刚结婚呢，蜜月期都还没来得及开始，她就在你们去南京回门时，将房子密码锁的密码给换了。新密码她只告诉了你老公，回京时的你也就只能后退一步，跟在他身后进了屋。

人世间有些对立或者敌意，是与生俱来的，毫无道理可讲。谁都看得出来，你婆婆是故意的，纯心要给你一个"下马威"。

这个来自郊区的"老北京"，左拆迁右换房后，慢慢成了随时提着大嗓门、打马御街前的资深老市民。她一直想让儿子娶一个真正的北京姑娘，你有你的四合院，我有我的老胡同，大家互不算计，吃的喝的说的聊的还都万分相近，多放心多省事啊。可儿子怎么就娶了你这么个南京来的姑娘呢，真是猪油蒙了心。

房子主人，起先是你爱人的奶奶。奶奶年岁虽大，心却从不犯糊涂，你们定下婚期后，慈眉善目的她借口"人老恋旧"搬回了曾经的老胡同，不动声色地将这大房子腾让出来，给你们当体体面面的新房用。

知你婆婆"换密码"后，奶奶给你来电话说她想你了，让你得空来胡同里看看她。

你拎着在南京就给奶奶备好的礼物去她所住的胡同看她，一种强烈的似曾相识的亲切感扑面而来，你随即想到了那个租给你房的老太太和帮你租房的父亲，一时间有些哽咽。

奶奶拍着你的背说，孩子，奶奶知你娘家山高水远，今后要受了委屈你就到我这来说道说道，我来替你做主，这是一；二，要我说，我大孙子忒喜欢你，你心里也有他，过日子是小两口过，旁人怎么说怎么看，咱不在乎，就学奶奶，装聋作哑，对，其实奶奶耳朵好着呢，但谁要说我不想听不爱听的话，我呀，只定听不见……

你打心底里喜欢温暖可亲的奶奶，和她在一块有种说不出来的踏实和愉快。工作再忙，你总会见缝插针挤出时间去看她，有时是牺牲午休，有时是枪毙晚饭，有时是出差回京直接坐出租车拖着行李拐个弯过来。聊天，修指甲，梳头发，煮面条，捏脚捶背，又或是什么话也不说，只安安静静守着她打个盹……

奶奶生病后，你婆婆算计着老人家有多个子女，掐着所谓轮到该尽孝心的"本分日子"才施施艾艾向医院走去，在病房里完成任务似的短暂亮个相，很快借口要给一家人做饭就又走了。放心不下的你干脆向单位请了10天长假，夜以继日在医院做奶奶的陪护，帮她搓洗身体，端茶送水，做各种康复按摩。

奶奶肚子胀，排便困难，非常痛苦，你问过医生后在护士的指导下，用手指轻柔而持久地帮奶奶扣，直到她恢复排泄，从来没有丝毫嫌弃，所有人都以为你是在奶奶身边长大的亲孙女，只有你婆婆时不时撇撇嘴，一脸不以为然。

预感自己是在回光返照的奶奶，将所有能来的直系晚辈叫到跟前，交代后事，其中一项明确表示：她百年后（过世后），南三环那幢房子归大孙夫妇所有。

你沉浸在奶奶离世的悲伤里，压根没去想房子的事，反而是你婆婆可能一直为了那幢其实指向明确的房子坐立难安。你怀孕后，她说她要来照顾你和你肚子里的孩子，也没问你是否同意或需要，就直接带着你公公来了"南三环"，和你们住在了一起。

你婆婆从来是个小气的人，却在"搬家"的第二天就破天荒地将你爱人的姑姑姑爷、叔叔婶婶等一众亲戚请进了家门，好吃好喝招待。趁大家伙耳热微醺，她突然话锋一转说，考虑到你们夫妻还年轻，而他们也健在，实在不好提"继承遗产"，便商量着先将房子过户到他们名下，当然，会带上你爱人的名字以铭记奶奶遗愿，特请亲戚们来作个见证，省得日后说三道四……三分凉薄、三分讥诮、四分漫不经心，说的就是你婆婆那天的样子了，果然是个算计的行家。

新的房产证很快下来了，那并排列着的、看上去与你生命紧密相连的三个名字，多像是一长串意味深长的省略号啊。

## 六

你虽从未对这房子有所觊觎，但又着实反感你婆婆时刻提防你这个外来媳妇的简单粗暴，这足使你产生某种羞辱感，并派生出强烈的寄人篱下的疏离感。

你跟我吐槽的时候，我义愤填膺地帮着腔，批评你摊上这么个"下马威"，当初当真也是猪油蒙了心。你却不乐意了，说，会算计的是她，可不干自己老公什么事。

2016年春夏，我以学员身份在北京鲁迅文学院脱产学习了4个月，你高兴得不得了，仿佛自己中了彩。

周末一有空，你这东道主便领着我往好吃好玩的地方走。老北京酸奶、东来顺火锅、胡大龙虾、后海私厨最拿手的椒盐皮皮虾、松松软软的舒芙蕾下午茶；美术馆展、故宫画展、歌剧、话剧、音乐会、酒吧钢管舞、798街头行为艺术……五一后，去了天坛，我们两个"中年少女"，一东一西分站回音壁两端，玩"对着墙壁轻声说出一个秘密"的小游戏，我知道了，你有个鲜为人知的笔名叫"初夏"，当初是为了纪念初恋而取的。

初夏如初恋，冷一分料峭，热一分躁动，这名字取得多好啊。我朝你一竖大拇指，你就和我交代了你的初恋。

"北平的五月，那是一年的黄金时代。"经过一场温度适宜、力道正好的雨，那些在春天生发的新叶更见饱满，窸窸窣窣的阳光洒下来，浓与淡被调配得分外均匀。当身穿白衬衫、黑夹克及黑长裤的陌生的他骑着摩托车到你宿舍楼下通过宿管阿姨喊话找你的时候，你似乎看到了阳光下最清新动人的梦。

"你是某某某吗？你父亲来北京了，我伯父让我来接你，一起吃个饭。"他递给你一个粉色头盔，你很自然地就坐在了他摩托车的后座上。

长辈们喝酒吹牛谈项目，实在是太无聊了。他显然注意到了，他对你挑眉一笑，用眼神示意你跟着他开溜。

月色清朗，护城河杨柳轻动，水里闪烁星星与城市灯火心意相通的交响……北京初夏的那个夜晚，他没有跟你聊元大都、紫禁城、北平、首都，只跟你说秦淮河的桨声灯影、玄武湖的湖光山色、铺陈栖霞的漫山红叶、"青砖黛瓦马头墙，回廊挂落花格窗"的民居院落以及穿过南京的滚滚长江。当然，回餐厅前，他说的是你的眼睛比星星还要明亮，明明是晚上，他却总想起初夏的阳光。

你没喝酒，却有了酒醉的微醺感。席筵接近尾声，长辈们将脸看向你，嘴巴逐个翻动，明显都在跟你说着什么，可是，要命，你完全没办法集中注意力来听清言语的内容，为不失礼，你只能频频点头、微笑，微笑、点头……告别时，大家都在鼓掌，你下意识地也跟着鼓了两下，仿佛自己刚刚是在真人剧场心不在焉地观看了一幕似懂非懂的默片。

结束了，你默默跟在父亲身后离场，但似乎远远没有结束，你能明显感觉到他正默默跟在你的后头。晚风轻拂，你顺势将头微微一侧，余光恰好瞥见了影子的故事。故事里，你的长发不停拂过他的脸颊，那枚好看的发夹刚巧落在他的心尖上。

"初夏那百感交集的一顿饭啊！"回到宿舍，你满心欢喜，在日记本上写下这样一句话。

你们开始约会，就着咖啡厅裹着槐香的清风，在卖芍药花的平头车子前接吻，肆意贪恋索取如阳光般的口腔温热。胡同里，不时传来"樱桃熟了"的叫卖声，一切都是北京初夏独有的味道。

要毕业了，你对编制没有执念。在你的理解里，"铁饭碗"中的"铁"是"打铁还需自身硬"的铁，没有金刚钻，瓷器活揽到也是白搭，就像婚姻，一纸婚书从来不是一劳永逸的安定法器，如果没有感情基础，没有相互欣赏、成就和包容，很难奢望天长地久。所以，当他伯父向你抛出橄榄枝力邀你去公司上班时，你不仅没拒绝，还隐隐有些期待，进了伯父的公司，你便可和他如舒婷诗歌中的木棉、橡树一般，一起开疆拓土，并肩抵御世事动荡与人性荒寒了。

两年后的初夏，你们步入婚姻殿堂，很快，你就有了身孕。有些难过的是，那些人生大喜的到来竟意味着你人生初夏时光的结束。

## 七

"南京厂区长大的姑娘，连豆汁都喝不惯，一顿顿，吃那么精细，瘦得像麻秆，怎么养孩子？每天非得把头、澡、衣服洗那么勤，穷讲究啥，整个就是浪费水和时间。哪个女人不怀孕，一天天这儿不舒服那儿难受，都赶上皇宫里的娘娘了，还能指着她下班回家帮着做饭、收拾屋子？"

说到上下班，你婆婆更来气了，"好歹也是北京上过好大学的人，正经考编的事压根不想，非腆着脸面讪上人亲戚。"同一屋檐下，你无意间总能听到婆婆这些搬弄是非的挑唆话语，当然，人家压根不避你，本来就是要说给你听的。

起初，你不过是心里苦笑了一下。"十年修得同船渡，百年修得共枕眠""百善孝为先"，你不想因口舌之快去怨怼她，更不想用口舌之争来伤害你们夫妻间的情感。这苦笑，既是对自己逼迫自己必须孝顺她的嘲弄，也是对自己面对挑衅时毫无脾气的迁就。

可你的隐忍，并不能平顺你婆婆的心有不甘，更别想消她的语言刀子于无形。因为她始终对你的外地出身充满警惕，总是想方设法来试探你的反应，又或者用横挑鼻子竖挑眼的激烈言辞来刺激你的情绪，然后，抓住你的要害，用以在她儿子那证明她的正确。

怀孕的人本来情绪就不稳定，精神也不太好，你似乎有些神经衰弱了，即便勉强入睡也总被噩梦惊扰。

每一个噩梦醒来的瞬间，你下意识伸出双手向你老公求抱。起先，他还会配合，再往后似乎就心生嫌恶了。也许，有你婆婆强力"加持"，他已然在心里把一个孕妇的脆弱当成了惯用的伎俩，认为目的不过是在变相给他施压，逼迫他声讨他的母亲吧。

他拒绝给你象征安慰的拥抱，偶尔还给你来一句诸如"南方女人就是矫情"之类的话语。当你想要提一些饮食或情绪方面的要求时，他不是以整个后背的僵硬来传递无声抗议，就是起身走向小阳台，背对着你吸长久的烟。你在烟雾缭绕中咳嗽，他的烟头在持续的黑暗中明明灭灭，心思扑朔难辩。

你突然就对平衡物理学充满了莫名恐惧。在物理的世界里，构成平衡有三要素，天平两端各执其一，核心是支点。天平两端的较量，一端轻一端就重，一端退一端便进，当一端退无可退的时，如果支点，只是一支接一支没有态度或心思难测的烟头的话，那所有平衡的美好终将如烟雾般消失。

八

我深深理解你的恐惧。

我同事的婆婆，平日里看着人畜无害，手段却也很惊人，堪称一把神龙见首不见尾的"软刀子"。

二胎放开后，对"抱孙子"充满执念的同事婆婆，有事没事就带着一堆草药偏方往儿子家里跑，饭桌上吃着饭呢，频繁关心儿媳妇什么时候"洗身上"（来例假）、儿子吃没吃补药？

其实同事并非不想生二胎，孩子是上天的礼物，她只是想顺其自然迎接他的到来。

也许是思想压力太大的缘故，好不容易怀上孕的同事，在快满 3 个月时流产了，医生交代好好休养，欲速则不达。可婆婆不配合呀，她索性长住儿子家中来"逼孕"，每天在小两口耳边变本加厉地喋喋不休，不是说东家谁谁谁生了，就是西家谁谁谁做试管了，更或者说哪家把那不肯生的儿媳妇给离了，完全一副"再生不出就换人"的丑陋嘴脸。身心俱疲的同事，跟老公讨说法，希望他能明确表态，说服他妈别再介入他们的生活，可他在最该有态度时选择了沉默。

没有态度其实已经就是态度了，在同事眼里，这是再清晰不过的选择，某种意义上，他其实成了与婆婆合力"绞杀"自己人生幸福的帮凶。同事没有过多纠缠，很快与他离了婚。

都说天底下的幸福大体相似、不幸各不相同，其实，在大多数女人心底，不幸也是大体相似的。婚姻生活中，作为平衡支点的男人如果在该有态度的时候选择沉默、不分对错，又或在矛盾发生时避重就轻，模糊是非，于女人，是很致命的伤害。须知，不管是从血脉亲情的角度，还是家族姓氏领域，女人天生就是孤独的他者，从来都需要更多一点的爱和关心，来弥补她们因性别而缺损的安全感。

我曾经也因爱人没有态度而心灰意冷过，差点就将离婚脱口而出。

作为典型的水瓶座，关于"最难以忍受的事"，被我排在第一位的是：明明看到，不回信息。若这人是不相干的外人倒也还好，无效社交而已，知其没礼貌不堪托付，以后少打交道就是。但若这是自己平日待她还不薄的晚辈，真就该炸毛了。

是的，与这晚辈有关。她不回我信息，我还能理解她或许在忙，无法理解的是她把该回给我的信息很快回到我爱人的手机上。对这种谜之行为，我万难理解，也很生气，当然，并非是气她的轻慢，作为一个成年女性，我清楚自己的底气，完全不必在一个小辈身上刷这样低端的存在感、较那么不对等的劲。让我真正失望的是爱人的态度。我想着，哪怕是从教她为人处世这样一种中立观点出发，爱人也该客观指出她的不对，并让她打个电话给我一个这样做的解释。

可爱人呢，仿佛一大家子人全是他的逆鳞，说不得一星半点不是。我跟他摆事实，他给我翻白眼，说我小题大做；我跟他讲道理，他起身向阳台，用一个不算高大的沉默背影阻断我的言语，之后，又潜入厨房，用抽油烟机的轰鸣表达愤怒，就差把"不可理喻"四个字悬挂在虚空了。我突然意识到问题根源所在，所谓晚辈不知礼全是表象，爱人的行为、想法、观念才是根源是本质。

那个夜晚，抽油烟机的轰鸣在我脑中久久盘旋，我的沉默震耳欲聋。我们开始了有生以来最长的一次冷战，整整 15 天，两地分居的我们没有电话没有视频，俨然走向陌路的两个人。最后还是因为孩子的牵扯，这才各自妥协，重归于好。

## 九

可在你的婚姻里，孩子的作用力似乎是反向的，当然，你并不认为反向作用不好，依你的性格，能将你从令人窒息的生活中彻底解救出来，唯有孩子能做到。

　　进进出出，你婆婆脸上时刻下着淅淅沥沥的雨，而曾经最爱你的那个他在撤退。他的撤退，与你父亲当年的逃离看上去风马牛不相及，但对你的伤害殊途同归。

　　你母亲突然病危，陷入深度昏迷。听闻噩耗，你五脏俱焚，手足无措。可你婆婆借口"他们一个老寒腿发作，一个腰椎间盘突出，需有人接送孩子"，硬不让你老公陪你一块儿回去。

　　过往种种如老电影般在你失神发愣的眼中闪过。月子期间，只有晚上她才会端出几个像样的菜，因为那时你公公和爱人都回家了，而只她与你在家的中午，永远都是大白菜乱炖；半夜给孩子调喂奶粉，从没有人起来帮着搭把手；孩子裤子尿湿了，她不洗，直接放阳台，说晒干一样穿，还说要觉得她说的不对那就自己洗……但凡矫情点，每天都得泡着眼泪过。

　　几乎所有生孩子的女人都是讲究做月子的。月子里，不能吹风，不能流泪，双手不提重物，十指不沾凉水，每餐饭食都得新鲜热乎并配以有营养好消化促奶水的汤汤水水。我做月子那会，父亲每天五点不到就去县里的屠宰场排队，只为能买回一副新鲜的猪骨髓，煲一盅酒酿猪髓红糖水给我当早餐的饮品。而母亲每天都会煮一锅滚烫的艾草水，待它自然凉到手可勉强扛住的温度时，将毛巾放进吸胀再拧干，递给我擦身体。

你的内心先是升腾起一股深深的失败感，继而又有黎明太阳快要穿云而出时那种如释重负感。怎么说呢，就像是一只出了故障、悬在空中半死不活很久很久的热气球，突然被一根横空出来的尖锐长刺扎破。"嘘"的一声，气泄了，它终于能心安理得地掉进大地母亲宽厚的拥抱里。

你母亲没能熬过南京罕见的那场大雪。仿佛是种弥补，当你抱着她遗像降落机场的那一刻，北京也下起大大的雪来。

彩灯在窗外摇曳，积雪覆盖了远方的山顶。你仿佛看见几只表情凛肃的喜鹊，在故宫台阶上跟跄着迈步。厚厚的雪卷起来，把所有尘埃都卷走。整个城市，阔大又微渺，柔软又坚硬。你有些茫然，下意识回看了曾经走过的路，想着，或许从一个房子结束，便可以从一个世界开始。

你收拾自己和孩子的行李，搬回了父亲曾为你租住过的那个大杂院。从此，进进出出，映入你眼帘的全是孩子天真无邪的笑脸。那笑脸，像一个小小的太阳挂在你的世界，让你心生感动与希望，似乎每天都有迎接新生般精神抖擞。

流动的命运中，没有什么是永恒不变的，所有我们经历的美好的、不美好的过往，都只不过是命运之手企图借用外力对我们进行涂改、重塑，我们不必恐惧，也无须逃避，挟带阳光前行，做自己的主人就好。

又一个初夏，当你老公拎着他的行李走进这屋子的时候，你似乎觉得你的母亲，正隔着遗像框，狠狠给了你一个长足而温暖的拥抱。你看着孩子好奇翻动她爸爸行李、蹦来蹦去的小太阳一般的模样，想哭又想笑，鼻翼轻微翕动。

明天，那个犟老头也要来了。南来北往，爱是牢笼，更是救赎。空气里，挟带阳光的你的身体，穿过一个人，穿过无数个人。

# 体育场

城北到城南，约六华里，我沿跃进路往体育场方向走。

三月的阳光温而不烈，流水一般，缓缓、缓缓漫过我的心田。街道两旁，草木萌芽，玉兰花事隆重。我想到许多意象：诗意的黎明，烟火的黄昏，聚拢船舶的港湾，抚摸田园的江河，老人在墙根下走动，孩子在草地上翻滚，月光下的深吻，风雪夜归时的一炉炭火。

体育场离老房子很近，是小时候的乐园。明明是敞开的空地，偏偏喜欢假装存在一扇门。三个十分要好的小女孩对着虚空齐整拍打，"咯咯"笑几声，"门"似乎就开了，争先恐后跑进去，想象锦绣之园扑面而来。我们仨对着不同的花朵唱歌，追着蝴蝶跳舞；捡滚落场边的篮球，屁颠屁颠将球一致送给场上那个长相最好的大哥哥；挤在一起，买一根一毛钱的盐水冰棒，你一口，我一口，她一口，一边咂嘴，一边目送小贩斜挎着木制冰棒箱走远；闲坐低矮的护栏，互相编玩散了的麻花辫，大声说出各自幼稚又善变的人生理想……

更多时候，我们仨喜欢各选一条跑道，在属于自己的轨迹上奔跑。跑道是环形的。尽管速度有快有慢，但跑的圈数一多，不同的轨迹便似乎重合并组成开阔平面上的同心圆。我不再是我，你不再是你，她也不再是她，我们仨融在一起，成为同心圆上的一个点。点被一种无形力量所约束，始终规规矩矩，绕着圆心开凿好的长短半径前行。在圆点式周而复始的生活模式下，时光恰如电影镜头一闪，不停奔跑的我们仨，长大了。

在电光火石的生命过程中，我时常揣测命运的模样，我觉得命运的本质，是一场脱离不了圆心的奔跑。我时常会有种命运与体育场捆绑在一起的强烈感觉，对此我十分警惕。每提起命运，我总联想起那个未成年的天才狙击手。还只是个稚气的孩子，正光着屁股蛋子撒尿呢，目标一闪现，便迅速端起枪，瞄准，射击。眼里再无半点天真，一派腾腾杀气。怎么能甘心一辈子框在射程范围之内坐以待毙呢，我告诉自己要不断努力，往更远的远方跑。

一个女疯子捂耳尖叫，张皇地挺着大肚子从我身边跑过。有那么一秒，我以为危险在她身后。很快，我意识到，她其实是在恐惧她的大肚子，她拼尽全力想要超越，想把危险甩在身后，可她发现，那是徒劳，那个状若圆球的肚子永远在她身前，嘲笑她的气喘吁吁。此刻，孕育生命的子宫，成为这世上一个最沉重的黑色幽默。

女疯子跑远了。她的尖叫还在耳郭上打着呼哨，摩挲我的记忆。你的尖叫在记忆里被激活，串联起巨大的声响。

你是"我们仨"里的那个你，比我大一岁，是一个温婉良善的畲族姑娘。你读的是师范，先于我参加工作。我还在读师专的时候，你就恋爱了，对象是乡政府的一般干部。你写信告诉我：第一次约会约在体育场，他给你买了一盒和路雪的冰淇淋；他说你吃完冰淇淋的嘴巴红嘟嘟的，像鲜嫩的草莓，特别好看；他忍不住亲了你，你居然没有生气，还觉得很甜蜜；你说他笑起来有两个很浅却弧线很长的酒窝，像特别迷人的小太阳。你在爱情里沦陷。

结婚后，你像一株向日葵，心无旁骛追随着你的太阳，把人生的喜怒哀乐全部建在情爱上。他说不喜欢女人出去应酬，你便每天两点一线只往返于学校和家庭；他说现在生活刚起步，你便从此不乱花一分钱；他说审美流行骨感，你硬是咬牙节食瘦成麻秆，这使你很长时间都没能怀上孩子。县里培养少数民族女干部，组织找你谈话，让你去乡政府当副乡长，他脸一沉，你想都没想，就拒绝了。

你努力委屈自己，尽量过成幸福的样子。可从来不是所有深情都会被善待。你的太阳总被密布的乌云裹藏，一直也没能发出耀目之光。照不亮前程的太阳，便只会理直气壮黯淡身旁那一株向日葵，越往后，向日葵所承接的阴影越大，你显出一种怯生生的微渺和自卑下来。那种怯生生的微渺感，总让我想起，老电影里那抹在墙上摇摇晃晃的树影。风一吹，树影就碎了。

我生平只听过一回你对他的抱怨，你说："平日里口口声声让我做简单本分零交际的主妇，却总夸奖那些交际花般眼睛打流星、手段玩得转的活跃女人；平日里口口声声说女人不能太物质，却总埋怨我没有像别家老婆有一个天南地北炒房子的大心思。我实在是迷茫了，究竟怎样才是好？"

知道你怀孕的那天，天气很好，深秋的阳光像细细滤过的金沙，铺展一地。你举着化验单，笑得很灿烂。我下意识牵着你的手朝亮处踱了两步，这样你整个人便显得更有生机和光彩。时间很快的，看着吧，几季花一开，就瓜熟蒂落了。嗯，有了孩子，一个家就热闹了，兴许他心情也就好了。你边说边把棉布裙的皱褶细细理了一下，动作无比轻柔。我陪你在体育场长长久久地坐，长长久久地憧憬。你说该回去做饭了。我摆一摆手，你也摆一摆手。你没有回头，我看着你失散在人群中。

某个黄昏，我在体育场看到一个疯子，是你的样子。

我拒绝相认。怎么可以相认呢，那多可笑！你不是应该大着骄傲的肚子来见我吗？那个蕴含你美好未来的大肚子怎么可以说不见就不见了？生活，谎话连篇。连亲爱的母亲也跟着外人一起骗你，母亲说，你怀的是女孩，而他想要的是男孩。他让你去医院引产，你迟疑了。这是唯一一次你对男人的要求产生迟疑。仅仅是迟疑了几天，男人下重手打了你。一个趔趄，你摔倒，大出血。孩子没有了。当医生告诉你，从今往后你都不可能再有孩子的时候，你失声尖叫，疯了。

可是，我知道，疯子忠于自我，疯子的世界没有谎言，疯子用一切行动、表情告诉我，你真的疯了。

你知不知道，那天的夕阳，是没有光焰的，天空溢满紫灰的孤独。

泪水从颤抖的指尖缝隙滴落，我逃也似的离开，一个人，躲进房间翻看《西方美术史》，看挪威画家爱德华·蒙克的那幅名画《尖叫》——天空，血红色；独自站在天桥的人，正捂耳尖叫；而桥上的行人却毫无所动；尖叫者在孤离和恐惧中痛苦。强烈的色彩渲染了日落的无奈，人物被极度扭曲，头形与骷髅几乎无异，身后的河流与天空随之变形，尖叫声化为可见的战栗。

风于暗处吹来，寒凉不期而至。

与你不相认的那个黄昏，我本意是去体育场看一则通知的，一则关于公开选拔干部的考试通知。我很想报名参加那场考试。可是，老公坚决反对，他说这是一个女人赤裸裸的野心，他说女人一旦公务缠身就会抛弃母职、背弃家庭，他说考了去了，我们的婚姻也就到头了。

我不擅长吵架。吵架是损耗、是面目狰狞、是恶语相向，会勾连起太多的旧怨与不满。我对老公说，好，我不考。

台湾有女学者说，婚姻幸福的另一面无可避免地是个人意志的削减，用泯灭个性和理想的方式来顺从配偶，其实会难受。削减就削减吧，难受是隐秘的。只是，我没能管住自己的委屈，已经决定不考的我，还是一个人，跑去体育场，反复看那则通知。

看通知的时候遇见你，虽残酷，但从某种意义而言，却是命运对我的恩赐。疯了的你让我警醒，女人不能没有自我，必须有独属于自己的光芒。后来，我参加了那场考试，并在业余时间开始阅读、尝试写作。一步一个脚印，踏实走，命运的轨迹也从乡村来到县城再入省城。一个有自我并关照他人的生命迸发着蓬勃、繁荣和喜悦，仿佛春天，我的老公接受了春天的种种美好，我们的儿子在之后的一个春天降临。

丁字路、篮球场、花圃、球馆、路灯、店铺、景观树、公告栏……一切都还在原来的位置，但一切又分明不一样了。县委、县政府等单位相继搬迁后，体育场很快成了风云旧迹。县里有了新的接待中心，永丰宾馆的使命终结，成了一座空荡荡的旧园子。园子上了锁，一条百无聊赖的狗从有些破损的铁槛栅里挤进去，大概觉得园子太过冷清，很快又怏怏地跑出来。

篮球场真是消沉了。那时候，多热闹啊，几乎月月有比赛，车把路都挤爆了。记不记得那年，市里的县级领导干部篮球赛就在这儿举行。一个女干部喊加油，为了被主要领导看见，都冲进半个球场了。

我最难忘的当属一个夜晚的体育场。

那个夜晚有好看的月光，宁静伸得很远，远到体育场似乎与唐诗宋词里山音寂寂的小乡村接壤。一对父女迎面走来。五六岁的小女孩穿着一袭公主裙，骑在父亲肩膀上。他们用英语小声交谈。我听懂了几个特别温柔的单词，"moon""light""dream""smile""family""tomorrow"。他们在月色中走向更广阔的地方，我是万万不能再辜负那样的夜晚了。

体育场的特产专卖小店，门可罗雀，店员（也可能是老板娘）正张罗附近照相馆、复印室的人来打麻将。麻将机开启时"嘀"的那一声响，让整个体育场似乎愣怔了一下，我就这样想起"我们仨"中的她来。她，爱打麻将，白天黑夜，熬得精瘦精瘦。

我很难过。想起她的时候，我头脑里反复浮现的是电影《黑天鹅》里的那个禁欲系妈妈的模样。黑色的衣服，呆板的盘发，一张便秘脸，深深的法令纹，过于神经质的眼神，永远在绝望地画着画。这带点隔膜的模糊形象就像遥远站台上挥动的手臂，让人心里的难过蔓延得愈发透彻。

她与你同岁，老公做生意发达后，一门心思让她辞职回家，照顾宝贝儿子。有钱人家，不为衣食忧，又早早完成了传宗接代的任务，她每天的大事就是怎么把自己打扮好、安排好，我俩常说她命好。

一天，她很惶恐，对我说要"金盘洗手，戒麻将"，并到处打听能让女人长胖的方子。问她原因，支支吾吾不肯说。她把红枣、阿胶、鳖、海参等一盒一盒买回家，又买来各种砂锅、瓦罐、汤钵，每天照着方子熬各种汤药。龟肉百合红枣汤、甲鱼滋肾羹、参麦甲鱼、银耳鸽蛋、蛤蜊麦门冬汤……吃到想吐，想流泪，还是一点、一点往嘴里塞。原来，她的老公已经长久没有碰过她的身体了。婆婆告诉她，发达的男人更喜欢丰满的女人。

她，终于有了圆润之态。她想他，求他回家，以陪陪儿子的名义。他偶尔会心软，答应回来。在他可能回来的那段时间，她忙得无比隆重：去最贵的店里做头发，买最好的套装做护理，不停去各商场选购衣物，从里到外，从头到脚；每天提前几个小时起床，化最精致的妆，对着镜子练习迷人的微笑；买花买绿植买CD带买全新的被套床单和枕巾；学泡工夫茶、学做西点煮咖啡；请阿姨每天来家打扫，每一处都要闪闪发光。

可他终究还是没有碰她，这与圆不圆润没关系。他在花花世界里早已迷了眼，而她婆婆却认可了自己儿子的振振有词："这些年，除了享受、花钱，她还知道什么？她早就该被社会淘汰。我需要的是一个能与我一起开疆拓土的知心伴侣，同甘共苦。"

说这些的时候，他一定忘了有一个词叫"牺牲"；他忘了当初是自己强烈要求她"回家"做全职太太的："母亲，是一个动态的词，可不是一个称呼那么简单，生下儿子只是开始，他长大的路长着呢。赚钱养家是男人的事，你是母亲，教育好、照顾好孩子，责无旁贷。答应我，回家。回家，做我最巩固踏实的大后方。"

她有一次，跟我聊了一个多小时，专说她的失眠：就是睡不着。一关灯，墙面、天花板甚至地板都会流动起来，像电影幕布，不停闪播他跟别的女人赤身裸体纠缠在一起的画面。她感觉自己的婚姻陷入了黑夜，不是满城灯火的那种夜，而是停电之后，伸手不见五指的黑。没有光，暗重重往人身上倾轧过来。

她，越来越瘦。她干脆把家里所有买来熬中药、炖补品的各种罐子统统扫进了垃圾桶里。

某天，我和她在老树屋喝咖啡。她用兰花指捏着汤匙，慢慢搅动那一杯有笑脸的卡布奇诺。笑脸被搅得面目全非，一种苦味呼之欲出。她很轻地问我，人活着是不是只意味着长久地生病？病人很可怜，既不能去控诉对方，也不能去指责命运。她端起杯子喝了一口。我注意到这时的她，嘴唇紧闭、眉峰紧锁；双腿并得很拢，拢到脚尖都不自觉地用力踮了起来；华美皮草上的长毛被压出许多皱褶来。我保持沉默，不敢弄出一点声响。我担心，哪怕只是我的手轻轻一拍，她会如乌鸦受惊般，"嘎"的一声，让天空划出慌乱的弧线。她突然把杯子扫在了地上。巴洛克风格的杯子碎了，碎片在地面，闪着凛冽又阴郁的光。

她的离婚协议书是在那晚白晃晃的灯光下签的。白晃晃的灯，白晃晃的白纸黑字，最后按了猩红的手印。

前夫很快娶了新人，又生了孩子，有了与她无关的新生活。她一度很厌世，几乎不出来见人。数月后再见，她抽着女士香烟，很平静的样子。她平静地告诉我，辞去工作的这些年，没有精神追求，心气就散了。离婚后，不能养活自己的恐惧压倒一切。后来，前夫答应每个月给她五万块。五万块，拿在手里，挺沉的，沉甸甸的安全感，下半辈子她只一心一意做儿子的保姆，做好"母亲"的角色，至于男人是不愿再去想了。

她开始频繁去美容院做身体，三天两头一趟。她不避讳，跟我说美容院的小姑娘手有魔力。精油抹匀，手从背部后面伸向乳房，按摩了十分钟。之后，手把臀部包裹，揉面团似的打着圈按揉。精油有保健作用，身体开始发烫，人有迷迷糊糊的舒适感。她时常在那种感觉中失声痛哭。

哭是一种宣泄，松绑心灵的同时抚慰困境中的自己。

在省城，我一个人哭过许多次。寒风凛冽，电动车突然爆胎，茫然四顾的女人狼狈推着它走了整整七华里；新装修的房子，阳台被堵，水流汹涌，惊慌失措的主妇在各种诘问中四面楚歌；侄女来南昌看姑姑，被湿地公园的滑梯割伤了手，我一手抱她一手死劲掐住破了的血管，拼尽全力跑过天桥。打不到车，血一直往外冒，恐惧塞满整个胸膛，似乎我的血也要放空了；一个夜晚，淫雨霏霏，女儿高烧，儿子流感，婆婆急性肠炎，是怎样叫天天不应、叫地地不灵的无助啊；一边是繁杂公务与家事，一边是燃烧着的写作欲望和无数需要去阅读的书本，常常，我只能在夜晚十一点、孩子们睡踏实以后，小心点亮一盏读书灯，以损耗自己的方式做几个小时纯粹的自己。

理想与现实，远方与近处，独立与依附，另起一行的艰辛与四平八稳的安逸，从来都是人性的难题。一个母亲是一所好的学校，我努力成为干练、阳光、果敢的母亲。路是自己选的，时光不可逆，走过的，都将成为过去。看，困难的日子不也都过去了，现在的一切，不都好好的么？滔滔赣江北去，河流永远坚定。此刻，且顺手摘下一朵妍妍的茶花，来止住我有些欣悦又有些悲伤的眼泪。

小时候，体育场的门是我们仨虚拟的，但它又何尝不在现实中存在？万丈阳光、千里明月，这个小小的体育场里，从来都隐匿着一个大大的生门。生门，是生命之门也是生活之门，生育为新生儿打开了生之大门，许多做母亲的没有迎来生活的新生，反而失去精神的自留地，坠了下去。生门，在男女二元世界里代表一种间隔，当无数个你我她穿门而过的那一瞬间，我们面对着两个世界——安全与危险，温暖与寒冷，熟悉与陌生，新生与衰朽。

一场雨下来，她走了，与你一样，在我的世界渐行渐远。

隐约感觉一个梦的尾巴悄然隐去了，仿佛自己是从那一个日子直接就跳到这一个日子，从一个女孩直接就变成了一个女人。我站在土地上，看脚下，长出新绿。

　　该回去了。我盯着体育场出神，岁月深处的凉意漫过全身。我们以为告别了的，其实，常常会以另一种方式呈现。有人生活的地方，哪里又能少得了体育场呢？体育场，无处不在。我要警惕，并让奔跑把命运带到更远去。

# 老巷子

　　自姑婆谢世后，老房子里，人影渐空，衰败是显而易见的。仿佛只一个清明，回乡扫墓的我们，便只能停留或寄住在伯父们家里。

　　这些年，伯父们陆续从老房子一带搬迁，将新家填进了新农村的大小格子里，窗明几净不说，一应起居也与城里相差无几，且因离圩镇近，自有一份便捷热闹。按说，住下是妥当的、舒服的。可不知为何，住下后，心里总有局促、感伤，仿佛暗影里平白生出一双撵赶自己的脚来，不断催促着我快告别、快点走、别回头。如是。陪伴我长大的村里的那条老巷子，一晃竟有十年光阴不曾走过了。

　　老巷子不曲折，简单说，只是一条且深且宽的青石板路。往南，是田畴山野，生长粮食，并幽居着村庄死去的各种灵魂；往北，连着拱桥以及拱桥之外的精彩的外部世界。一来一去，南来北往，有出息，没出息，都从巷子身边走过。

别以为老巷子看不见，它其实是长着眼睛的。它的眼睛，无处不在。有时，长在两厢宗族大屋、民房院落的大门上；有时，长在仿佛参差犬牙咬合着巷子的、从各门口伸出的一条条石板上；有时，直接就落藏在排水沟渠里，雷声一响，睁眼一看的它，仿佛苏醒的巨物。

我是无比害怕巨物的，哪怕这些只是我的想象。当然，也不完全是我的想象。位于中段的祠堂，大门常年敞开着，数口等待主人的漆黑棺材，悬空搁置在大梁上；照壁前头，飘忽两朵，忽明忽暗的烛火，多看几眼，似乎照壁后头，就伸出一双鲜艳又诡异的绣花尖头鞋来。单独面对老巷子的我，好比一个犯了错的小可怜，怯怯站在手拿戒尺的威严祖宗跟前，浑身禁不住一阵哆嗦。这种惊惧，最是使人难受，我渴望出走，逃离，渴望世上能有一种魔法，能将自己变成风一般的小兽。小兽，一路向北，不停奔跑。北边，有车站，有省道，省道两头，是老巷子眼睛看不到的地方。

大爷爷过世那会儿，我读高中，请假回家参加葬礼。出殡是在早上。五点不到。天寒，似乎还下着雨。祭祀的猪一杀完，大人们便张罗着让我们披麻戴孝，迅速站好。站在队伍前头的伯母们正跟堂姐堂妹嘀咕着什么。母亲的耳朵竖着。不一会儿，母亲转脸看我。又一会儿，母亲来到我面前。母亲悄声交代我，送大爷爷上山，待"将军们"一落棺，就要赶紧往回走，走快点，抄南山岭的小路，回祠堂，抢木梳，好生跪灵堂前，把头发梳顺。我不理解，问为什么？想来母亲也是不懂的，不懂的她，便只会恼羞成怒地呛白我，让我闭嘴，照办就好。我心里哧然一笑，只好点头。果然，回程时，堂姐堂妹们都很能跑。

很快，一个堂姐出嫁了。对象是永丰机械厂的工人，婆家住县城有名的下西坊。临恩江河北岸建起的下西坊，有几百年历史，曾是老永丰的商业中心。一条直街，南起报恩塔、状元楼，北至老百货商场。直街两侧的住家和店铺，都是两屋的木结构楼房，看着很是气派。直街为轴，蝴蝶形的土地上，遍布七曲八拐的巷子。这些巷子连接起来，宛若盛大的迷宫，里头藏匿着无数的木匠，鞋匠，篾匠，铁匠；卖布摊，补伞摊，渔具摊，瓷器摊；修理铺，杂货铺，五金铺，白事用品铺……

寒暑假，在父母厂子里住腻的我，便不管不顾，频繁跑去这个堂姐家做客。我莫名喜欢上了下西坊的巷子，觉得它们比家乡的老巷子亲切，简直就是一堆合你心意的小伙伴。在下西坊，我时常一个人从这条巷子窜到另一条巷子，有时看人打铁，有时看人补鞋，有时看人编织笼，有时看人折寿衣。回想起来，我看得最多的，竟是一个长久支棱一幅大黑墨镜的算命摊主，人称"董半仙"。

我第一次认真听董半仙算命是因为"清汤西施"。"清汤西施"是小时候我给定义的，她来找董半仙算命时，样子已经有些老了。

清汤，是家乡的叫法，在外地，它叫小馄饨。我人生吃过的第一碗清汤，就在这位"清汤西施"的夜宵摊上。小学四年级的那个暑假，母亲跳出农门，成了林业系统的一名临时工，与父亲在同一家工厂上班。领到人生第一笔工资的母亲，特别开心，宣布要请全家看电影、吃夜宵。电影好不好看，我全忘了，只记得散场后，母亲很大方地给我们姐弟仨买了橘子水。喝完，我们又分外地想吃真橘子。母亲爽快应准。父亲麻溜溜将我们带到了县城主街的十字路口。秤刚压好，钱还未付，我便从秤盘里挑了个大的。剥皮，一边撕橘子的白色丝皮"夹衣"，一边吞口水。旁边有个好听的声音提醒，"夹衣"不兴剥，和着瓣吃，营养更好。抬头一看，是一个围着雪白围裙的用板车摆夜宵的好看女人。

这些板车，两边车把上挂着两摞层层叠叠的塑料靠背椅，红色粉色蓝色居多，小山似的高耸着；前半部分是些瓶瓶罐罐及装着神秘玩意的大包小包；后半部分是独立小灶，小灶上支着锅，火焰在灶里傻乎乎地笑；车轮上方的两边车辕，还挂着几张可折叠的小木桌子，拉板车的人抖擞了口袋里掏出来的白色围裙及白色手套，父亲口中"流动的清汤摊"拼装完成。也不知是不是她长得格外好看的缘故，就属她的板车看着最干净最精神。

清汤是老板娘一碗一碗现包的。只见她左手执皮，右手掐馅，堪比钢琴家的一双灵巧手，不到一分钟就包好了一碗的料。她将案板上包好的十几个清汤麻利一抄，倒入沸水，等待上浮的空隙，佐料什么的都搁碗底不说，还将下一碗的全部包好。捞起，入汤，撒葱花，一碗皮薄如蝉翼的清汤上桌，咬一口皮肉，韧而不柴，滑而不腻，余香悠长。再说那汤，氤氲着肉香，飘洒着葱绿，鲜美的不得了，我似乎把人生的第一碗清汤哑巴到一滴汤汁都没剩。"清汤西施"说，好吃就对了，她说自己每天天不亮就站在两米来宽的木台边，开始磨粉打皮。面团要劲道，皮要擀得好，一揉一搓，最要功夫。汤呢，也是灶火慢熬，汤锅底料都是她从菜市场精挑细选买来的新鲜筒子骨。

"清汤西施"其实是来给自己女儿算命的。她跟董半仙说，自己女儿在一家单位上班，付出很多，却始终不得前程，前段去工地检查，又把脚崴了，伤筋动骨一百天，担心错过什么，郁郁寡欢，夜里长久睡不着觉，状态很是不好，为娘的看着心疼，又帮不上什么忙。

另一个堂姐中专毕业后去了广东。假小子性格的她，生猛，粗糙，受不得电子厂坐班的禁锢，辞工，买了辆大男人才骑的旧摩托，经营摩的生意，大街小巷开着。风一般的速度，配上她短得不能再短的头发，却也有几分潇洒之美。堂姐爱嚼口香糖，爱抽烟，爱穿人字拖，讲话极其利索，我上大学时曾到她住的地方打暑期工。不拉活时，堂姐拉着我，"突突突"，将摩托车骑到有水声的、不知名的巷子口边上，张罗我看这看那。这呀那的，我都看了，左右不过一些或高或矮的工厂楼房，巷子冰冰冷冷，也脏，一点烟火气没有，失望被我堆在了脸上。堂姐还不嫌尴尬，一个劲追问我，她对我好不好，说自己可是想尽办法安排我在广东多有几个半日游的。

参加工作后的某天，堂姐来单位找我，模样大变，我简直认不出这是我堂姐来：金丝边框眼镜，白色蓬蓬裙，恨天高的高跟鞋，头发也罕见地留长到了肩部。原是，堂姐要结婚。爱情真是神奇，在她身上，我绝对看到了化学反应。堂姐说，她母亲说我母亲眼光好，让她找我母亲陪她置办一套黄金首饰当嫁妆。

母亲领着堂姐去了梭箩巷，县城的金银手工加工艺人全在那了。母亲选中的，是巷子最里头的那一家。店主是很年轻，脸上挂着清淡的笑，听母亲说，此人祖传技艺，心细如发，卖的金子成色足，价格还公道，关键是有品，打出来的式样，既洋气又大方。我探头看了下年轻手艺人的铺子，小小的，暗暗的，一张铺了白帆布的工作台拾掇得很干净，一盏台灯在桌上亮着，散发出温暖的古纸张般的光芒，除了一应工具，室内的其他物什都藏在暗影里，使人生出不可言说的信任感来。若干年后，读《阴翳礼赞》，体味谷田润一郎独有的东方审美时，这间铺子以及梭箩巷在我的脑海里一闪而过。

而我的堂妹呢，初中毕业，辗转各大城市，终成北漂。姊妹们其实都知北漂艰辛，偏她死鸭子嘴硬，回村，从不好好坐火车，千里迢迢，偏要打个车。下车，用涂着猩红色指甲油的小细指，捏着一只闪亮的小坤包，晃得人眼睛疼，她自己却不摘墨镜。在老巷子招摇过市的她，哪怕遇见的是耳背的乡邻，她都能拱着不地道的京腔，恨不得拉着人家坐上半天，听她讲住在二环胡同的人生喜乐剧。乡邻中，多数是没去过北京的，对首都仰慕得紧，尤其对堂妹开口闭口提到的胡同最为好奇，总问，是过去皇亲国戚住的巷子么？比咱们这老巷子气派好多倍吧。堂妹一抖腰，白了老巷子一眼，说，才知道呀。穿堂风依旧平和，老巷子倒沉得住气，不见任何脾气。

待我能去北京出差时，堂妹早已离开，远嫁到四川某县城，开了一家麻辣烫店。有一回，我打巧就住在堂妹之前租住过的那家二环胡同。胡同两端，影子覆盖影子。此地一为别，他乡无故交，突然觉得，无论是水乡巷道还是前沿陌巷，无论是上海里弄还是北京胡同，都不过是家乡老巷子的延伸，走到哪，那双眼睛都在身边好生看着你。

世事纷纭，人皆过客，实在不如眼前这老巷子，以南，田畴山野，草木年年返青，尽是新生之意。远远地，堂姐、堂妹，以及许多返乡祭祖的人群，正按同一种节奏步入巷子口。

天，下起雨来。这雨，以同一种声音下到老巷子，老巷子就成了一条匍匐大地的河流。河流，没有缝隙，没有隔阂；和谐而有序，是聚也是别。

# 老母亲

火车，一路向北，开往京城。

离睡觉还早，想看书。可我显然静不下来。对面下铺，那个老母亲一路都在自说自话，我时不时滑进一出没有和声的独角戏里头。

老母亲先于我抵达五号车厢。她用一个巨大纸箱填塞她床底的大部分空间，还用一个大大的塑料桶霸占了我们之间那条狭长的过道。塑料桶里，五颜六色的包裹堆成一座凌乱的小山。

老母亲人形苍老，心却是明白的。她看出了我的不满，知趣地用脚拨拨那个大塑料桶，却纹丝不动。她有些羞恼，干脆瞪了我一眼，还有意将嘴角向下瘪了瘪，意思是我们乡下人就这样，爱咋咋地吧。之后，她将被子和枕头胡乱一卷，堆在靠窗的角落，双手抱头，和衣仰躺在小床上。

我觉得她将农村老妇那种特有的倔表现得很准确，心里忍俊不禁。

老母亲在床上翻来覆去。我用余光瞥见了她的几次欲言又止。旅途漫漫，想来她是很需要找个人说说话。其实，一个人坐车，我也觉得寂寞。只是，我与她，能说什么呢？

"冻死个人呢。忘带长衫，空调开咯（这么）低。""旱（干）死个人呢。咯一堆死瓜子，嗑得下巴都旱巴巴。""吵死个人呢。咣当、咣当，脑壳昏天黑地。早晓得就呆乡下屋里，不坐火车去北京了。"……她坐了起来，一边嗑着葵花子，一口浓重的乡音还不停地自言自语。

她这个神态，让我想起了我婆婆。我婆婆比她稍微年轻些，纯粹的农民。如果不是因为要帮我照看孩子，婆婆一辈子也不会离开乡村和土地。在乡间，婆婆光脚叉腰，谁家屋里都能敞着走，见谁也能扯着喉咙、震着唾沫星子、肆无忌惮地说上几句话。锄地薅草，洗衣做饭，"叽咕、叽咕"摇水井，这些活因为有一堆男人、女人的谈笑参与，做起来尤其欢快，特别热闹。一进城，这不许动，那不能摸，相互见着，热情点的朝婆婆淡淡笑笑，算是招呼，大多数则冷着一张脸错身就过了。婆婆的笑容堆在脸上，上不是下不是，尴尬得很。婆婆是个好面子的人，遇多几次，难免憋屈，索性也就轻易不理人了。婆婆实在习惯不了城里生活，说城里人心里竖着一道墙，自己活得累，让别人也不轻松。

人其实怕孤独，很需要一个"聊得来"的人。婆婆讲不好普通话，在城里又找不到体己朋友，我们不在，她的声音便无处安放。没人说话的婆婆特别难受，她开始自己对自己说，慢慢成为习惯。后来，即使我们回家，也经常能听到她的自言自语："乡下这个时候该莳禾了。""好久都没听到燕鸟儿叫了。""天公公总是落雨，那个死秀英（她在乡下的好姐妹，有风湿）的全身估计都快疼死去哩。"

生活，总有为难处。我不忍心婆婆的声音孤零零地漂，可孩子还小，我也实在没有办法让婆婆重返乡间，过她喜欢的生活。

有疼痛的微波在我心头拂过。

眼前的这位老母亲，应该也是千里迢迢奔着她儿孙去的吧？要是旅游或是走亲戚，她断不会带着如此沉重而又琐碎的行李。

放下葵花籽，她又在捣鼓行李。她将那些五颜六色的塑料袋包裹从大桶里一件一件往外拎，仔仔细细重新整理，嘴里还碎碎地念："笋干，菜干，杨梅干，酱萝卜，两斤糯米，二十个咸鸭蛋……没错了。""霉豆腐，辣椒酱，腊肉，香肠放在纸箱子里头。都是我崽俚（孩子）喜欢恰咯（吃的）。""咯个死蠢子（对儿子的昵称），要我只带换洗衣服，空手去北京住几天，哇（说）咯样方便，不消得（需要）人接送。咋咯能不带嘛。土生土长屋里咯，外头想买也买不到呀。"

……

千山万水，人世漂泊，社会样样都变了，但是天下母亲的心是不会变的。也许，孩子对母亲从家乡带去的这些东西并不在乎，甚至会认为是累赘，从而对母亲这种自讨苦吃的行为嗤之以鼻。可母亲不嫌辛苦不怕累赘。孩子从来都是母亲心里跑着的一匹马，马跑到哪里，马厩就在哪里。

窗外，雷声滚过天际。车厢内，一个纸箱，一个大塑料桶将一个老母亲的全部深情，妥当归置。

我轻轻地胡乱翻着书。翻到某页，我停了下来，有稍许的愣怔。这是一页插图，黑白两色，名为《观音》。左边约五分之一是空白，右边往上，大面积画的是观音的侧面头像。头像右下是几笔勾勒出来寥落的人间。从右上往左下，浅淡的线条，是风，是雨，是人间泥泞。风雨使观音受难，脖颈以下的肉身被蚀朽，然而观音低眉慈悲，拈花微笑，默默吐纳。观音俯瞰众生的仪态，安沉稳定，赐予心灵绵延的慰藉。画家将观音那块蚀朽的肉身虚化处理成一个老妪的样子。老妪踩在泥泞中，向雨而立，一切默默。

我忍不住看一眼对面的老母亲，白发胜雪。此时，闪电接引了天边的雨。瞬时，粗大的雨点弹在车窗玻璃上，仿佛是佛的念珠，一粒粒敲响我体内的木鱼。雨滴滑落大地，大地腾起一种广大而深微的呼吸。万籁有声。灰白头发之下，是老母亲黑中泛红的脸，神光洁亮的眼。

她又开始唠叨起来。

"人老先老手哇。咯死鬼手，要多难看有多难看。一重一重全是皮，跟咯山上雷劈焦了的树兜一样。""鬼佬缺咯牙齿，嗑粒瓜子都嗑不动。恰冒好恰，等死好了。""人老到咯一步，除了跟崽女增加负担，还有啥用哦。"……在她的唠叨里，岁月似乎已经把她腌透了，日子也似乎随时可以将她的肉身损蚀在"咣当、咣当"的声响下。

我的心里生出一丝虚幻的不适感来，堵得慌。

女人的心是相通的。我想起我最爱的姑婆和我可怜的外婆，她们一生操劳，相继驾鹤归西。除了她们自己，怕是再没有谁记得她们曾经掐得出水的皮肤、能传导爱恋的秋波和暖玉生香的怀抱。在我的印象中，属于她们的从来只有茫茫瞳瞳的眼，纹路杂乱的脸，参差零落的牙，瘦削干涸的身体。我遗忘了小时候与她们亲近，粘着她们就像石头依着山体。我遗忘了小时候迷恋她们的存在，就像守望着一片不可或缺的蓝天。我只记得她们在乡间等待终老的样子，越来越轻微，骨架似乎都缩了大半，如果不是皱纹、老年斑、混浊眼神、漏风口齿、颤巍巍拐杖的存在，我会担心她们是不是要重新变回婴儿的状态。她们身上有一种速朽的、令人不快的破败之象，连气息都令人感到压抑。尽管我还爱着她们，但内心本能地有一点嫌烦之意，排斥近距离接触她们。

亲人之间，总是特别敏感。我的拒绝立刻传给了姑婆、外婆。她们缩回对我的爱昵，内心很是惘然。她们脸上浮起一种艰深的微笑，依稀是豁达，但明显是失落。人，一旦向老，有什么不幸，似乎已经尘埃落定。这是命，谁也逃脱不了的宿命吗？将来倘我老了，是不是也将如此？垂垂老矣的人，忧伤地宽恕后辈，只愤愤不平地诅咒自己，一天天念叨，老天爷要开眼早点把无用的生命收了去。她们的诅咒使我心惊，使我恐惧：我的良心呢，我的孝顺呢，我本该流淌在血液里、与她们的水乳交融呢，哪儿去了？我庆幸在她们的余生残年，我有过这样的反省与追问，并逐渐与她们重新亲密无间。天伦之乐，晚景之福，于生死两头，都该是一种温暖的安慰。

雨，使人安静，也使人困倦。老母亲累了，她贴着陈旧的枕头滑入了梦乡。

第二天早上，她的啜泣声将我惊醒。怎么哭了？我看见，她又一次在倒腾她的行李。许是心情浮躁，行李被翻得无比凌乱。

车上旅客陆续醒来，她止住了哭声，重新开始自言自语："小囡囡哟，婆婆（奶奶）真是老了，冒用哦，居然把观音庙里菩萨开过光的福袋落屋里。你三天两头不舒服，你咯娘从来看不上乡下咯一套。好不容易她答应我，求一个福袋你贴身戴，让菩萨保佑你平平安安。婆婆千带万带，偏偏没带咯个。婆婆害了我小囡囡哟。"……她的声音充满自责、委屈，还有气恼。说着说着，她又忍不住抹起眼泪来。

"看得上"、"看不上"，是城市与农村永远的距离么？

老母亲开始窸窸窣窣收拾一地狼藉。

雨停，阳光在铺陈的铁轨上流淌，火车在逐渐浅淡的晨雾中向前疾驰。洗漱完毕，我回车厢，发现老母亲正握着手机，寂寂坐在那里。她凝视自己行李的目光，分不清是阴郁还是温存。她脸上有一种孤危无助的神情。然而她不放纵自己这种情绪，她知道我在看她，却也不开口向我倾诉。她只重复着两句话。"手机关机了。""咯个死蠢子，一定在开很重要的会。"

手机关机，代表一个儿子的态度，它看似粗暴却又合情合理。

一个母亲整个行程的等待结束了。此时此刻，对于一个奔赴城市的孤独老母亲而言，向前，是恐惧的咒语。她的儿子为什么会关机呢？

　　火车本身是飞驰的时光，呜咽声中，诉尽了悲欢。我想，她儿子确乎是有事，接不了她的。或者，她儿子确乎是早告诉了她，不能接站，要她不要带这庞杂的行李。但是，她的儿子忽略了一个农村老母亲的朴素认知：一个没有行囊的母亲，一个行囊里没有装许多带着土地体温的乡村礼物的母亲，哪里会是一个去看望城里儿子的母亲呢？

　　我与她同在吉安上车，同去北京，在同一个车厢里度过了近十五个小时的行程，像上了一条船。

　　"不要担心，一会到站，我帮你拎行李。出站，打个车，没问题的。"我很自然地拢着她的肩。她松了一口气。对我说的话，却也没有太过诧异。

　　到站了。老母亲跟着我，融入浩荡的涌向城市的人群，没有惊慌失措。或者在她心里，在城市的儿子始终是等在出站口的。

　　早晨八点。阳光正好。

# 磨盘洲

## 一

立夏一过，清早的阳光便很有些晃眼了。江风一吹，眼泪就止不住往下落。当然，流泪并非因为此刻我心里生发了忧伤悲苦，不过是一种附着身体有些时日的隐疾罢了。

从4年前的一场大雪说起。

那个冬天，下着南方罕见的一场雪。一团一团的雪，白絮般充塞天地。阿米打来电话，说大致脑梗手术后突然呕吐、重新陷入昏迷，我和爱人带上银行卡以最快的速度驱车从县城往市人民医院赶。手术看着不是很顺利吗？回病房的大致都能正常表达了；告别时，他甚至踮脚下床与我爱人浅抱了一把，孩子气地笑着让大家放心。怎么会……公路上，过往车轮碾出的深辙，如僵死虫蛇布满雪的洁白之躯，显得狰狞又恐怖。

医生、护士、家属，一群人从医院的某部电梯里涌出来；移动的担架、高擎的点滴、笨拙拖地的氧气瓶，加重了气氛的凝重。大致平躺在担架上，双目闭合，无知无觉，潦草覆在其身上的白床单，宛如盖在人心尖的另一场大雪。救护车呼啸，开往省城，"滴嘟滴嘟"，仿佛与死神在赛跑。来不及交流，隔着车窗玻璃，阿米回望了我一眼，孤独、茫然、虚弱。站在原地的我，目送阿米的一身黑衣远去，无端痛恨起"素缟麻衣"4个字的不祥与凶险来。

经过近4小时的抢救，大致死里逃生，但他口不能言、脚不能动的样子像极一株冬眠许久的植物。医生说脑梗最紧要的是早期治疗，而市医院的手术做得不太好，颅内还存在好几处缺血半暗带，警报怕是随时会拉响。省城医院，那些窗口，在寒冷的夜晚醒目地亮着，可不知为何，阿米举了半天也没能将手里的病危通知书看清楚。看不清楚的阿米，索性将灯关了，萎缩着身子，摸索着前进。墙壁冰凉，医具冰凉，叹一口气，空气都结了冰霜，阿米挨着大致的病床和衣躺直，模拟两株冻僵的植物，做着植物在即将到来的春天里可能返青的梦。窗外的雪花，不停落下，将梦驱逐。

只能醒着的阿米，与我说了许多话："接到大致出事的电话时，我正在新房子里盘点装修，活泼可爱的儿子在屋子里悬空翻了一个欢乐的筋斗，对着我隐约隆起的小肚子，笨拙发问：'将来的你，是弟弟还是妹妹呢？'这是一个没有答案的问题，去往医院的路上，那个未曾谋面的孩子显然逃跑了；那房子我们原是一天也不曾住过的，费不少心血，这会却是要贱卖；老人们愈见苍老；儿子很懂事，每次来看，都冲我们笑，可终究还是个孩子，一出门，就号啕大哭，手在脸上擦来擦去，我的心都快要被他揉碎了；属于大致的生机怕是要被这个雪天永远冻住了⋯⋯"后来，阿米就沉默了。

医院之外，白茫茫的世界，与阿米的沉默一样阔大。天是一盏无影灯，不断飘落的雪，是无影灯里发出的光。光的照耀下，所有角落里想要拼命隐匿的悲伤无处遁形。一条命，危如累卵，今后的每一个日子里，阿米时刻警惕，仿佛推举石头的西西弗斯。我靠在一棵树上，企图寻找遮蔽，树枝上的雪，慢慢悠悠抖落，一片雪花落进我的眼里，我的眼顿时像挨了一束强光刺激般疼痛起来。风一吹，凝珠四散。

这就是我隐疾的由来。


二

险情脱离后，大致转入省城一家中医院做康复治疗。

爱人找车位停车，我们远远看见穿一套寡蓝棉服的大致被阿米搀扶、很艰难地练习行走。阿米瘦了，棉裤打秋风似的；大致的发，理得很短，头顶一茬茬灰白，一边嘴角下斜得厉害，另一边的手却怪异地向上抬得很高。从前的他多帅呀。大致与阿米脚上穿的都是棉托，落地无声，可偏偏这无声落在我们心里成了雷霆。他们走得特别慢，特别慢，慢到使人产生一种错觉：雷霆的引线捆缚了整个天边的云彩。那天的太阳很大，云彩烧得滚烫，着了火的云彩把那根引线点燃，吱吱吱、吱吱吱……雷霆万响，我们关在车里，半晌也不敢迈腿出来。

收拾好情绪，我们披一身阳光，缓缓向他们走去，偏偏隐疾又犯了，我忍了许久的泪，终究还是不受控制地淌了一路。那个晚上，我做了一个梦。阿米跟跄在一条公路上，想把一座被大火烧着的屋子留在身后，风太大，阿米回望，烧着屋子的大火就快要将她吞噬了。我一直喊："阿米，快跑。""快跑呀，阿米。"……我就这样把自己喊醒了，至于梦中的阿米有没有快跑，我真的不知道。

使我难受的阳光，阿米却特别喜欢。每个有阳光的日子，阿米都会用轮椅把大致推出病房好几趟，小径、球场、池边，阿米身上的汗，湿了干，干了湿，颈后，被太阳灼伤的瘢痕看着像是言说艰辛的复读机的醒目按键。阳光太烈的时候，就在屋子里待着吧，大家都这样劝阿米，可阿米不听，她说，阳光能带来暖色，日头底下待着多好呀，一切都闪闪发光。没有阳光，大致的嘴巴直哆嗦，语言模糊难辨；没有阳光，大致搁在踏板上的脚攒不到热度，麻麻木木的，怎么使劲也站不起，勉强沾地，腿只会缺钙般往两边垮；没有阳光，屋子里阴阴的，自己也阴阴的，好像一直活在那个雪天，许久也暖和不过来；尘埃里休养生息，阳光明亮，才能觉察到日子的希望。

4个月之后，阿米带着大致回到了久违的家。阿米时不时会通过微信让我分享她的喜悦：大致能开口说简短的三两个字了；双手能平缓上举过头顶了；能离开轮椅约十分钟，偶尔双脚能下地行走三五步，站立训练时使点劲，两腿也能并拢半个小时以上了……阿米重返工作岗位的第一天，仔仔细细把自己收拾了一下。头发盘成一个整洁的髻，白衣，蓝布裙，黑皮鞋，皮肤太过暗沉，她拍了一点亮粉，嘴唇太过苍白，还抹了一点浅红。

大致无比渴望自己能很快好起来，然后，像阿米一样去上班，像从前一样做一个对阿米、对家庭、对社会有用的人。他不听阿米的交代，不听父母亲的劝，急急地、拔苗助长式地加大训练强度，勉为其难挑战自己力所不及的各种事，坚持了十几天，不堪重负的身体报复了他，一盆举着的水被身体泼出去好远，他又一次坐回了轮椅。也许人生真是有一种痛苦，不努力觉得自己很失败，努力了却发现失败感变得更真切。接近绝望的大致几次企图了结自己的生命，这让阿米接近崩溃。

除了给大致治病，身后，还有孩子、父母要养，陪伴总是有限，阿米力不从心。慢慢，大致看阿米出门背影的眼神变得很特别。他有时会很狂躁，用剪刀把阿米的裙子剪得四分五裂，用锤子把阿米的口红锤到面目全非。他宁愿自己磕磕碰碰，也要不停赶在身边照顾他的母亲走。

走！走！走！你走！跟着阿米走！

说！说！说！你说！阿米都干什么了？

彼时，我刚去省城上班，工作得出业绩，房子必须装修，孩子要转学，生活要继续，阅读、写作一个也不能丢。坐标原点的移动，引发了人生的系列校正，什么都需要自己一个人去面对、去解决，忙忙乱乱的我，常怀四野漆黑之感，对县城里发生的一切心有余而力不足。


三

中秋回娘家。阿米打来电话，让我第二天一早陪她去趟磨盘洲。

草木繁茂、虫吟鸟鸣的磨盘洲，静卧赣江支流 —— 恩江的江心不知多少年了。相传这个状若石盘的洲从不满水，古人遂建龙蟠寺于其上，建寺后，洲上竹子突然从指头大长到锄头柄大，百姓都说佛祖显灵，争相拥挤岸边，靠一条人工小船渡江朝拜、祈愿，慢慢磨盘洲就成为方圆附近善男信女的一方圣地。可这些年，我所认识的阿米，是从来都不求佛的呀！

心有戚戚的我，来到厨房。母亲正在准备晚饭。母亲一边择菜，一边絮叨，小的人不回来，电话也没一个，世上孩子赌爹娘的气不是这样赌，其实这些年吧，我也想通了，他不结婚也没啥，日子是他自己的，可我也不会先打电话求着他；大的，结了婚又怎样？打工攒的钱左一个主意又一个想法都折腾光了，踏踏实实混口饭吃，怎么就那么难呢？生意难做，靠死守一爿店，有用？可养家糊口都成问题的两个人，却非要每月出六七百房租搬出去住，是我这个免费保姆没做好？你爸脾气现在越发见长了，我买东西去看俩孙儿不行吗？不知好歹的是崽，我自己带大的孙儿，我心疼啊。公司发工资，你爸把存折放自己公文包里，从前他可是一发工资就交到我手上的。都说少年夫妻老来伴，他倒好，越过越生分了，爱放哪放哪，反正我再也不会用他一分钱，反正我自己也有两千几百的退休金，凑合用呗……我听到母亲喉咙里起了颤音，这颤音与我曾在 B 超室里听来的子宫的回响有些相似。若干次的胎动，将三颗小心脏依次匍匐在了同一个子宫的倒影里。往后余生，所有加持在小心脏身上的困厄其实是焊接在了母亲的骨骼里的，只要孩子过得不幸福，母亲就会被看不见的手牵扯，主动地、一寸一寸地去亲吻命运的镣铐。这些年，我的弟弟们过得磕磕碰碰，母亲深觉诸事不如意，总忍不住会念"阿弥陀佛，菩萨保佑"之类的话。这是我从未见过的母亲的脆弱。

母亲的嘴，一张一合，仿佛一只搁浅在岸边、不曾被命运放生的鱼在呼救。

这世间的许多难事，通过进攻、退让或者协调、回避，大多能解决，唯有母亲说的这些，我无法解决。很多时候，不是拼尽全力就能过好这一生，就像阿米。我默默地从厨房转身，来到阳台。

远方地平线上，天空满溢紫灰的孤独。地平线下，藏着阳光永远照不到的地窖，里面有蝙蝠在尖叫，老鼠在奔跑。近处，树上的叶子抓着自己的生命之源不放，但终于抓不住了，松了手，落下来。留在树上的叶子，渐渐被天空幽禁成干瘪的剪影。一只鸟飞过来，不断啄玻璃上自己的影子，直到它发现玻璃对面还立着一个庞然大物般的我，才很不情愿地张开翅膀飞走。实际上，鸟惦记着那个影子，始终都没有飞远，它只是站在离庞然大物更远一些的电线杆上而已。

夜海慢慢向我们涌来。

四

凌晨四五点钟，我在小区门口等阿米。

月华如水，周遭静谧，小区里的桂花树暗香浮动，树下的绿草坪闪耀着一颗又一颗的露珠。阿米穿一条长长的棉白裙子，踩着一地月光向我走来。我有种错觉，使人忧伤的，不在阿米本身，而在月光那里。

人生初见的记忆，我和阿米各执一词。

我一直认为我俩是在1996年9月认识的：那天，我乘一辆摇晃臃肿的大巴，从县城前往"象牙塔"，一个穿蓝底白花衬衫、扎一大束马尾的姑娘抱着一个大背包坐在我的斜前方，一路无话，我们一前一后跨进同一所校园的瞬间，相顾一笑，成了朋友。

可阿米却说，她是在1996年农历二月的磨盘洲遇见了我。

1996年，姑婆持着念珠，告诉母亲，农历二月十九是观音生日。往常，母亲对这样的话是不置可否的。姑婆是父亲的姑姑、养母，也即母亲的婆婆，同一屋檐下，母亲虽不反对烧香拜佛，但绝对相信"命运掌握在自己手中"，求菩萨、求祖宗啥的，只是一个形式，都不如靠自己努力来得踏实。对此，姑婆本来是颇有微词的，但看着我们家平平顺顺、日子也算开花的芝麻往高里长，便也就不好说什么了。突然又提，姑婆是有所指的：那段时间，母亲明里暗里总在为我即将到来的高考揪着心、提着肺。母亲特别希望我能考上大学，有份好工作。"爹有娘有不如自己有，老公有都要伸下手"这是母亲常说的一句话，在母亲朴素的世界观里，不依附男人的女人，才有幸福的基础。

20世纪90年代，高考是许多孩子尤其农村孩子命运的一道分水岭。时至今日，与高考有关的梦魇还频频惊扰我的神经，最为清晰的噩梦有二：去考场的路上，发现准考证没带，回转去取，路却被狂潮般的人群所淹没，眼睁睁看时间一分一秒在动弹不得的身体上滑过；工作得好好的，突然接到一个通知，我们这届的高考成绩取消，全体回学校复读、重新参加高考，过了，编制认定，重新上岗，没过，失业。我常常为此惊出几身冷汗。

洲上红墙绕寺，树木蔽空。参天古木的合抱处是龙蟠寺，有前、中、后三殿。殿内光明常在，六十多尊大小金身法相庄严。满是香灰的香炉里檀香渐次燃烧，仿佛神灵正借助这一媒信对世间苦厄展开交涉。

阿米说，那天她也被母亲强行带去了磨盘洲，只不过，她死活也不肯跪，她甚至还想拉虔诚伏地的母亲起身："十年寒窗，我肯定能考上。"

相比于她母亲的娴熟，阿米一直记得我母亲的窘迫：去香烛上引火，香烧大了，笨拙地用嘴去吹熄；慌乱插香，三支倒了俩；跪拜，低下了头，手却忘了摊；祈祷，不知如何表述，只一个劲儿扯着我的袖子让我跪下，仿佛我能很好稀释一个母亲的手足无措。因拉得太过用力，我在佛前狠狠摔了一跤，阿米从此把我的样子记得清清楚楚。

## 五

恩江两岸，新修了公路，也建了桥，如今去磨盘洲，方便得很。我们把电动车直接停在了寺院门口。

我们在挂着风铃的牌楼下等早课结束。他曾经是一个多好的男人啊。曾经。阿米开始用过去时谈论大致了。一个女人为一个病人日夜操劳的辛苦，一个女人被自己男人时刻质疑贞洁的悲愤，一个女人一边竭尽所能维持生计一边却又得小心翼翼顾全一颗强烈又脆弱的男性自尊心的双重折磨，想来阿米都曾水深火热地经历过。

怎么挺过来的？我问。也无所谓挺，无常该是生命的常态吧，看到他的无奈、有限和凄凉，总有不舍不忍，一些事再难也会做下去，实在扛不住的时候，就会想假如出意外的是自己，他一定也会管到底的。

不断有僧侣安静地从我们身边走过。

有僧尼在庭扫，一划一划，似乎天也渐渐被扫亮了些。

阿米仰面承光，她的脸使我想到天空皎洁的月亮，想起了我们的青春时代。

教学楼，图书馆，无数个清晨与夜晚，我们在"象牙塔"的宝库里穿行。阿米最喜欢蹲在路边看黎明的青草。"地上一棵草，天上一滴露，露水滋养着小草，不枯不竭，郁郁葱葱"是阿米最喜欢说的一句话。说这句话的时候，阿米的眼睛像露珠一样，剔透晶莹。

分配去偏远乡村中学上班，阿米显然是不服气的，但阿米什么也不说。阿米是考进县城中学教书后，才开始恋爱成家的。阿米在县城上班的第一天，她母亲特意从乡下赶来，拉着她的手，说县城是一个关系大于规则的社会，一切资源往往只掌握在几百个精英手中，让她一定选好人家再嫁。阿米捏了捏母亲的手、拍了拍母亲的背，送她去了车站。阿米理解母亲就像理解这些年人世间的际遇，但阿米还是努力地做好自己，坚信姻缘有际会。

大致是我爱人最好的朋友，与阿米几乎是一见钟情。大致心疼阿米的倔强，特别想成为一棵扎根精英丛林的大树，给阿米依靠，过最好的生活。追求高远，是树的本能，向往金字塔顶尖，是人的本性，这没有错，只是，一株无名小苗要长成大树实在是太难了。上班，最早一个去；下班，最后一个走；还得培育土壤，通过各种渠道搭建社交网络，如此才有更大晋升空间和抵御风暴的屏障，为搭上线，两天一小聚三天一大请，请谁吃饭、谁陪吃饭、陪谁吃饭，端茶递水、插科打诨、七荤八素，疲惫不堪；此外，还得尽自己的最大可能去反哺关系的另一头，如此，才被认可，才有价值，才可能融得进所谓的圈子。

然而，圈子从来难混，精英未必好当。焦虑烦躁，如影随形。与阿米结婚这些年，一棵树在长高，想把太阳留给曾被阴影覆盖的空地，殊不知长高的树某种意义上其实又成了空地更大的阴影，不到40岁的大致因心血透支倒在了精英丛林的外围，阿米仿佛成了漂在人海里的一根浮木。


六

放生池在大雄宝殿正前方约50米的地方，阿米熟门熟路过去，解开袋子把一只大龟送进了池子里。

越过阿米的额头、菩萨的眉眼，我觉察出磨盘洲上的所有树木都长高了。阿米站在佛堂的一小块空地上，与空地融为一体。一片云影掠过田野和树木，停驻在了放生池。几只驮着大壳的龟，在池底喘息歇气，看上去像是要把自己固定在底部的泥层上。池壁上的水流把泥沙冲腾出一股股的迷雾，模糊了泥沙里本不存在的东西，池子里的那些生灵，鱼呀龟的，在奋力向水上游去。我感觉那些横亘在天地间让人不能自如的东西，被水晕开了。

生活是回不去的，生活总要继续，因爱之名，满怀希望地把生活继续下去，这或许就是慈悲的全部真谛。

我紧紧地抱住了阿米。阿米身后，永不满水的磨盘洲，新枝葱绿。久违的美好。其实，久违的，从来不是四时佳兴，而是人了无挂碍的一颗素心呀。只是，无情何必生斯世，有好终须累此身。人一生大体只为一个"情"字活着，亲之情、爱之情、友之情、人之情，给予或获得的过程，才有人生意义种种。素心难求，不求也罢，受累没什么不好。

与阿米从磨盘洲回来的路上，我回想起20多年前母亲在磨盘洲上的那一场窘迫来。人世间的窘迫，看似脆弱，却有着坚不可摧的力量。亲爱的日子，一天天，不就这样安静地过去了么？

小巧的木槿、俊秀的云杉、持重的樟树、健美的木兰，一层高过一层的树木屏障，将公路的喧嚣阻隔在了身后。白色的石竹，黄色的金鸡菊，粉色的月见草，紫红的美女樱，将十里长堤的绿草坡装扮得分外美丽。突然觉得，赣江岸边翠华葳蕤的样子，像极了磨盘洲。

一条不大不小的渔船从此岸出发，"突突突"的马达声，吵醒了江边的苇丛和江岸的人群。穿红着绿的大妈大姐，在亲水平台跳着欢快的广场舞；意气风发的年轻男女，挥汗如雨在人行道上跑步；三两老者穿着白绸衣，尽性挥鞭玩"地牛儿"；一个素朴的女人搀扶一个清瘦的男子，缓缓从我身边走过，女人低眉顺目的样子接近慈悲。一样寡淡的蓝色棉服，一样落地无声的棉托，嵌在这蓬勃明亮的季节里，像风落进花里，月光融在雪地。

# 十八楼

一

欠条很轻，比之一根稻草，不知道要轻多少。但杀伤力无比巨大。一旦压下，垮的不只是骆驼本身，还有骆驼身上背负的一切：意志、婚姻、父母的晚年、孩子的童年以及关于幸福生活的所有憧憬。

我一直无法抑制我的哆嗦。几个小时疯狂，换来一张十三万元的赌资欠条。黎明前，离开赌桌的他，踯躅街道暗处灰凉、迎面刀子样的凛风时，哆嗦了吗？是什么给了他恶胆，敢这样孤注一掷、不要命地博？

我几乎就要将他恨上了。年轻时，学美发、厨师、机修、电工，学到最后，什么技能都拿不出手；房地产销售、平面设计、机电工、厨师，哪个行当都待不长……结婚了，他说想开店，在小县城守着一家老小过平稳日子。十万积蓄借他，又帮着贷了十万免息，小店开张。那是亲弟弟呀，我比谁都希望他能过好。只是，生意难做，小店的利润连一个人的基本工资都不能保。

迫不得已，小店让老婆守着，他还是去了外省打工。出去的他，较往年更懂得吃苦，收入似乎要比先前好些，每月有六千到一万不等的工资。上半年，我买房子的时候，他主动打电话，说下个月就能存上六万还我了。我没有要，让他安心攒钱。两三年，盼他能付个首付，在县城买一套属于自己的房子。我以为生活会在他的努力下，从此欢颜尽展。我甚至在他不在场的时候，举杯向父母祝贺，祝贺他们一直忧心忡忡的儿子真正长大了。父母抿嘴欢笑。那种发自内心舒坦的笑，让我热泪盈眶。

为什么要用一张欠条来终结美好？

一轮不安的月亮在灰色浓密的云层里穿行。仿佛那一晚的他，不是为胜利的小惊喜而战，而是为了赴死。他说他的本意是渴望好运光临，蹭点意外之财，给老婆买套过年新衣和孩子们时常在电话里心心念念的声控玩具的。谁知道，好运背信弃义惯了，再一次临阵脱逃，将他一个人押在了群情鼎沸的陌生赌局里。

输钱的恐惧和由输钱引爆的赢钱执念，将脑子烧昏了。桌上飞来转去的，一定不是钱，通通只是与人玩疯狂游戏的道具。要不然，给的一方和拿的一方，凭什么不假思索、麻木不仁。

天空向高处飞升，万物的轮廓开始轻盈。弟弟恐惧地趴在发黑的台阶上，好像靠近地狱大门的影子。影子很清楚，城市醒来了，噩梦还在沉睡。听，手机又响了，铃声野蛮又汹涌，不断给人难受的刺激。我看见，他在哆嗦。

姐，救救我，救救我……一个中年男人的号啕，让我惊慌失措。


## 二

小时候，我很喜欢麻将。我们家有一幅祖传的象牙白的麻将牌，被姑婆好生收着，只有过年的日子，才会把它们从某个隐蔽的地方取出来。吃过晚饭，姑婆生起一炉炭火，将一个四方的木制烤火笼子罩在火盆上头。笼子上铺一张大小合适的原木桌面，桌面上再铺一匹绛红色的金丝绒布。一个小而精巧的麻将桌便搭好了。象牙白的雕花麻将形态活泼地趴在绛红色金丝绒布面上，小小的样子，真好看。

姑婆说是教我们打牌，大多数时候是在教我们做人。比如麻将是一圈圈打，庄也是一家家做，风水轮流，人生循环往复，不可得意忘形也不要妄自菲薄；比如起手一副烂牌，要有耐心、信心和勇气，稳扎稳打，保存实力，牌运定然会好起来，颇有水穷之处待云起的况味；比如麻将有赢有输，一如人生有得有失，笑看风云，不恋战，懂节制，才养得出闲庭信步的大将风度……

姑婆还说，要了解一个人，就认真和他打一场牌。所有人性的卑微、高洁等会儿在打牌的不经意间得到立体展现。人活一世，知己知彼，总不至于吃太多糊涂亏。

在越来越粗鄙、越来越急功近利的人心中，还有多少春风化雨的教诲、修行？极度的物质就像是被魔鬼打开了潘多拉的盒子。钱，刺激着人们的欲望。也许就在一夜之间，许多城市雨后春笋般，冒出来无数麻将馆、棋牌室和典当铺。小赌养家糊口，大赌发家致富，赌博之军将口号喊成滑稽信仰，似乎要在生活浩荡的洪流中，呈现假意丰沛的繁盛来。打牌不再是一种平实的消遣，它被包装成了锦绣生活的快捷入口。许多人都发疯似的想用赌博这种速度最短、过程最不曲折、投入最简化的方式完成资本积累，妄想一夜改变命运。

于是乎，身边看似普通的人群中，职业赌徒、专业老千不可思议多了起来。洗脚上岸的农民，心术不正的江湖闲人，闲到心慌的个体户，甚至于公职人员。麻将机中暗藏程序，骰子里灌注水银，扑克牌背面刻特殊花纹，眼镜配置特殊辩认功能，设局子，打配合，下迷药……招式防不胜防。大到一摞一摞量钞票，小到五块钱一个仔，同事相煎，战友操戈，朋友互欺，亲人下套，血泪史数不胜数。

想发财的人都疯狂了吗？弟弟，仿佛一个污点证人站了出来。

轻信、善良、老实，弟弟这样的性格倘若中规中矩过小日子，也是好的。可是他想钱，做梦都想挣大钱。钱能改变生活，让老婆开心自己吐气孩子欢喜，钱尤其能让丈母娘多露一点笑容，少几句不痛不痒的挖苦。

我也是不好的，总是刺激他，男人三十而立，你都三十好几了，你的业，立在哪里？得吃苦，得想办法做人上人，为父母争气……弟弟被成功的欲望裹挟，心浮气躁。终于，铤而走险，将命运压在了赌博上。江湖险恶，十赌九输，弟弟掉进赌局的命运，束手无策。


三

然而深陷泥潭，到不了岸的又何止弟弟一个？

某乡干部在一次应酬后，被朋友下蒙药，一个晚上输了六万多。吃了蒙药的人，没有输钱的意识，只是要赌，有赌就输。药劲过了，平不了账，只能报案。钱的问题是解决了，事业呢，却因此画上了句号。

某企业主，外地人，在我们县承包养猪场。一日，有美女微信约他去喝茶。兴冲冲去了，却压根不是想当然的桃花运,他很快就被美女一帮朋友吆喝着赌上了。两个小时不到,输了十八万(现金三万,欠条十五万)。出门,恍然而悟,是局子。尽管报案后,欠条作废,他没有因此扛十五万不明不白的债务,但养猪场他却是再开不下去了。砖头、匕首、大便,每天刺激他的神经,简直生不如死。他在夜色的掩护下逃也似的离开了这里。

认识一个女人,本来过着四平八稳的舒服日子,谁知道她男人会突然被人相中,合伙苦心钻营赌假之术。短短两年,一伙人便迅速洗劫了当地近百号公职人员约三百万血汗钱。近墨者黑,她也成了职业赌徒,常常三天三夜不下桌。两个孩子没人管,成了问题少年。报应来得很快。许多被害的人当中,有想不通的,活不下的,突然发作,将她男人堵在城关路边,一阵乱刀猛砍致死。她,接近疯癫边缘。

我怕弟弟也会疯。我强打精神,去找我的警察先生。先生忙碌的地方是人命关天的事件现场,我要找他的事也是生死攸关。

其实,我特别不想向先生求助,尤其事关娘家人,那样会让我的骄傲受挫,让我自觉在一场本来平衡的婚姻关系中矮三分,甚至七分。脆弱一旦提交,女人在生活中是底气不足的,意味着将永远失去了受委屈时的一个出口和受责难时的一条退路。当然，这些，我的先生不会明白，我的弟弟也永远无法体会。

行政中心门口被好多人堵着。黑压压一片，像压迫过来的乌云。

人群簇拥着白布覆盖的一具尸体。就在昨天，县城实验学校的80后女老师小艾，从十八楼一跃而下，当场身亡。那个狠心的小艾，怎么就玩了这么不好玩的一个魔术：用一匹白布，让自己消失，一点眷恋都没有。

无端打了一个战栗。突然很害怕，那张十三万元欠条，此刻是否在空中，张牙舞爪。是不是我的弟弟，前面走着，它会伸出一只铁钳般的索命手掌将他捉住？

我因为恐怖，睁圆了双眼，近而头痛，呻吟起来。挤入眼睛的阴影越来越浓，呼吸感到窘迫。喉咙里翻腾着某种干枯又黏稠的东西。忍不住冲破人群，跑到路边，呕吐起来。呕吐使人难受。眼泪这才簌簌往下落。


## 四

与物质和金钱有关的一切像鸡毛一样，无边无际地把生活包裹。我无比关心起小艾事件来。

小艾从乡村中学调入县城。一套商品房不仅清空了他们所有存款，还让他们背上了沉重债务。为还债，小艾老公，东借西凑了二十万，想学人炒股票和期货赚些外快。

盯着股市的男人，是狩猎的赌徒，盯到眼睛都快要出血，也没能止住股市一路狂跌。十几元的股票跌到几毛钱，简直在烧钱。二十万就快全体打水漂。孩子要养，月供要还，怎么办？他们长吁短叹。相顾无言。

彼时，县城诞生了一个标王，标王的妻子丁某是小艾老公的同学。在各个建筑领域频频中标的标王需要资金周转，县城掀起一场融资风暴。大量民间资本不受控地向风暴中心——标王靠拢。

小艾向父亲开口，借了十万，小艾老公也以支付同事朋友稍高于银行存款利息的方式融了十万。他们迅速将这二十万元，送到丁某手中。他们幻想，强大的标王是神一般的存在。他们憧憬，每季按时到账的高息收入，能让他们体面翻身。

太过庞大的东西总是危险。风光一时的标王，因过分膨胀的事业欲望，资金链中断，宣布破产。民间借贷的七千万，在县城引荡腥风血雨。小艾夫妇的二十万，就此在一堆烂尾楼中，不知所踪。

亲朋好友一拨拨上门，他们的每句话、每一瞥目光都使小艾感到困窘、难堪。不顾情面的，还在门上贴满解恨的封条。小艾不恨他们，都是普通人家，打开门，好几张嘴都要吃饭，他们借给她的也都是牙齿缝里省下来的血汗钱。她只是自怜，风雨飘摇再无依凭的未来。

屋漏偏逢连夜雨。小艾母亲突起重病，急需钱救命。一连串逼迫，是命运手中抖动着的无形铁链。铁链表情狰狞。钱，曾经是小艾夫妇为美好生活种下去的种子，转眼，成了压垮小艾生活的一座大山。

小艾焦灼不安，她一有时间，就蹲守在丁某人去楼空的大门前。世界在无望的等待里变得索然无味，小艾对这个名叫"财富中央城"的小区充满一触即发的敌意。她在过道里踱来踱去。天色越来越晚，她越来越像一头困兽。她憎恨生活甚于憎恨死亡。她咬牙切齿说，早晚要吊死在这个屋子里。家人架她回去。临走之前，她用尽全身力量，咬破手指，写下"丁某，拿命来！"五个血淋淋、渲染无穷怨气的大字。

路过行人越是焕发出欢愉的光泽，小艾越觉得自己的悲剧有一种被侵犯被挑衅的味道。绝望进出胸膛，化作沉默的泪水。小艾无声哀号。这是小艾最后一次哭泣。或许这一哭将她整个人生都哭完了。疲惫之极的家人没能守住。天色将晓的黎明，小艾轻手轻脚离开家，将所有被折腾到昏睡的亲人遗弃在了身后。

五

为什么会选择十八楼，已经不重要了。跳出窗户的瞬间，小艾应该是毫无压力地在空中飘荡。她可能收获了盼望已久的光明的梦境。在那个光明的梦境里，债务、欲望似乎已经被远远甩在身后，就像抛掉一件不合身的衣服那样简单。许以世上什么样财富，小艾也再不能在这日头底下走一趟。

十八楼的窗户，泄密般地开着。上不接天堂，下不到地狱。因为太早，没有任何人阻止，一切寂静无声，仿佛都在沉睡。只有过道上一盏电灯在不安地闪烁。

借钱放贷的小艾，与豪赌一把的弟弟多么相似。欲望不听话，他们都发了疯似的，想要驯服它改变它。技穷而望赌。赌赢了，钱便可以被分解成若干次的官能享受——一块甜美的蛋糕，一场贺岁大片，一套华美裘服，一枚闪亮的戒指，一张实木儿童床，一次奢侈的旅行……官能享受带来心理巨大的满足。他们忘了，古往今来，赌博从来无赢家。

围观的人群，叹息或者漠然，扼腕或者感怀。小区居民谴责丁某的避而不见，也对小艾颇有怨言。这一跳，小区往后的时光，怕是已经织出了不祥的经纬。而承受这种不祥，他们是那么无辜。许多居民阴沉着表情。当中一个姑娘蹙着眉，沮丧地说，今天刚过门，第一天住上新房，竟触上这样的……她边说边顺手撕碎一朵花，一朵最鲜艳的玫瑰花。

我理解他们所怀的隐忧。我把脸折向一旁。突然想起萧红那声长叹：悲哀一个生命就这样浪费了，没有人可惜，连他们自己也不可惜，也不在乎。其实一个人的死是需要世人一些泪水的，可是没有。

——我要回家去，从此天天烧一炷高香，保佑他长命百岁，无灾无祸，生意兴隆。陆陆续续，已融了近五百万放在他手里。他要有事，一切全完了。不只是我，我的亲戚朋友，同事乡亲，所有信赖我的人，都是灭顶之灾。看这女老师。二十万收不回，转眼命就没了。太可怕了。我要回家，烧高香去。

一个年近六十的普通家庭妇女急速从围观的人群中转身。她从我身边离开，只记得要烧高香。我想象，高香腾起的细烟是若干命悬一线的魂灵。

——恨死这些高利融资的人了。不守信用，钱拿到手，他们就是爷爷，总是不按期发利息。找无数回就是避而不见。

——可不是，谈钱伤感情。早先我的亲哥哥，被人圈去外面搞房地产，向一大家子融钱，说是月息两分。谁知对方是骗子，那块地早已被抵押了无数回。骗子将钱卷走，他也吓得不敢回来。没办法，我也是血汗钱呀，我到法院起诉，总算把他一套房子攥在了手里。可把我害惨了。

——同是苦命人呀。我亲弟弟也把我坑苦了。办什么船厂，我看就是碎钱厂。融的钱打了水漂，人也进了班房（监狱）。早两天，我还逼我侄子写了一张欠条给我。父债子还，也算天经地义。他不还，我没脸见我儿子。只是有时想想，亲人反目，真恨不得一头撞死算了。

欲望在墓门前你推我搡，犹如这些人群在口舌间寻死觅活。我在正午的太阳下，手脚冰凉。追求生活更美好的欲望，有时是助力器，有时又是速死丹。突然觉得，活着，就是在欲望中向死的过程。芸芸众生，原始、天然的赌徒们，谁能与自己的欲望诀别？

就在刚刚，我又接到弟弟的一个电话。电话里的声音被恐惧煎熬到严重变形。弟弟哭诉，对方要他今晚九点，一个人带钱到吉水（他参与赌博所在的那个县城）去，否则，想想他那两个活泼可爱的孩子。

钟声，划破了恐惧——一下，两下……十二下有力的钟声。血橙般的太阳在头顶明晃晃地一跳。先生向我走来，我的眼泪瞬间将我的恐惧与脆弱全部交付。

面对面，先生告诉我，政府介入后，跳楼事件的协商谈判顺利结束，小艾家那二十万本金有望全部追回。面对面，我倾吐了我的脆弱。先生说，不慌，正常报案，只要法律认定那张欠条是赌博时写下的，欠条就不受法律保护。这些天让家人注意自己人身安全，怕对方报复。有效打击，合法约束，事情总要解决的。弟弟若能吃一堑长一智，从此脚踏实地，也算坏事变好。

　　威胁人心理的大片乌云，眨眼间被太阳吞吃了。人群散去，融入既定的秩序，各自波澜不惊。这，也许就是生活本来的面目。

花

瓣

# 风栗子

中秋夜，七点多，爱人从老家起程返昌，电话交代不用等他吃饭，说辖区内有人轻生，伤势很重，得一路跟送到省人民医院处理好再回。

明月朗照下，"医院""轻生"等词，瞬间将其乐融融的万家灯火变得如微弱烛火般虚幻，孩子们悻悻早睡，我一个人身披毛毯，在客厅刷剧，以平复等待的焦虑。

少女长久盯着病房里的一盆绿植，确切说，是盯着绿植上的一只蜗牛看。走进来的心理医生鼓励她摸一下蜗牛，看是什么感觉。少女迟疑许久，终于伸出探险的手："湿湿的，凉凉的。它好像很紧张，也很胆小，触角明明伸得那么长，但我一碰它，它就立马缩回去了。其实，我昨天也看到它了，那个时候它还在这花盆底下待着不动呢。它那么小，叶子又这么远，它一定花费了很多力气。"

"你觉得它想要去哪？"医生问。

"不知道，它可能是饿了，想找吃的，也有可能是想喝口水，总之，一定是一件很重要的事情，不然，这叶子这么远，又那么危险，它不应该爬出来。"说到"它不应该爬出来"时，少女流泪了，全身布满悔恨的战栗。

这是电视剧里的一个桥段。少女送进病房前，被人骗喝"听话水"，后遭强暴。被强暴的心理创伤与童年被猥亵的心理阴影双重叠加，少女仿佛身处一间密不透风的黑屋子，找不到拯救自己的方向。少女下意识地将自己投射在一只蜗牛身上，而叶子似乎就是她对远方、对未来的向往。只是，世事艰险，长路漫漫，即便是谋如"一箪食、一瓢饮"般简单的生，也是险象环生，少女无力对抗，不懂化解，心生悔恨，恨自己为什么没有一直待在安全的角落素心如简。

她可是受害者呀，何以在她心中自己倒成了原罪？竟更愿意选择做蜗牛，幻想一生只要蜷伏进壳就能消弭一切灾难。要知道，人生从来就没有永恒的避难所，这世间任何一个角落放置于不同的坐标原点，都有可能成为风暴的中心，好比，《盲山》里的白雪梅、丰县的"铁链女"，好端端在路上走着，憧憬着，一记闷棍、一帖迷药、几番拳脚、数张钞票就将她们的命运篡改得面目全非。

十一点多，终于听到门锁转动的声响。爱人放下公文包，没有开灯，径直走进主卧，亲了亲儿子睡着的脸庞；

接着，轻轻将女儿房间的推拉门拉开一条缝，粉色被褥在月色簇拥下闪耀出温柔敦厚的光泽，他有些失神，就着女儿均匀呼吸声呆立良久，直到觉察到自己发出了无法克制的鼻吸声才把门带上；最后，他走向沙发，一手摸索茶几上的遥控器关掉电视，一手缓缓揽过我的肩膀，让我紧挨他构成一个牢不可破的剪影。

那个女孩，20岁不到啊，跟我们女儿差不多高，扎着不谙世事的马尾，欢天喜地谈着恋爱，却一点也不知道保护自己；怀孕了，男孩却斩钉截铁要分手，说自己喜欢上了别人；女孩手足无措，只一味哭着追问，分手，她怎么办？她肚子里的孩子要怎么办？男孩遁向花店，给女孩买了一束她最喜欢的玫瑰花，答非所问地说，最后一束，聊作纪念，成年人了，好聚好散；女孩害怕手术，身上又没钱，也不敢告诉家人，求男孩不要不管她，可男孩却厌倦地掰开她的手，头也不回走了；女孩的心仿佛被子弹洞穿，没有犹豫，从五楼栏杆一跃而下，一具血肉模糊的躯体就这样躺在了抢救室冰冷的床架上……月光之下，爱人的讲述那么慢那么轻，仿佛怕惊扰到所有醒着和睡着的精灵。

我如鲠在喉，无言以对，只好轻轻搂了搂他的腰。不曾想，这一搂，立即让警服包裹下、以父亲之名的爱人的悲伤溃不成军。

一道急遽的手机蓝光，划破一室宁静，将星月、街灯与角落里的暗黑如霓虹，打散在爱人刚端起的白瓷碗上。斑驳陆离的色彩，仿佛一颗正在等待宣判的惊惧的心。在医院值守的民警打来电话，女孩离开了这个世界。爱人放下白瓷碗，驱车向南，赶回老家辖区。

　　我的睡衣沾满无声惊雷般的哀号。泡散的方便面雾气惨淡。我仿佛看到省人民医院某间病房有玫瑰怒放，似血般浓稠的玫瑰花瓣，像一条条鲜艳舌头，舔舐一颗颗渴望爱情的少女心，那样柔软，那样锋利。

　　之后一个周末，爱人带她姐姐也即我的大姑子来昌看病。进门时，大姑子喊了一声"罗张琴"，见我从房间奔出，将手里拎着的那袋沉甸甸的板栗卸在地板上。

　　搬南昌四五年，这是大姑子第一次来我家，我赶紧招呼她坐下，张罗她吃这吃那。别多心，我俩关系一直很好，大姑子下岗后虽没了工作，但一点也不妨碍她是个能干之人，她精细管理着我姐夫的工资收入，养大两个孩子不说，还在市县买了三套房；她做家务是把好手，不管什么时候去她家，整个屋子都井井有条，锃亮锃亮；她炒的菜也特别好吃，住县城时，我全家隔三岔五就被她喊去蹭饭；我若工作忙，小孩子没人管，一个电话她必全力顶上，即便在南昌的这些年，她总是会在每个假期来临前打电话过来，让我赶紧去玩，放心把小孩交给她。不记仇、爱帮人的大姑子，是典型的刀子嘴豆腐心，每遇事，总饱含斗争的激情，非必要，绝不给任何人添麻烦，相处近20年，我似乎从没见她脆弱过。鲜少来南昌，主要是因为她必须每天关顾一家老小的饮食起居以及她母子都晕车厉害的缘故。

大姑子是在两个月前开始察觉身体有不适的。起先，是胃口不好，接着，腰部莫名胀痛，很快，尿液里夹杂了细微的颗粒状不明物体，初看如朱砂屑，再看竟会泅散出血一般的晕染来。这异样红艳的马桶锦绣在大姑子内心产生强烈冲击，堪比目睹蝼蚁毁长堤。去县医院检查，医生说她肾上长了个小瘤子，只要摘了、消好炎，当无碍。手术确实很顺利，瘤子也是良性的，爱人去医院看她时，我和她通了微信视频，气色不错的她一直说"罗张琴，我没事。你一个人带俩孩子，苦累着呢，别挂心，忙去，忙去。"

只是，出院后，各项指标正常的大姑子，依然还是会分泌出一些"朱砂屑"来。所谓"朱砂屑"，其实是赖以续命的血啊，这意味着在她体内某个地方，还潜藏着出血点。一个人身体里的血，如何经得起这般细水长流？这感觉就像是有一双看不见的手在她身体里埋装了定时炸弹，每有

"朱砂屑"流出一粒，定时炸弹引爆的时间就向前走了一秒，大姑子害怕这种恒定而又无休止的迫近，感觉自己的"生"受到严重威胁，想奋起反抗，却不知对手在哪。状如惊弓之鸟的大姑子开始忧心忡忡，整宿整宿睡不着觉，变得敏感多疑，她自怨自艾以及揣度他人情绪的表现甚至于有些神经质了。

尽管来之前，爱人已经开解、宽慰了大姑子一路，进门后的她，还是坚持悬坐在一方离大家都很远的孤零零的小凳子上（她看不起有病的自己，怕我们嫌弃她？）。她将手拢进口袋，坚持这也不吃那也不吃（她认为自己的肠胃坏了，吃下去的东西不过是恶化病情的催化剂？）。她反复强调特意去麻洲寻了我爱的土栗，都是她亲手一粒一粒挑拣过的（说到土栗的时候，她一直在观察我的反应，是喜欢至极还是无动于衷！）。当然，她反复强调最多的是，她明天看完病就先行打车回，一定不耽误我们办其他事……

此刻，我亲爱的大姑子，脆弱虚弱到使人心疼，仿佛颠沛流离在暴雨将至海面上的一叶孤舟。看着她的样子，我试着在心里模拟被疾病锋刃所伤的场景，是猛虎落平阳被恶犬欺，是垂死英雄再无力扣动曾经叱咤风云的扳机。

其实，大姑子来我家之前，已经偷偷让姐夫带着她去省城一家医院泌尿科全面筛查过了。我以为，她之所以保密，怕给我们添所谓麻烦是其次，她最想应该是运气够好、她可以凭一己之力化解这场危机，待未来某天，警报解除，她便可以心无挂碍地、单纯以亲人身份体体面面来我家做客了。双肾、子宫、膀胱、尿道……检查结果通通没有问题，唯"朱砂屑"依旧，这样的处境加深了她的忧虑，本就苗条的她，在不到 2 个月里生生落了 10 多斤肉，成了皮包骨。

精神恍惚的她怀疑"朱砂屑"在增大，觉得必须换一家省城医院重新检查，范围也要扩大至全身上下。为让她宽心，爱人二话不说陪她去了。医生判断还是"没事"，笑她是自己吓自己，大姑子对医生怆然一笑，不置可否，回家却开始呜咽，说只要出血点找不到，医生所说、检查报告等不过都是糊弄人的鬼话，她要求家人马上带她去上海或者北京，爱人要她听医生话先观察，毕竟他与大城市专家建立联系也需要一点时间，她听不进去，觉得受到莫大伤害，怎么都不肯上桌吃饭了。她一个人趴在阳台"看马路"，看累了，便径直躲进房间。

夜凉如水，她在客厅踱来踱去，像下了很大决心似的，与我们郑重说起她两个孩子："我聪呢，争气考到了市里工作，房子也快装修好了，今后讨什么样的老婆就看他自己的造化了；我琨呢，一直很懂事，成绩也都蛮好，未来他爸肯定舍不得不管他，再说那么多亲朋总归能帮衬一把……"我们既无法指责她以壮年之身学临终曹操"分香卖履"，又难以宽慰她隐忧背后的隐忧，只能保持沉默。沉默的海平面上，她的哭声突然排山倒海："罗张琴，我日子没过够，我怎么办，要怎么办？"

"我怎么办？"刚知天命的大姑子与之前花季般的殉情少女在人生的困境、绝境发问，内心其实是无比渴望自己能借助外力突出重围的，无奈尘土太厚，大片光明一时半会没来得及涌进来。

如果有心梳理，几千年来，中国女人在面对这个问题时，大多亦是这样，像离群孤鸟、如池中飘萍般六神无主，即便是一代才女李清照也难例外。

战乱，宋庭南迁，李清照举家逃亡。赵明诚因做官先溜了，将家中老小、辎重等全部交给李清照照管。一路追一路逃，不停告别。告别时，李清照站在岸上，赵明诚在船上。李清照心下恓惶，凄然大喊一声，说如果再遇到敌人把城攻陷了，我怎么办？赵明诚是这样回答她的："从众。逼不得已，先弃辎重，次衣被，次书册卷轴，次古器，独所谓宗器者，可自负抱，与身俱在望，勿忘之"。李清照泪流不止，这一刻，她知道了自己可有可无，价值和这个器物一样。夫妻本是同林鸟，大难临头各自飞；女人鲜活生命，男人弃之如物无丝毫怜悯，个中滋味，多读几遍李清照的《金石录后序》当能领悟。

谁也逃不脱岁月的盘剥与敲打，就像一部机器，运转久了，小毛病纷至沓来，情况严重还不得不更换零部件直到报毁。蝼蚁尚且贪生，为人怎不惜命？尤其上有老、下有小的中年，在各种角色捆绑下承担着人生许多不可推的责任，无论曾经多么百毒不侵，也不敢再逞强任性无所谓。

我，也是一样，无比害怕过去吃过的肉、生过的气、熬过的夜、为了美受过的寒以及放纵过的一切反扑，无比担心意外降临、死神到访。40岁一过，不，也许多年以前，我便开始未雨绸缪，以各种方式运动、养生，不惜血本去美容院保养，一天天提醒自己收锋敛芒，以宽恕之道放过自己和他人，认真做好人生减法。

赤手空拳行走在随时可能冒出冷箭旷野的自己，如何当得了别人的人生导师？看着潦草打包回家的大姑子的落寞背影，我没办法开口说出一句挽留的话，我觉得只要开口，我的力不从心和无能为力就会被无限放大。

我一个人跪坐在那个被车轮碾碎的秋日黄昏的地板上，像戴罪之身。我反反复复将小阳台那堆板栗，摊平，堆拢，再摊平，再堆拢……仿佛在服赎罪的劳役。

"哗啦"——，被摊平的栗子如流水倾泻。

这些精挑细选的麻洲土栗，个头虽小，果仁却饱满多浆，过去乡里人家，每采摘回，从不着急吃，而是把它们装进竹篮，挂在檐下通风处悬晾。几天后，再将它们从竹篮里掏出来，凉水洗净，外壳一咬，内皮即去，果肉微软轻皱，有种天然去雕饰的甘甜。《红楼梦》中，怡红院的檐下曾挂着呢，袭人喜欢吃，称它"风栗子"。

　　麻洲是一处沙洲，位赣江支流恩江上游，洲上有果园，栽满橘子树和板栗树。果园深处，藏着二十几幢大小不一、年代久远的扁砖房。这些扁砖房无一例外，拱着人字形屋顶，远远看去，仿佛西方小镇上的简易教堂，那是果农们的家。

　　太阳从东边人字形屋顶升起，从高大的板栗树、粗壮的橘子树枝叶间走过，沙被日光洗得金灿灿的，草被日光染得绿油油的，一派生机的菜地与闪闪发光的河面串在一起，跟童话里的梦境似的……住县城时，初为人妇的我，对小区边上的麻洲的夏日早晨百看不厌。

　　秋天，橘子红了，板栗呱呱欲坠，这时的麻洲，可以花钱打板栗，堪称"寻宝"乐园。只是，打板栗，属技术活，一甩一勾，讲究寸劲，无论我怎样揣度，都很难听到一竿过后毛球落地的"噗噗"声。这时，戴着大草帽的果农刘婶便出现了。她笑着捡起我扔在地上的篙子，看似漫不经心的几竿过后，草丛上早已铺陈好些个茸扎扎的毛球。笑容温和的刘婶，示意我学她用鞋底"劲吻"毛球。茸扎扎的外壳很快裂开，向我们坦露出怀抱里有着暗红发亮脸庞的栗子娃娃。

风，从赣江边上涌进来，搁置栗子的几块地板，瞬间幻化成没有边框的竹篮，我仿佛看见皎月朗照下遥远的属于刘婶家的旧屋檐。

旧屋檐下，站着刘婶的一对龙凤胎。凤先出几分钟，龙紧随其后。他们一点点在果树间攀缘，一天天在果园中欢跑，他跑她追，她跑他追，跑得脸庞通红，跑得胸膛起伏，像娇俏和勇猛的小兽。云霞如锦依偎，阳光雨露滋养，一种情绪跑散了，另一种情绪汹涌而来，天地渐开，青春已来，他们虎虎有生气，灿灿有精神。刘婶觉得人生有他们就是最大的福报和圆满。

凤和龙从科技职业学校毕业后同去了广东，在两家不同的工厂打工。凤像一朵开流水线上的花，追求者如蜂如蝶盘桓舞动。凤追星梁朝伟，认为沉默可担事，动静能互补。龙却觉得阴郁之人，心思似古井，悲喜总难辨。凤最后相中的是一个颇有些梁式阴郁风格的外省男孩，龙为此很生气，恨铁不成钢地没回家送姐姐出嫁。凤心有隔阂，自此与娘家疏离，偶尔音信往来也对关于自己的一切守口如瓶。

后来，刘婶才知道，五年多时间，凤其实过得很不好，困在生育囚室里的凤，接连生了两个女孩、引产了一个女胎，她一边忍受丈夫的出轨，一边还要日日承受重男轻女公婆的冷眼和作践。

凤又被下种了。怀孕6个月的时候，她婆婆再次领着她去那个七曲八拐亲戚所在的B超室走了一遭，医生亲戚不肯收她婆婆奉上的红包，只紧咬一根未曾点燃的香烟，悲悯地看了凤和她的肚子一眼。出医院，她婆婆边诅咒边跺脚边拨通医生亲戚的电话："又是女？"她婆婆咬牙切齿拉扯着凤赶紧引产，边扯边骂："我娃造孽，娶个害人精，一肚女，养不起！"很难理解，对吧？孩子本是爱情的结晶，是亲情的纽带，是生命的接力，是文明的延续，何以那般狭隘，因性别而有对错，但在中国某些地方，这种"男孩偏好"的生育观确实还真切存在着，且离完全破除还有很长一段路要走。

手术室垃圾桶中，那具乌青紫黑、已成人形的躯体上，一根小鸡鸡赫然呈现，触目惊心。手术室门口传来她婆婆招魂般的哭叫，凤在手术台，抿了抿失血过多的嘴唇，发出含义不明的冷笑。护士似乎被这冷笑惊着了，手一哆嗦，一把镊子"当"一声掉在瓷砖上。瓷砖裂开，仿佛有吸血蝙蝠样的不明隐形生物朝凤飞过来。不明隐形生物带着凤，从千里迢迢的外省潜回麻洲，在麻洲最好看的某个夏天的早晨，与风一起，目送凤与江水浑然一体，永不分离。

壮硕的刘婶很快瘦脱了形，屁股仿佛是被风削成为两片尖锐的瓦片，脸似老树皮，一头灰白头发在阴影里凌乱飘飞，不时将开裂嘴角蹭到血迹模糊。

龙忧心刘婶的痛楚如蚁啃骨，很快收拾行李、带着亦是外省的女友返乡，在离家不远的体育场旁开了一家早点铺。第二年夏天，龙的儿子出生，刘婶的笑容和身体才慢慢变得饱满起来。

只是，沉浮人世，风波总是难测。早点铺前，人声鼎沸。龙狠狠扇出一记耳光，那个外省媳妇开始在污浊地面打滚，刘婶扯着龙的袖子边劝边哭，刘婶老公哄抱哭闹不已的小孙子气得直哆嗦。

原来，自打出生，小孙子总睡不踏实，整日整夜非得让人竖抱着，不断拍、不断摇才能眯眼，一停就哭，刘婶仿效土法，在凌晨三四点钟将写有"天灵灵，地灵灵，我家有个叫夜郎，过路君子念一念，一觉睡到大天光。"的夜哭帖贴到大街上也无济于事。一次感冒，小孙子被带去医院治疗，"患严重先天性心脏病，建议放弃治疗"的诊断像一记响雷把外省媳妇惊得慌了神，她害怕病孩子从此会变成催命一般的讨债鬼，某天竟趁家人都去干活的当口，将病孩子遗弃在了果园深处的牛栏边上。

"他有心脏病，医生说带了也是白带，要怎么办？"外省媳妇振振有词，毫无悔意，她觉得自己年轻，一定能为龙再生养出许多个健康的孩子，实在犯不着让全家在一棵歪脖子树吊死。

与外省媳妇不同，在刘婶一家眼里，孩子是活生生的一条命，无论男女，不管健康还是残疾，来到这世上，就是缘分，就是责任，必须善待，尽力周全。"你跟我滚！"龙咆哮着，无法掩饰自己的愤怒。外省媳妇从地上爬起，头也不回走出麻洲，再没回来过。龙无心经营，再次外出打工。

仿佛只在开闭之间，好好一对龙凤俱损，刘叔猝然离世，往后余生，在我这个外人看来，麻洲的每一个秋天似乎都让刘婶更接近她人生的最后一个秋天。她会怎么办？

也许，悲伤只是这世上还有依靠人的撒娇罢了，无所傍依的刘婶根本没暇去问"要怎么办"。她忙着把自己变成了果园里的一只老蜜蜂，又或是挺立在小孙子生命中的一根蜡烛，从头到脚一直燃烧。她小心翼翼照料着小孙子的衣食起居，尽量不让他生一次病；她事无巨细打理着果园，让每一棵果树都有饱满收成；她遍访小儿心脏内科、儿科、心血管内科的名医，一趟接一趟，在好心人的指点下带小孙子去看病。县城、市里、省城、外省……倾尽所有，在所不惜，终于，一个上海的医生帮她撕开了压在她头上的沉沉黑幕，上海医生说，小孙子得的是先天性心脏病中较轻的一种，只需准备三万费用做个小手术，待两三天就可出院活蹦乱跳了。

这世上所有的坚强，都是柔软生成的茧。破茧而出的刘婶，扁着嘴，像跪磨盘洲菩萨一般，直直给上海医生跪了下去。

我做不了更多，只每年去她那多买些桔子和板栗而已。每一个落叶纷飞的日子，我总无端想起这样的场景：果园布满阳光的影子，斑驳的影子像无数跳跃的生命，满头银发的刘婶在门口择菜，小男孩在厅堂一笔一画写着作业，听到声响，一老一小转头微笑，那微笑多像是秋天乡野的稻子和童年晨光里的镜子啊。

童年的我最喜欢躺在被窝里，看母亲端坐梳妆台，就着微弱却有力的晨光，对着镜子梳黑油油的头发，抹上海买来的香香的面油，镜面氤氲母亲对在外工作父亲的思念，镜中岁月平和恬静。我悄悄下床，站在镜子旁边，与镜子一同打量母亲的美。母亲腾出一只手捏了捏我的手臂，一股暖流缓缓传递，挨着镜子的我，感受到了拥抱的热度。

装修婚房时，母亲让我在主卧门后装一面大大的落地镜，自此，我从母亲的镜子里剥离出来，独自面对自己的人生。后来，一粒小小的种子，在我的子宫安营扎寨，时辰一到，破水而出。从镜子里看过去，皱巴巴得，软绵绵得，但只要经世上的风轻轻一吹，不需几天光景，全身便光洁细腻、圆润饱满，仿佛挂在新枝上的毛栗籽儿，充满野蛮生长的韧劲，母亲说，这叫"迎风长"。那一刻，我意识到，镜中藏着人世间与我休戚与共的族类，风里，有接续也有轮回。

冬天已来，爱人和姐夫陪大姑子去上海看病，我将阳台上的麻洲土栗再次堆拢在一起。这该是我最后一次将它们堆拢在一起了。因为栗子太多，远远超出了我所能消受的极限。看，小吃一把生的，肚子胀得不行；细嚼几粒炒的，喉咙就烟熏火燎得紧；甚至只是将栗子壳咬开，就担心牙齿会被崩碎。何况，世上的风太过凌厉，自它们从树上落下，只一周左右，原本美味的"风栗子"就渐渐被收干成为一颗颗硬邦邦的栗色小石头，只能倒进泥土里。

我想，等大姑子从上海回来，我一定邀她去麻洲走一趟。隆冬的麻洲，尽管萧瑟、荒芜，连一只鸣叫的虫子都没有，只有庞然无形、能让生命原浆变动不居、能在生命两种相反相成的魔法间穿梭自如的风狠狠吹着，但，这只是表面的，麻洲深处还有刘婶，有正在健康长大的刘婶的小孙子，最关键是有板栗树，树下，铺满风干的风栗子，它们与泥土一起，总会带来下一个春天的消息，这是麻洲不死的灵魂。

# 花朵

路口的风，有点大。我死劲儿眯着眼，眯至一条细狭的缝，还是照见了花朵，及她脸上的灰霜。

我们用第一个微笑互相致意，用第二个微笑错身离开。其实，很想一如小时候，拉一拉花朵姐姐的衣袖。邀她随我去某个茶楼小坐，只说一个梦，一个我做的，关于她的梦。

梦里的花朵，穿着与日常吻合，极不考究：劣质的驼色毛衣起满了球，一条藏青蓝的西裤松垮垮、软塌塌得在腰间系着，黑色的皮鞋灰头土脑，象藏匿在泥扑扑地里的两声傻笑。傻笑什么呢？估计是觉得主人呼天抢地的样子，有不同寻常的一股子新鲜吧。现实的花朵，多能干呀！行动利落，表情淡定，言辞妥当，处世周全，打理两家连锁店，代理几十种品牌，永远是一幅"万事了然于胸、我自岿然不动"的大家当模样。

两个大桶，装着一模一样的食用油。出售时，她买来大红、米白两把勺，分放其中。交代店员，放白勺的每斤贵两角。伙计有些为难，一样的油如何能卖出不一样的价？她也不解释，只用两把勺子各舀起一瓢油，对着阳光晃一晃。伙计发现，白勺里的，色泽俨然要比红勺里的清亮许多。伙计释然，每有顾客来咨询优劣、询问价钱，便依葫芦画瓢操作一番。别说，放白勺的虽贵些，卖得永远比红勺火。这是花朵的精明。街坊邻居来光顾，她一张笑脸陪着，足秤称好不说，每还必往袋中加把料。结账时，从来都将零头痛快抹了。人情做到这份上，顾客脸上心里都是一朵花。商场亦如江湖，别小看小恩小惠，会不会做人经商，有时还全靠了它。很快，花朵及她的店，在整个商圈县界声名远播，人脉慢慢广阔，很多人冲着她"大方"的气度，主动与其合作。就在前不久，花朵与人合伙，在山东拍下一块地，做起了地产商。

如此能干圆通的女强人，几时会呼天抢地号啕、不管不顾数落、涕泪横流示弱？

可梦里的花朵，真是哭了，对着她男人，委屈伤心到一塌糊涂。

"结婚二十年，这里就只有我一个人。一个人买卖，一个人做饭，一个人管理孩子，一个人处理危机，一个人哭，一个人笑，一个人看病，一个人心忧。你不陪我回乡看父母，我便忍了。只是娘家亲戚来小坐，你竟也是来客不迎、客走不送，寡言淡漠。我们谈笑声高些，你便甩过来冷冷一鞭子厌恶眼神。客人芒刺在背，好不尴尬，我却因此失了来路。你什么都不管，你只管我。年轻时不许花钱，不许打扮。有钱了，不能闲聊，不得停歇。子女逃学、早恋、网瘾，你要么推门而出，要么拳脚相迎，将所有烂摊破事全丢给我。我一个女人，娘不娘家，家不家人，六亲无靠，心无所依，头疼脑热盼不来半碗米粥、一句安慰，活着就是根苦黄连。我要是朵花，自嫁给你的那一天起，就彻彻底底败了。青春、美貌、情怀、梦想、亲情、友情、爱情，统统都开败了。只剩下一瓣，中看不中用的，钱！"

在梦里，花朵的男人半蹲着，一成不变地抚摸自己的嶙峋脚踝，像尊低眉菩萨。

梦总是反的吧！她那尊男菩萨，现实中，眉头几时曾低过？

花朵比我大几岁。儿时，老家白沙，懵懵懂懂的我，看着花季般的花朵姐迎面走来，竟一下子对女人美丑，有了清晰标准：浓眉、大眼、直直长长的黑发、高挑圆润的身材、光洁瓷实的皮肤、利落大方的笑容。我喜欢死了她身上穿的那件镶着可爱兔子的红毛衣。一打听，原是姐自己照着图案书编织而成。我扯巴扯巴花朵衫袖，央她为我也织一件。半月光景，她竟一下送我两件，针针脚脚，极是熨帖。多惋惜呀，心灵手巧的花朵，因兄弟姊妹多、家里收入少，被迫辍学。不久，便随本家叔叔去了邻县永丰的一家工厂，做临时工。

如花的花朵，健康饱满，开得蓬勃，蜂蜂蝶蝶纷至沓来。那个年代不大兴自由恋爱，都是男方看上眼了，再托七姑八姨去女孩家说媒。最多的一天，花朵家，来了七拔。有学校老师，有卫生院医生，有退伍军人，有农民，有个体户，当然也有朝夕相处的工人弟兄。林林总总，却一个也入不得花朵的眼。花朵母亲知道，花朵这一干"摇头"，与追求者的诚意、外表、谈吐、学历等等，关系都不大。说到底，只怨家中祖辈几代都是乡间草芥，大到村里分田划山、建房争地，小到兄妹上学、买化肥种子，朝中没个做官的，总受人欺负。花朵好强，老早就与家长交底：今后要么不嫁，要嫁就嫁个有官印的大户人家，出尽一口鸟气。

江边，再不见洗衣洗菜的花朵，进城上班的花朵，眼界宽了，心气更高了。尽管与我们一样，只是从乌江跨到了恩江，但花朵分明觉得整个世界都不一样了。花朵认为恩江的水比乌江的阔，流得也欢，这城市的干净整洁、繁华旖旎让她越看越欢喜。从贫穷落后的村庄光荣逃亡出来的花朵憧憬自己是只跃过龙门的锦鲤，期待着有一天能凭自己的美貌聪慧，栖身高枝，做个能吃"皇粮"的城里媳妇。

有一天，县城某局长的大公子托人来说媒。花朵母亲一来心忧门第，二来也实在不中意公子的长相及人品，尽管她非常想与"局长"这个丰厚称谓结为亲家，却因担心花朵将来会受委屈，内心一直很是犹豫。但是花朵，痛痛快快对母亲点了点头。

风风光光出嫁了。至于有没有满心欢喜、郎情妾意，只有花朵自己知道。后来的事，与花朵最初的愿景相去甚远。公公是局长，但很快退居二线，终究没给花朵安排工作。婆家是富贵，奈何花朵不是牡丹，更多时候一家子习惯客客气气地将她当保姆使。男人是公子，却少有翩翩疼人容人的风度，花朵嫁他第二年，公子逞一时意气，与人干仗一场，就此将铁饭碗砸个稀巴烂。

官家的"名"没了！可花朵"米糠跳进白米箩"的虚荣与风光，始终在祖宗门庭的檐瓦上高悬，在坊间邻里的言辞上腾跳。乡野卑微的花朵，绝不能接受命运如此蹉跎的安排，她多么害怕藏匿在乡人背后，幸灾乐祸的讥笑啊。

颇具头脑的花朵，对上世纪九十年代悄然兴起的个体经营脉冲很敏感。她用计付银行双倍存款利率的方式，说服全家将部分积蓄有偿借贷于她。之后，盘下两间店面，开张夫妻粮油店。没有流动资金，花朵又以房产店面做抵押，向银行贷款六十万，顺利拉开了经商的大幕。这在当时，几乎是一个壮士断腕、风啸水寒的壮举。花朵用她的全部心智与勤勉催开了她最看重的一瓣花。这瓣花，光芒四射，璀璨夺目，很长一段时期，似乎可以完全掩盖花朵生命里，黯然失色的其他。比如从未经历的爱情，比如少来往的娘亲，比如不争气的孩子，比如渐行渐远的本该属于女人的最美心境与年华。

这一场隐匿悲伤的梦，花朵并不知道，我只讲给了母亲听。母亲说："你倒懂她。这孩子自小聪明能干，有做人上人的野心。有野心不是不好，是个男儿身，妥些。生为女人，很是苦了自己。难得她还知道来你这妹妹梦里哭一场。要我说，娇娇弱弱的女人，就该是一朵娇娇弱弱的花，得学会自己疼惜自己。天真时天真，恋爱时恋爱，奋斗时奋斗，享受时享受。至于花能开几瓣，命运自有时序安排，何苦忤逆自然，刻意追求光显腾达！刻意结的果，怕都是自作自受的苦果！"

花朵最要好的表妹，意见与我母亲相左，她坚持花朵花开不全的悲哀是花朵男人造成的。表妹每见一次潦草的花朵，必念叨："花朵，散了吧！又不是非得靠男人养活。

累到吐血，打下偌大家业，他又何曾真正把你放在心上？你得开始自己的生活。"花朵淡淡应道："这一路车马颠簸，风尘霜雪，已是惯了。与他，就这般相安无事地过吧。倒是你，别老单着，岁月不饶人，转眼是沧桑！再不济的男人，到老，终归是身旁一个伴。"红尘万丈，阳光恓惶，花朵说这番话的时候，光波在表妹眼里打转，就要滴出来。

迷眼的，是表妹感怀身世的悲伤。那一年，十六岁的表妹跳上从家乡开往深圳的大巴，头靠在帅气男友肩上。表妹一路都在幻想，理发师与保姆的组合，有爱，加上肯拼，一定可以在深圳这个遍地是黄金的特区扎寨安营。她甚至还笃定地盘算过，他们至少可以在深圳好好养大三个孩子。涉世之初的表妹，在深圳这个充满传奇又写满苦难的城市里，用少女满满的爱，热气腾腾地对付捉襟见肘的生活。她给花朵写信，不说蚂蚁的艰辛，只写掘金的豪情，信的结尾她义薄云天地许诺花朵，等脚跟站稳，接姐去深圳享乐。

不久，花朵真的应表妹之邀，去了深圳。时间蛮长，一个月。只是除了医院，花朵始终待在表妹租来的地下室，哪儿也没去。

这间安置在地下室的屋子，很阴暗。偶尔会有一抹稀薄阳光透过几根短小窗棂洒下，让眼睛稍稍振奋一下子。

可是，深圳的阳光与生活，在花朵看来，多像是一对刻薄的吝啬主子，就只顾"自己酒肉臭，何曾管过表妹一干打工仔的死活"？在这个炽热的城市里，花朵一点儿也不觉得暖。她整日整夜，就只看到百无聊赖的灰尘，一粒粒在地下室稀薄的光斑里，冷冷漂着。躲在皱巴巴被套下的表妹，更像一个瑟缩的阴影，让花朵惶惶！

惶惶的花朵，不可遏制地总想起一些画面：夜晚，大风把星光吹灭，这张稍嫌污秽的床上，一对年轻男女，发出了波涛的喊声。喊声给女孩腹中招来了孩子，却没能留住播种的男人。帅得有点邪恶的理发师有一双销魂的手。这手掳获了来发艺室做护理的超级富婆。富婆给理发师大把的钱。理发师盯着地下室及地下室里大肚子的表妹，看不到想要的未来。富婆开着豪车把理发师带走。理发师堂而皇之地成了专职小白脸。表妹在地上哭泣。表妹昏了过去。表妹打电话请她来。表妹去医院引产。表妹在手术书上签字，神情决绝。怕表妹会死，自己吓得一直哭……这些画面折磨着花朵，却似乎引不起表妹内心的波澜。

身体复元后的表妹，送花朵回乡。车站离别，表妹说："没有性爱的欢愉和男人的企盼，生孩子真他妈是件痛苦的事。这辈子，我是不生了。花朵，将来，你若欢愉，多生一个，寄来，给我！"语不惊人死不休！是女孩葱茏岁月的埋葬，也是女人游戏人生的开始。之后的表妹，再没有正经上班，也再未踏入家乡半步，她专注做起了"三陪"、"二奶"。她走马灯似的换着男人，在物欲横流、奢靡放浪里挥霍青春，笼络金钱，嘲笑正统的幸福。一个女人在大庭广众里撕打她，骂她婊子。她高昂着头，一边整理妆容，一边用言辞还击："男欢女爱这瓣花，我有，你却没有。你老公说你竟从未有过高潮，真可怜！"女人瞬间被击中，表妹一脸恶毒的笑。

　　也许单纯的表妹与被引产的孩子，是同时没了的。俗世里，活着的，只是一朵靠执掌男人身体爬上金钱温床的、妖邪的花。这朵花，从属名为"爱情"这瓣，被激情催开又被世界无情践踏时，花心就已然枯死了。尽管后续其他的花瓣，经由一个时代开放前沿的催生洗炼，重重叠叠，团团抹抹，似乎开得异常繁复，但在视觉上，我始终能从其中觉察到一种来自灵魂的荒芜。

　　挟裹荒芜洪流的表妹，于花花绿绿的世界、花花绿绿的票子、花花绿绿的男人中，辗转倦了。也曾费心留神，想找个合适的人，洗净铅华，四平八稳地，成家生娃娃。可是，这些简单愿望，经由人生的百转千回后，要实现，却是如此艰难。表妹开始失眠，时常躺在床上，孤零零，看着天花板。她觉得，曾经给过她无限安全感的金钱，慢慢就变为一个个张开血盆大口的寂寞黑洞。回不去的表妹，比花朵直率，时常光光鲜鲜，就在人潮人海中，泪流满面。

年华白首，女人如花。亲情、友情、爱情，美貌、财富、孩子，梦想、事业、欢爱，究竟可开几瓣？我的心一惊，不觉问出了声。近旁是结伴而行的木子。木子说，世事无常，花开不全，始终是生命的真相。

原来，花开不全，才是真相。

那么，女人，定要好好珍惜花开的几瓣。要相信，这世上，每一朵花瓣的开放，都会在时间的远处有所照应。也许是一个懂得欣赏的男人，也许是有相同花语的知音，也许是欢蹦乱跳的孩子，也许是峰回路转的前程。如此，女人才真的如花。

# 雏菊

## 一

天空蓝得辽远。

车在高速急驰，飞速掠过的影像让坐在前排的我困倦地做起梦来。梦中的角色黑魆魆从高空失重，猛扑下来，全是梅小美的脸。脸在各种场景里扭曲：宾馆的暗，夜总会的靡，手术室惨烈无比的光，看守所手铐的冷……我避之不及，张皇地喊出了声。喊声把梦惊醒了。太阳灼灼的光华瞬间刺得人生疼，止不住流下泪来。

路边的雏菊，枝干上举着嫩绿的叶。叶上托生无数的花。淡紫、金黄、纯白，明晃晃的。那么小，那么野，那么均匀，那么好看，多像受到万神眷顾的巧笑嫣然的女孩儿。

雏菊，别名延命菊。花语：天真、幼稚、纯洁的美。些许怔忡，梅小美和雏菊，竟然同一时刻，出现在我梦里梦外。

我憎恶梅小美，已经有十一年零九个月之久了。

气急败坏的擂门声听得人心慌，夜晚哺乳的温情被粗暴打断。胡乱将女儿往摇床里一放，甚至没来得及擦拭一把她正溢着乳汁的小嘴儿，我趿着拖鞋，将约十岁的梅小美和她妈迎进门来。

梅小美有一双好看的手。细长，白皙。此刻，正在低顺的眉眼下，窘迫地反复绞动着。她妈，我爱人的表姐，好多年不购新衣、袜子破洞也舍不得丢的以节俭闻名的女人，在这双手上罕见大方地花了不少钱。在她眼里，梅小美的手天生就应该是练习钢琴、绘画、芭蕾舞的手。手怎么就魔化了？总是想要占有同学的东西：笔、本子、带香味的橡皮、闪着水钻的发卡、从脖子上解散下来的鲜艳丝巾，还有藏匿在书包里的钱。

表姐想不明白，索性就哭了。哭，更多是担心梅小美真的如校方所言会被勒令退学。听我打完求情电话后，她破涕为笑，有巨石落地的释然。生意人做久了，连时间都吝啬。我本来已将梅小美支进房间照看妹妹，想和表姐好好聊一聊。比如占有天性的克服。比如爱的弥补。比如陪伴的重要，还有送孩子礼物的必须。可惜，表姐很快从沙发上站了起来，急急喊梅小美回家，她赶着去做店里一天的盘点。

不开除，事就没了？梅小美就能好？表姐肯定没看过梅小美写的泄恨小本本。我看过。笔迹，显见的稚嫩——"我自尊心受到伤害了，全班每个人都谈论的电影，只我没看过""郁闷死了，同桌一中午都在跟我讲老树咖屋吃的西餐、牛排，诅咒她成一头大母牛""生日好悲摧，喜欢的链子，说什么也不给我买，不买就不买，自己来"……一个从来没有收到过儿童节礼物、没看过电影、没旅行过、没吃过肯德基的梅小美能好吗？

　　带着梅小美回家的表姐，一直不知道，就在当晚，搁在女儿房间的我的小坤包被光明正大打开。三百块钱、一支口红、一个景泰蓝镯子随她们的离去，下落不明。

　　梅小美，被她爸暴打。当然不是因为我的告发，而是因为她随便就把自己的青春糟蹋了。那些被发现的龌龊字条，是她贱卖美好的凭证。一场电影、一顿西餐、一串劣质的珍珠链子、一个MP3……统统可以成为那些寡廉鲜耻的男人的筹码，男人用这些筹码，轻而易举占有了她。那么丑陋，那么不堪。

　　梅小美蔑视她爸的拳脚，敌视她警察表舅的解救，一点也不以为然。那一刻，我开始厌弃她。我厌弃她斜插过眉的长刘海，几乎遮住了半边颧骨；我厌弃她寡淡的眼白，写满不在乎；我厌弃她成人化的穿着，我尤其厌弃她打死也不认错的沉默。仿佛那些不堪，不是摧残，而是报复。


## 二

我静静坐在大厅的角落，想小时候的梅小美。大眼睛，长而美的脖子，轻巧细柔的小女孩，安静时那抹浅淡的忧伤。那时，我还没有自己的孩子，喜欢带她出去，散步或玩耍。请她吃冰激凌，她卷着舌头、咂着嘴巴，一边欢喜，一边害怕。欢喜是因为从来不知道冰激凌那么好吃，害怕是因为担心要打针。每当她想吃冰激凌的时候，表姐总说吃了会坏肚子，屁股得挨针。

女儿在这一场嚣喧中惊醒。披散着黄软的属于四岁小女生特有的发丝，穿单薄睡衣，赤着脚，一脸惶惶地呆立在房间门口。

姐姐流血了，不要打，好疼。许是女儿真疼了。她无比伤心，委屈地哭了起来。她的哭声将我从遥远的某处拉回。我飞也似的从客厅角落窜到她身边，紧紧抱住她，和着她的哭声，释放心里的哀鸣。之前硬撑着，不肯为梅小美掉的泪，如泉涌。

我让与梅小美有关的一切统统离开，离开我的家，离开我的视线。骨朵一样的女儿，只可以在四季明媚的春光里浸染。多么怕阴影变为成长的噩梦。

从此，梅小美虚幻成一个无关痛痒的名词，在我先生的转述里腾跳。休学；转外地入读贵族学校（梅小美有能耐，终究还是让表姐将所有在她身上省下的钱，连本带利一股脑吐了个干净），滋生事端，被劝退；回家入读另一所高中……还是一如既往、无法遏制地想得到同龄人所拥有的一切：爱，关心，物质，还有享乐。

　　终于某天，梅小美不告而别。听说是流落江湖，自投了黑会所的罗网。我漠然置之，像听别人的故事。且由她作，越作越死。死了，也许落个大地白茫茫一片真干净。我有时真就是这样替那可怜又可悲的表姐想的。

　　可是表姐不能，她做不到。梅小美是她身上掉下来的一坨连着心连着肺的肉。剜走那块肉，她便空了。她不放弃，四处寻找。"活要见人、死要见尸"，像石头一样执着。先生心怀戚戚，发动一切能发动的线人力量，帮着找。也是梅小美命不该绝，一个冬天，梅小美在警方护卫下，要回家了。

　　马路湿漉，房顶飘着冷雨，北风打着凛冽的旋掠过地面。表姐带着泪痕遥望远方，仿佛远方有一个炽热的太阳，慢慢传来一阵可以暖和身心的春风。

　　梅小美迈出车门。面目浮肿，精神憔悴，虚弱又无助。表姐跌跌撞撞扑过去。梅小美依偎在表姐怀里，仿佛一只重返子宫的小海马。有晶莹的物质凝聚在梅小美微闭的睫毛上。异乡的警察拍拍梅小美的背，没说一句话，转身离去。

一家人团在梅小美身边，默认了表姐的陈述。孩子，我不究你的过去，不望你未来的出息，也不怕养你一辈子，你只好好的，好好的，在身边就好。

表姐忙着带梅小美治病。先生让我替表姐去感谢一个人。海青发型工作室。娜娜正帮客人做头发，我在后室的隔厅等她。橙色的沙发，像菩萨向上托举的手掌。娜娜，曾经顽劣的女孙猴子，每天歇工，往里头一躺，算不算是一种修行？墙上挂着一幅水粉画，是美国画家安德鲁·怀斯最为中国观众熟悉的那幅名为《克里斯蒂娜的世界》画作的仿品。

开阔的空间，布满野草的缓缓斜坡，远方地平线处有一座木板屋。残疾的少女，在原野斜坡的脚下，朝着木屋（是少女温暖的家吗？）艰难爬行。姿态令人动容。那幅画实在是催生无限好感的酵母。曾经的问题少女娜娜，踏实学艺，自食其力，不断托人搜集信息，不远千里深入黑暗一证梅小美生死，正无限抵达小木屋所在的地方。

娜娜，向我走来，素朴洁雅，心中似乎藏着一片澄明又寂静的阳光。棉质的感觉。

阿姨，来做发型？

不，特意过来谢谢你。

她了然。梅小美，还好吧？嗯，还好，身体恢复得不错，到底年轻。要不是你，也许从此就找不到梅小美了。梅小美回不来，她妈怕是挨不住几个年头。致谢被娜娜打断。阿姨，帮你洗个头吧。梅小美，幸福，我也就有希望。不是吗？我点头。她的手很轻柔，水温调得恰当。她在我耳边低语，说阿姨，现在的我，做得可都是正经事。我说我知道。她灿烂一笑。


三

生活将每个人搁置在不同的空间，不远不近，亦熟亦疏。究竟会以什么样的方式，再度相见，实在是难以预料。

那个深夜，万籁俱寂，反而让人产生一丝不祥的隐忧来。先生手机突然"噗噗噗"地振动，蓝光不停闪烁，像一个惊扰好梦的妖怪。手机里的声音贴着墙根，一路爬进了我的耳朵里。原是胖子十六岁的女儿，娜娜失踪了。

先生风一般出去。我惴惴难安，深深叹了口气。

胖子是一家汽车修配厂的修理工，一起销赃案告破，和先生成好友。胖子老婆嫌他穷，生下娜娜不久便独自外出打工，从此黄鹤一别不复返。胖子一个人又当爹又当娘的，将娜娜拉扯大。胖子话不多，不怎么表达关心，也不懂怎样与女儿交流。

娜娜到点未回，让胖子措手不及。

凌晨四点半，娜娜被找到，在一家宾馆。她的身边，还躺着一位年近四十岁的男人。那个男人，不是娜娜的第一次。娜娜记不清，他是第几个主顾了。

不知道什么时候起，在许多城市的酒吧、宾馆、KTV、游戏室，在晦暗、迷离的灯光下，在财富占有者猥亵的打量中，总会看到越来越多少女迷失的身影。有的是留守孩子，有的是单亲或孤儿，还有的，父母双全却疏于管教。

娜娜端坐警局。眼神里有冬天的茫然和寒凉。一派镇定。倒是胖子，很虚弱，将肥胖的身体畏葸地悬在一张小凳子上。

问讯，进展得很顺利。

娜娜说，初二投身雏稚帮，一直不后悔。帮里，每个人都有代号，一种有秩序的公平。帮主讲义气，姐妹很贴心，一起过生日，经常送礼物。也不需要做其他的，帮主一切都联系好，自己只负责跟不同男人睡觉就行。不担心怀孕，之前有培训，懂保护。干完活，有补品吃，还有几十到两百数额不等的小费。时间一般都是在中午，偶尔会需要逃课。晚上出来，也是迫不得已，帮主说，那个老板，得罪不起。

因着彼时单位正布置我做一项预防青少年犯罪的调研报告。我接触到了娜娜的卷宗，知道了雏稚帮惊世骇俗的存在。帮主小闯，十七岁不到；帮中有马仔六七人，少女成员约四十个（多么痛切，梅小美的名字赫然在列），大多是留守中学生。用暴力或许以钱财小利，逼迫、诱骗在校女学生加入。有帮规。运转靠嫖资，三七分成，帮主得七，成员得三。业务网络单线联系。反抗的少，大都是没人管的穷孩子（穷，有时指钱，有时也指爱）……看完卷宗的那一整个下午，我全身滞胀，长久无语。

真相有时接近地狱，是无比残忍的酷刑。胖子呆若木鸡，像被抽走灵魂的木偶。胖子费劲地从小凳子上站起来，颤颤巍巍，一步一挪，来到室外。胖子突然对着夜空凄厉长啸："啊！"悲怆在夜空远远久久地回响。如水的月光下，胖子一次又一次地，重重抽自己的耳光。身体慢慢委顿，与大地苍茫融为一体。胖子在哭，低低地自语，好像是要在夜的诸神面前，忏悔自己。

忏悔什么呢？谁才是有罪的？在各种诱惑蛊惑面前，在各种艰难和无望时刻，谁来给娜娜们爱和教导，谁来保护帮助她们！偏偏胖子也是那个被最亲的人抛弃的可怜人。

胖子凄怆离开。喧嚣的世界恢复了平静。我蹲下身来，仔细辨认脚下的尘埃。在粗劣的石粒堆上，一株试图突出重围的野草，似乎受了伤，几近夭折。有什么东西像铅粉落进我的心里。

很快，雏稚帮被摧毁，娜娜、梅小美，所有与雏稚帮有关的迷途羔羊们先后离开了县城。这一去，是能积蓄洗心革面的力量还是就此随波逐流、随风飘荡？谁也不敢下断语。我只知道，胖子，无悲无喜，迅速老去。就在娜娜回来的前一天，胖子死了，死于肝癌。娜娜在猝然而至的变故中日趋沉稳，竭尽全力变成了胖子生前希望的那个样子，除了没上大学。

四

近三个月疗养，花有了雨露阳光滋养的明媚，回复少女活力的梅小美踏踏实实在一家超市上班。再后来，梅小美恋爱了，是那种正儿八经的恋爱。爱情是世界上最好的疗伤药。表姐的女儿花开得越来越饱满。

表姐很高兴。穷就穷点吧。他俩真心好就行。大不了我这做父母帮衬一点。一段时间，表姐有空就给我来电话，全是关于梅小美恋爱结婚生子的美好憧憬。我有时很忙，却从不催促她挂电话。这些年，表姐实在是太压抑了。选择和我打电话，也许是她潜意识里的一种平衡，她太想从我这里赢得或挽回她的尊严，一个姐姐的尊严，一个母亲的尊严。我愿意成全她，甚至有时候，还会很言不由衷地配合她。只是，我从不敢表态。梅小美，经历诸多事件的梅小美，早已不是我小时候深深怜惜的梅小美了。我有担心，我在观察，一直犹疑。

果然，表姐千疮百孔的心，在昨天晚上又碎了。和男友吵架，负气出门的梅小美，竟然与人大打出手，羁押在了城关派出所。琉璃般的碴子铺了一地。

有些措手不及，梅小美在派出所突然晕倒。警察通知家属送医院检查，心碎的表姐捡拾不起力量也没脸去。我硬着头皮替补，为此还和求我这样做的先生大吵了一架。一路上，我不停愤怒，梅小美，你当真是没救了。

融于骨血的孩子，不停滋生麻烦，一桩桩一件件，统统成为大树必须被砍掉的枝丫。落刀的地方，留下一个又一个的伤疤。砍到最后，没有枝丫，大树也就疼死了。告诉你，梅小美，我去，最大的不忍，是心疼你妈。

医生说，梅小美怀孕了。我恍然。难怪，天塌下来，眼都不眨的梅小美，会对男友锱铢必较，会对爱情患得患失，会跑去酒吧买一场醉，会因酒吧陌生男人不是很猥琐的搭讪调戏，那么较真、逞强、迫切地捍卫自己。

B超室里，白色大褂散发静谧柔和的光芒。检测仪在梅小美的下腹轻巧滑动。Z医生注视屏幕上的声波，像指挥家盯看五线谱。喏，小胚胎，只有苹果那么大，眼睛、鼻子、耳朵尚未形成，但嘴和下巴的雏形已经能看到了。身体分两部分，非常大的是头部，有长长的尾巴，模样看起来有点像小海马……

刚才还张牙舞爪的问题少女，被这低沉的嗓音催出泪来，她安静地啜泣。舅妈，我这一生，最幸福的时光莫过于此，我的身体里，包含着一颗小小的心。这颗小小的心，从此将和我一起跳动。

一只螺壳里盛着大海，一棵树中藏匿山川。想来，这小海马当真是最能翻云覆雨的种子，一旦在女人的子宫扎根，人生种种，只剩柔软。此时，我看梅小美亦如此，梅小美看世界如此。

回家，女儿在哭鼻子。原是白天里骑自行车摔了一跤，擦伤的手臂、摔结实的屁股、似乎扭伤了的脚至今隐痛难忍。我将她搂进怀里，十二三岁长高的身体将怀抱塞得满满的。柔软的身体还在的一搭一搭地抽搐，柔顺的黑发随抽搐的频率披散开来，恰到好处，将母爱的心河漾开。

现世中，那么多的蝇营狗苟，那么多的龌龊不堪，那么多的声泪俱下，天使一样的孩子，总是要在众多看得见看不见的箭镞飞驰中慢慢长大。我能保护好她？她能健康美好地度过每一天吗？

这一问，再次让我溃不成军。

头抵着头睡下。黑暗中，我仰望月亮。倾斜的天空似乎在月亮的重量下获得平稳。所有我遇见的少女命运的凶猛，会不会是我的幻觉？你看，眼下，女儿的睡态安详，作为母亲，我的眉宇，全是慈悲。

天下父母子女不都是一样的吗？

路边连绵的雏菊在速度产生的光景里消失或出现。滚滚向前的不只是车轮，还有时间的纷纭，生命的成长。心有所动，又想起悬挂在娜娜店里的那幅画来。也许，画中，残疾少女的身下或是小木屋的檐下，却是有一株金黄灿白的曼妙雏菊开着的。雏菊花开，除了天真、幼稚、纯洁的美，还有蓬勃的、高举的、引人走向远方的力量。

# 菟丝子

　　天蒙蒙亮，沉睡的青蛙还没开始在起伏稻浪间的密谋，几粒爱玩的星子还在天上耍，我的婆婆黄长英就已经起来洗洗涮涮了。

　　待屋子收拾一新，开始生火做饭，她特意多烧了一盘菜。

　　当然，这盘菜并非要讨我公公的好，而是她提前为自己准备好的中饭。在黄长英的观念里，农民是朝起出门、戴月而归的那一类人；农民的正餐从来只在早、晚，而城里人所看中的中餐从来都只是"点心"，点心点心，点一下、有个意思就行。带好饭，中途不用跑，哪怕多出 1 小时，她便能实打实地多赚 10 块钱。

　　黄长英边吃饭边留意斜对门家女主人枫秀的动静，比如枫秀什么时候开的大门，什么时候开的侧门（后门临河，透视不到，作罢），什么时候在烟囱里生起第一缕烟。

　　当枫秀将第一盆刷锅洗碗水泼向地面的时候，黄长英

129

明显加快了做家务的速度。她本就麻利，这一提速，看她移动简直相当于开了 2.5 倍倍数播放视频时的效果。

棉纱白手套，浅蓝色长冰袖（那是去年带她去云南旅游时我买给她防晒用的），宽沿草帽，浅口橡胶底雨鞋，围在脖子上的有些褪色的毛巾……黄长英像一个即将出征的士兵严阵以待端坐在大门口，无比期许枧秀向她发出"向农场开拔"的"冲锋号"。

许是因为等待有些漫长，加上必须强装的云淡风轻般的矜持及"赚不赚钱无所谓"的必要人设，黄长英越坐越难受。她一会儿将双手搭向膝盖，一会儿又将两腿交替抻直，不停拢拨其实很短的灰白头发。

枧秀咋绕着门口走呢？黄长英张嘴想喊，转念一想，没准人家是想叫齐别家、让自己压轴走呢，不管怎么说，枧秀能当上这片打工小分队的队长，还是自己向农场老板小江总推荐的，这轴也算能压得住。

去年农场开工时，小江总曾私底下问黄长英愿不愿受累当队长、帮张罗些诸如组织邻里乡亲去做工、登记考勤、现场督活啥的，黄长英苦于自己没文化推迟了。为感念这份信任，她郑重其事地向小江总推荐了斜对门的枧秀，说枧秀年轻（刚满 60 岁），识字多，能力强，早年家里办过很"跑火"（生意好）的加工米厂。

其实，早年的黄长英，是颇瞧不上枧秀的，觉得不事稼穑的枧秀就像是一根依附老公而生的蔓藤。

上世纪90年代，枧秀老公在圩镇盘了块地，办起了当地第一家加工米厂，赚了个盆满钵满。家里条件好，枧秀自然就不需要如村里其他农妇那般拼死拼命去田里干活了。

不用干活的枧秀，常搭村里的顺风拖拉机、摩托车、小四轮等去往县城，打扮自己，这简直就犯了农妇们的众怒。

一根脱离了土地的金色藤蔓，攀挂男人肩头，啥活不干，每天只顶着簇生的黄色碎花（那时流行过一种叫玉米须的烫染发）在风中耀武扬威，真以为自己是体面傲骄的阔太太……每看到花团锦簇的枧秀花枝招展从身边走过，农妇们无不用力扯下嘴角，翻着白眼表达愤懑与不屑，并给她安了个绰号，"豆阎王"。

"豆阎王"，学名菟丝子，别名豆寄生、无根草、金丝藤，是一种一年生寄生草本。

因无根叶，菟丝子自身无法完成光合作用，只能通过嗅觉发现并向身边的豆苗、辣椒苗、白菜苗等寄主植物靠拢、缠卷、咬噬生命汁液，直到将寄主植物放倒，招恨得很。

都说"三十年河东，四十年河西"，其实要不了那么久，当时代的巨轮将枧秀家的加工米厂辗个稀碎后，生养了好些个孩子的枧秀家的生活，渐变得有些"不堪回首"了。

看吧，大儿子在广东要买房，二儿子在南昌要买房，三儿子在吉安还是要买房；孙辈挨个出生，几个儿子都巴巴望着枧秀夫妇要么出钱要么出力帮衬一把。

手心手背都是肉。分身无术的枧秀索性哪也不去，拼了老命辗转各个可能赚钱的场合打工，有时是工地小工，有时是茶山茶农，有时是农场工人。

当枧秀领着屋后头的山女、宝英大步朝农场方向走时，黄长英心里发出了愤怒无比的哀号："好个没良心的，麻雀飞上枝头，还真就不识叶子底下的老相识了？"

失魂落魄的黄长英，只能扛起锄头朝自家菜园走。豆苗长高了不少，辣椒苗也有腿一般高，有些还长出了小辣椒。可黄长英却丝毫高兴不起来。因为菟丝子在园中蔓延了，它们将许多豆苗、椒苗缠卷得东倒西歪，整个菜园看上去很是狼狈、潦草。

仿佛携带"某种余恨"，黄长英对菟丝子痛下杀手，但转头一看那堆被菟丝子折损的菜苗，她心里又升起"伤敌一千、自损八百"的悲壮。

气鼓鼓消磨了一天的黄长英，终于瞧见特意赶回来陪她和老伴吃晚饭的大儿子。见着大儿子面，她问的第一句话就是："到底有没有给小江总打那通我要去做事的电话？""打了啊！""小江总答没答应？""必须啊！"

两个肯定之后，黄长英的腰明显挺直了不少。她逼着大儿子再次拨打小江总电话，并要挟说如果不拨她现在就走路去农场、去小江总家，"买肉问屠夫"，她说她实在咽不下那口"没活可干"的气，今天无论如何都必须搞清楚，到底是哪个黑心肝的侵吞了小江总的应允（同意她去农场做事）。

"小江总啊，是，是我。我昨天就回家啰。你之前答应过我恳，怎么又反悔不叫我去你农场做事啊？"

"阿姨好。咦？枧秀没喊你吗？我昨天就交代过，让她今天叫你一起过去择草（手工除草）啊。"

"你真心交代了？那阿姨就倚老卖老一回啰。麻烦你打个电话给枧秀队长，务必让她亲自跑我家一趟，喊我明天去做事啊。她不亲自来就做不得数，阿姨我也就领不到你的情了。我这样做，不为什么，只因为在我心里，你是我侄儿，亲得很，就觉得其他任何人都没有理由背着你来欺负我。你晓得啵。"

"做一天农民干一天活，干一天就有一天收成"，在黄长英的世界里，农民一生都不可能有"退休"一说，如果有，那农民的退休其实就是农民倒下、再不能动弹的那一天，谁要是剥夺她与生俱来、向土地谋生的权利，谁就是她真正意义上的敌人，就算干不过也要打一场。尽管她一辈子都信奉和气生财，一生都在尽力避免与人结怨，但在这件事上，她寸步不让。

显然，71岁的黄长英干赢了61岁的枧秀。

10分钟不到，枧秀已经斯斯艾艾站到了黄长英面前。黄长英人站得很直，直到有些坚硬，像棵久经风霜的老松树。枧秀的目光掠过她的头顶，看到了正在西沉的太阳。似乎有一簇含义不明的火苗在太阳的影子里晃了一晃。

"啊呐，长英的，你回来了？明天有时间么？一起去小江总那里择草。之前，小江总请来农场管事的经理特意交代过我，说是65岁以上的，不收，我一打工咯，人微言轻，别见怪哈。"

"啊呐，我怎么敢见怪你咯作队长的啊，你会来叫我，是看得起我，我心里高兴得很呢。你恰（吃）了饭没，没恰一起恰，粗茶淡饭，别觉得怠慢了，就成。"

能屈能伸的黄长英，顺势拉起枧秀的手，俩人很快海阔天空地聊了起来。

几天后的一个晚上，黄长英77岁的老嫂子迈着羞涩的"内八"步伐，忐忐忑忑、扭扭捏捏地走了过来。

"长英啊，你是好，生了一个说得上话的崽，像我这样没用的，想去哪做点事，谁肯要啊。想我们俩，不也就相差个6岁么，你看命好的你，就可以去农场做事，一日赚近一百块钱；命不好的我，连村里的地都别想扫，一个月除掉国家发的老年补助，是可怜到一分钱都赚不到哇。"

这番话，换作当年两妯娌为生活较着劲时说，黄长英应该会先"哼"一声，再撇嘴说，"别来这套"。可今时不比往日，过去曾为讨公婆好、比老公能、盼子女出息而明争暗斗大辈子的两个女人，真真都老了，压根就没力气再比再斗了。而老人的世界从来都是越活越小的，看着眼前有些畏葸的老嫂子，黄长英突然莫名伤感，那是她无法表述我却可以帮她诠释的类似于"兔死狐悲"的伤感。

黄长英想起从前"双抢"时乡村之夜的热闹来。摸黑做饭、吆五喝六的女人们，饿狼崽子般抢食的不识愁滋味的孩子们，一手端饭、一手拎酒、胳肢窝里还夹带把大蒲扇的男人们，将一个晒谷场上的丰收喜悦挤得满满当当。待晚饭消停，孩子们从水井里打几桶水往地上一倒，凉风似乎跟脚就盈满了晒谷场，每个人返身回屋将各家的竹床、竹椅又或是竹席搬了出来，天地仿佛起了个热闹的大通铺。

精力旺盛的孩子，总想着离开大人的视线，他们借口尿尿，成群结队离开。他们钻进月光的怀抱，尖叫着去追忽高忽低忽远忽近在那野地里飞的流萤，亮闪闪的笑声像夜露撒向青瓦白墙。树影斑驳，篱落疏疏。大蒲扇一眨一眨，正给扇子底下的主人催眠。

77岁，只比71岁大6岁嘛，帮树苗择草从来只是一个农民的基本功。爱憎分明、单纯热情的黄长英将老嫂子迎到了灯下。

有一点光似乎在老嫂子浑浊的眼睛里轻轻闪了一下，仿佛某种询问，又像是某种希望。

万物皆值得悲悯。老嫂子，不要同情，只要生计。帮她，就是帮未来的自己。黄长英很快迈着雄健有力的"外八"去了枧秀家。"外八"身后是仿佛吃下定心丸的不再拘谨的"内八"。那一刻，三个老女人靠在一起说话的影子，很像是一团菟丝子缠绕在一起。

在我心里，我是喜欢菟丝子的。它们不管不顾开细碎的花，结无数的籽，只要风一吹，就能将种子撒进土里，触手向上伸，生命迎光长，非死不休，旺盛到最后一刻。即使是死，也能与杜仲、山药制成保肾药丸，为繁衍后代出意想不到的力。

当离开土地的人越来越多，当依凭土地谋生的人越来越老，他们内心是否都会生出生命即将失去依凭的恐惧？若心生恐惧，请允许他们做一株菟丝子吧，从来，有所依凭好过那无枝可依。

# 蓝边碗

一

我从医院推门而出时，风正裹着雨一席一席卷过街面。表面裸露的街面，因风雨之故，生出变幻莫测的感觉来，仿佛人极其曲折的内心风暴，或者人世间极其隐蔽的某种缺损。

一段时间以来，我生病了。病是双重的。从身体角度讲，我的例假变得很不规律，行踪飘浮如山林大隐，经量稀薄似泅散水墨，尤其最近这次，向后拖延了大半个月始终下不来。小腹胀得像里头装了铅球；两只乳房，摸上去像是触碰到棱角分明的石头；心，闷得慌，每次摇头，全身上下似乎都生出了疼痛。

经血被冻结的恐惧，多几次就变成了心病。我开始一宿一宿失眠，开始一遍一遍对着镜子像个神经病似的跟被魔法控制的经血谈判。说是谈判，其实是自己低声下气在恳求，在许诺。我许诺，只要它肯出宫，奔腾如岩浆没有关系，痛经到生无可恋也必原谅。可它呢，偏只按兵不动，仿佛要用千钧沉默将我悬堵成一个风暴眼。

"度娘"说风暴是一种热带气旋，形成它至少需满足三个条件，其一为足够广阔的热带洋面，以保障充沛水汽；其二为60米左右厚度的暖水层，以维持较高温度；其三要有一个弱的热带涡旋，即风暴"胚胎"存在。我把自己定义为局外人，像气象专家似的，仔细分析究竟什么才是这场风暴的"胚胎"。

起初，我觉得"胚胎"是那次"剐蹭"，因为如果不是那次"剐蹭"，我应该顺顺当当就把病给看了。那天，我开车去省中医院，路上，一辆白色尼桑突然急速"越界"，斜着身就从后面撞过来。幸好人没事，但车表面毁得挺难看。

谁说只要自己遵规守矩就能保证避开一切凶险？车送修后，这大冬天会有多遭罪？我颇有些怨气，很想数落负全责的对方几句，却愣是开不了口，因为对方车上还坐着一个从老家跟来南昌看病的他的父亲。

孝子不易，我必须很快原谅他。如此，风暴"胚胎"就只能是"生病"这件事本身了。而生病之人，除了朝一直抗拒的医院走去，应该没有别的更好选择。当然，说一直抗拒，其实又不是那么严谨。

在老家县城的东边，恩江镇天保村方向，过去曾有一家老中医私人诊所。不大，只一间约二十平米的平房，进门右首，是一张长方形木桌，桌子上搁着两个脉枕、一杆小秤、一沓草纸信笺和一支钢笔。进门左首，沿墙摆一组曲尺型中药木柜，每个抽屉装一味中药。当归、熟地、黄芪、党参、景天、龙葵、杜若、紫菀、空青、半夏、白芷、泽兰、望月砂、女贞子、墨旱莲、款冬花……每念一味中药名，我就感觉自己打开装满春秋故事的潘多拉魔匣子。戴着眼镜的老中医，端坐藤椅上。神情温和，眼神清明，仿佛春风拂面，恰如中药脾性。方圆数十里，每天都有许多人排队等他看病。

年轻那会儿，我很贪玩，用母亲的话来形容就是不知轻重，怀着两个多月身孕呢，还敢跑去金谷园蹦迪。蹦着蹦着，见了红，母亲着急忙慌带我去了老中医那里。老中医把了一会儿脉，然后给我开了三帖药，总共二十几块钱吧。一剂药喝下，血止住了。三天后，复诊把脉，老中医说孩子脉相强健，无碍。母亲和我都松了一口气。从此，我对中医充满好感，格外信赖。

对医院产生隔阂，应该是在目睹一陌生老人在县医院的求诊经历后。那天，接诊医生并不关心老人口述的疼痛，而是专注桌面埋头苦刷各种检验单子，开着开着，突然笔锋一停，深深看了老人一眼，接着，离开诊室到走廊外拨打电话："嗯，我！刚来一人，看着像是你爹。嗯，无大碍。就想问你CT单开是不开？"对方回复后，医生音量提得很高："真开？你说的，我可真开了啊。"医生边将手机揣回兜里边撇嘴自语："也对，反正几个崽，医药费分摊，起码拍CT那八十元钱提成是他的。"是的，不用猜，电话那头的"他"正是接诊医生负责拍CT的同事、就诊老人的儿子之一。

我有些无语，后来的产检便放弃县医院，改去了县妇保。只是，颇让人无奈的是，每次产检医生竟从不先跟我说腹中胎儿的发育情况，而是堆着一脸笑，喋喋不休向我推销各种保健品。上上次是进口维生素丸，上次是高价钙片……但凡我有迟疑或拒绝，她的笑便散得比潮水还快。

二

唉，再不喜欢，病总是要看的。我决定中饭后再向医院行。我边吃饭边祈祷，祈祷自己能遇一个像老家那个老中医一样的妙手，只三剂药拎回家，子宫里沤着的那团，便顺顺溜溜下来了。不然，一直堵着，铁定会让自己看什么都不顺眼的。

其实，各种不顺眼已经开始了。看吧。一推门，我就与邻居门外那个杂木柜劈面相逢了。杂木柜漆面脱落、纹理参差不说，顶上还倒搁着几张仿佛一动就会吱嘎作响的旧木方凳。方凳四脚朝天，凳腹内，被强行堆压了许多颜色不一、漏洞百出的塑料袋和老旧物什，林林总总，无端总使人想到旧社会四脚伶仃、喜欢占便宜的乖张妇人来。

侧身走过那柜子，我又与许多辆挤占公共消防通道及楼梯通道口的学步车、滑板车、小自行车、迷你奥迪车狭路相逢……事实上，它们已经在那好久了，平日里，我倒也能忍受，毕竟，房子就那么百来平方，邻居家人多，放些杂物出来透透气是能理解的，大不了路过时我多侧几下身就是了。再说，两家人天天抬头不见低头见，伤了和气总归不好。

可是，今天的我不知为何有些忍受不了了，觉得这些东西实在是堆得有些过分、离谱。我很想对着那辆占道最多的迷你奥迪踹上那么一脚，偏偏，又联想起有天在理发店听一女人跟技师聊天说过她与上层邻居交恶的血泪故事来："楼上那不要脸的，湿衣服不脱水就往外晒，我去她家理论，才两句就打我，从小到大都没人敢动我一根手指头，我打电话叫我老公，我老公肺都气炸了，说打两耳光回本，打死打残另说。两户人家，混战一场，派出所来了，多罚了我好几千，不过，没事，钱是王八蛋，想着把那贱人收拾得更惨些，我他妈心里就舒坦……"

得，我可从来不觉得钱是王八蛋。比方说"作家"这茬，要靠写稿子去赚俩零花钱实在是难。更为重要的是，吵口、打架，自己从来就不在行。"恶意"伸出的脚很快被乖乖收回了。

"叮"一声，电梯门开了，里面空无一人。进电梯的我，在浓浓香烟味的四面熏堵中，忍不住咳嗽了两声。未及捂鼻，又瞅见脚边有一摊呕吐物，隐隐散发区别于烟味的酒馊气来。想起昨夜我在小区群里看到的那张照片，11点多，有邻居往群里发了一张照片并喊话"谁家男人，赶快认领"。照片里，一个身穿黑衣黑裤的男子脸贴冰冷的石头小路、俯趴在小区草坪上，醉得不省人事。我当时特别感慨，天寒地冻，亏得有邻居看见。

会是那个人吐得吗？还是其他人胃出了毛病？算了，不想了，还是呼叫保洁阿姨赶紧打扫吧。可是，保洁阿姨正忙着在垃圾桶里拾掇纸壳等能变卖的垃圾，实在无暇理会，我哑了哑喉咙，重新用沉默武装自己。

大门岗亭，已经许久不见"仙女"值勤。"仙女"不是绰号，而是本名，听人说仙女母亲病了，她一直在家服侍。仙女虽然长得一点不仙，但待人热情、做事从不偷奸躲懒，是整个小区的"团宠"，大家都盼着她母亲的病能早点好起来。因为，少了仙女的岗亭，似乎也生病了，明明换了更年轻的小哥，愣是一点生气也没有。

新来的小哥，少有人称他保安，私底下常唤其为"祖宗"或"菩萨"，许是他经常黑着脸不说话、任人来人往只低头坐看手机的缘故吧。马路上，有业主狂按喇叭，抗议一辆车霸道停放将进小区地下车库路口堵了大半，小哥无动于衷；大门外，有没录人脸识别系统的邻居将电动车喇叭按得震天响，小哥慢镜头般抬眼看了一下，然后没有然后。电动车主复催，小哥依旧不动。

我实在看不下去，小跑两步帮着从里面按了开门键。电动车"嗖"一下从岗亭飞过，很快被急刹车停住。暴怒的大人朝岗亭内的小哥狠狠骂了句"傻X"，天真的孩子转头向我礼貌地说了声"谢谢"。小哥没有表情，我分辨不出岗亭内外的悲喜。

三

地铁站台上，一个穿中山装的光头男人向我打听该如何坐车、怎样走。我告诉了他。他向我作揖，然后主动介绍说他是道士，并强调我是有福之人。我其实很抗拒这样的"恭维"，害怕恭维之后会冒出诸如"近段会有无妄之灾，需如何化解"此类的转折来，我选择用不置可否的微笑短暂回应，并快步走向人海深处。

冬季周末的这趟地铁，显得分外空。如果不是暖气过分热情，我肯定会想起故乡的旷野以及落在故乡山顶的雪花来。我多么怀念故乡的这些景象啊，就像怀念过去和姑婆偎着炉火一起守天光的除夕之夜。

下一站，一个女人素白着一张脸进了地铁。我与她占据了同一长椅的一头一尾，眼神却没有产生过哪怕一秒的交流。"君住长江头，我住长江尾，日夜思君不见君，共饮长江水。"长江一头一尾，隔着6000多公里，情思却似流水，绵绵不绝，滋养心田；而这地铁长椅的一头一尾，中间只空着三四个屁股的距离，却有着山一般的隔绝。我苦笑一下，心潮有些起伏。

女人掏出手机，开始刷抖音。我曾下载过抖音。下载抖音的第二天，去出差，提前两个多小时到了机场，我有些无聊，便点开抖音来看。两个多小时在各种小视频中一晃而过，一点不觉漫长。我倏然一惊，仿佛瞧见抖音里藏着一张血盆大嘴，能将属于我的时间吃得连骨头渣都不剩。我迅速将抖音卸载，并告诫自己，今后出差，还是带书好了。别人鄙夷你装逼，就让他们鄙夷好了，没什么大不了。

"哈哈哈""各位老铁""出门旅游怎么拍"……地铁里寂静的空旷被抖音里各种声响打破，她应该是把手机音量外放到了最大。

"美女，没带耳机吗？"我尽量不让声线泄漏我的愤怒。可是，她，竟然就这么理直气壮地白了我一眼，接着，又大力晃了晃手机上的那串挂链。

挂链发出示威似的混响，抖音里的段子手卖弄得越发起劲了。人世艰难，人生海海，海里泅渡，除了修炼自己，还能怎么样呢？我咬了咬牙，很快起身，将"有病"的身体安置在了另一节车厢里。

四

一波一波的遇见里，病态各显，让站在医院门口的我，有一种很不好的预感，仿佛"不良空气"正围绕"风暴胚胎"团团上升。不如归去？我有些迟疑。

短暂的迟疑让在我身后扫码进场的人心生不满，一个直长发、穿紫棉袄、皮肤黑黄的妇女假装无意地用她的大行李箱碰了我一下，我很快就站到了队伍边上。

陌生妇女那一碰，反向作用力如此明显，我迅速掏出手机。"嘀"一声，绿码出，门卫大手一挥，我就进了医院。我来到妇科所在的门诊二楼，候诊区有许多人，我偏一眼就看到了紫棉袄。说不清什么心理，我选择挨着紫棉袄坐下。

紫棉袄扫了我一眼，很笃定地说，看妇科吧，这年头怀孕困难的女人多了去了，许多比你年轻的都怀不上，治就是了，没什么大不了。我想做个心大不计较的大女人，可一直呢，都还是个睚眦必报的小妇人，我心里还记着她进门那一推的仇呢，我语气生硬地向紫棉袄吐出两个字：不是。紫棉袄不以为然，话锋一转，很是热切地跟我说起了她自己。

紫棉袄1981年生（居然比我小两岁，我瞬间觉得镜子还是对我蛮友好的），景德镇人，嫁上饶，多年前与老公一起前往海南打工，现在海南经营一家宾馆。年轻时，居无定所，收入也不稳定，不想太早要孩子，造了几次孽（刮宫、引产），后来有能力想要孩子时，却被告之两侧输卵管堵塞。中医、西医、中西医，医院去了无数家，医生看过无数回，熬药的罐子买了，进口药也吃了，微创手术也做了，肚子却一直没动静，一沓沓钱都打了水漂。就当她绝望到要离婚时，有亲戚向她介绍说省城百花洲一带，有一家由省中医院退休老中医坐馆的私人诊所，专治不孕不育，亲试有效，她二话没说，第二天就从海南坐飞机寻到南昌来。

老中医，是真名医啊。三个疗程，几千块钱，就让她如愿怀上了孩子。头胎是个女儿，今年10岁，二胎是个男孩，8岁。不过，因着怀二胎时，状态不好，孩子出生后身体一直很弱，时常生病。眼下，放开三胎，她就寻思再生一个，她特意强调今时不比往日，又不是花不起这个钱，只不过，自然备孕一年多了，她愣是怀不上，于是她又来南昌了。可是，那家私人诊所没有了，老中医的手机号也变了主人。她向附近许多人打听，比较集中的消息说是过世了。她琢磨着，老中医不是在省中医院退休吗？索性就来省中医院碰碰运气，保不齐就能遇上个跟当年老中医一样医术高明的医生不是？

她的命运里也有一个"老中医"？我觉得她说出了最正确的接头暗号；我们都是迷信专家头衔的人，挂的是同一个主任医生的号……我开始主动向她凑近，靠拢，敞开心扉，说了好些体己话。

她的号先到，我很自然地帮她守着行李。

"怎么就出来了？"我问。

"医生让先做各种检查。"她边跑边说。我理解她奔跑的那种状态，就像理解人世中每一朵飘萍的样子。

她还在跑上跑下，而我的号到了，我没有惊动她，像一朵云拽着另一朵云般，拖着她的行李箱进了诊室，"医生，我例假不是很好，想调理下……"所谓主任医师，很快打断我的表述，大笔一挥，列出 N 项检查项目让我先完成再来。

望闻问切，中医诊断四字诀，在这怎么一个都没有呢？我举着那一沓待完成的检验单，有些疑惑。"我没怀孕。"我申辩着，认为实在没必要做早孕检测。主任医生黑了下脸，将它取消了。剩下那些检验项，术语表达太过专业，我不敢造次说不做，开始如紫棉袄般在医院几幢大楼间来回奔跑。硕大的行李箱在我俩之间反复接驳，待所有检查完成，原本有话痨嫌疑的紫棉袄将下巴搁行李箱上，完全没有了同我说话的意趣。

## 五

我耐着性子等那些说好两个小时左右会出的检验结果，一项名为血清促甲状腺激素啥的报告单却始终等不到。怕主任医生下班，我跑抽血处了解情况，抽血处的人让我问隔壁做检验的医生。检验医生收了我的单子，看了看，扔出来，说她这儿只有两项，结果都出来了。我问，另一项没出来的呢？检验医生又示意我把单子重新递进去，复扔回我："这你得去问主治医生啰，她把另一项开住院部检了，住院部下午3点后是不检测的，结果估计得明天出。我们在门诊设点就是方便你们患者，谁知道她为什么又要单独把这项开住院部。怎么办？你得问她！"

我只得跑回去，问我的主任医生："检验科说另一项在住院部，现下结果没出来该咋办？能搭脉问诊吗？"主任医生斜了我一眼："早说其他报告单出来就行呀，那个只是参考，无所谓了。"

其实，在诊室等结果时，我一直在跟她及她的若干护士助手"汇报"进展。我心想，无所谓的检查，最初怎么一股脑让人去做呢。但我不能质疑。人们总是把医生当成能对身体盖章定论的权威，质疑权威无疑是对自身健康的釜底抽薪，谁敢？从这点而言，所谓医患关系，从来都是强烈不对等的。

主任医生的手在我手腕处轻描淡写地搭了那么两三下，边搭边看各种单子，边搭边与助手讨论刚刚打电话向她询问一些事的病人。主任医生说我，雌激素指标很好，其他都正常。我问医生，都正常，那经量减少这状况是什么缘由？有无必要吃药调理呢？主任医生没好气地回道，B超上写了可能腺肌症，肯定就得当这症先治着，开15天药，先吃吧。我说，中药不好喝，15天，太多了吧。她问，那想吃几天？我说，最多7天。她倒爽快，行，那先吃7天，之后，再来复诊。下一个。


六

下一个，应该是个来复诊的大学女生。女生只是痛经，第一次看病，花了两千多，开了多种药，有些没吃完。这次，主任医生继续照方给女生开了 15 天药，女生问，得多少钱？回，一千多吧。女生急哭，说，医生，我只是个学生，没那么多钱。主任医生这次倒没有迟疑，说那就改 10 天。来，下一个。

紫棉袄推着行李箱进来了。主任医生边快速扫了下紫棉袄的各项检查结果，边轻描淡写搭了几下脉："月经不调，先调；输卵管不通，先通；几个疗程后再来说怀孕的事。听懂没？"其实，主任医生根本不介意紫棉袄听没听懂，她正奋笔疾书处方，连着给紫棉袄开了许多帖必须吃满 1 个月的中药。

"微信还是支付宝？"护士问。"现金。"紫棉袄放平行李箱，校开密码锁，拉开拉链，一只蓝边碗笨拙地从一堆衣服上滚落，好在，紫棉袄手蛮快，一把接住，没碎。紫棉袄从衣服下的暗袋子中掏出一个红色塑料袋。一沓现金被塑料膜包裹了一层又一层。看上去，如此廉价，那么卑微。

紫棉袄一张一张往外数钱，主任医生、全体护士以及所有在场的来看病的人都盯着她数钱的样子看。只有我盯着那只不起眼的蓝边碗看。

古老的藏钱方式，古朴的蓝边碗。

这只蓝边碗，粗瓷烧制，釉色不纯，白中略黄，碗体还有点点瑕疵，大约四寸左右大小的碗口，外边缘绕有两条再平常不过的蓝边，除此，没有任何花纹。隐隐有包浆之感。

这只蓝边碗，它一定跟着紫棉袄有些年头了。平常在外，求医或求生，紫棉袄一定是用它吃过很多次饭了。

我是知道蓝边碗的，也用过蓝边碗。过去，它几乎是乡间庄户人家使用时间最长、范围最广的一种碗；把它端在手里，就算油水再少，眼前总会浮出寻常烟火的点点温度。

看着这只蓝边碗，我总想起苦日子精打细算的不易来。我猜测，或许紫棉袄夫妻其实并没有经营一家宾馆，而只是在那家宾馆打工。鼻头一酸，我朝天上看了一眼，老中医们正忙着给神仙们看病吧？

医院上下左右，人潮依然汹涌，蓝边碗，那么多的蓝边碗，会碎吗？

# 花椒

一

据说，每个不羁灵魂的深处，都藏着一个西藏梦，或早或晚，总归是要去这个"离天最近的地方"走一趟的。

我也神往已久。我无比渴望自己有一天能深入它的腹地，将心跳紧紧焊接在它的脉动之上，让所有掠过山川的风霜、烘香青稞的阳光以及从无数格桑花流淌而过的高原星空，在一个个瞬间点亮我遥遥出尘的梦想。出尘、梦想，多么美好的词啊，连在一起，人似乎立即就能从一地鸡毛的生活中逃离，拥有如神灵般通透轻盈的纯净的心。

飞机在贡嘎机场降落。出舱的那一刻，热泪猝不及防。

拉萨的日光，林芝的桃花，扎达土林的水草，冈仁波齐的雪花，巴青的牧人帐篷，纳木错的牛羊，八廓街挂满经幡的旗杆，吹动布达拉宫转经筒的长风……一千个人有一千种西藏，本以为，属于我的西藏记忆至少会是这些词当中的一个，不曾想，沉淀到最后，关键词却是在红尘里经年打滚的厨房伴侣"花椒"。

花椒，又名川椒、蜀椒，植株整体耐寒抗旱喜阳光，《本草纲目》里称之为纯阳之物。一阴一阳之谓道，原生于喜马拉雅山脉、遍布巴蜀秦陇山野之间的纯阳花椒，恰好成了对抗川渝湿气的良方。这种土生土长的中国植物，对土壤要求一点也不高，特别好养活，株苗栽下，一个月约略只需喝上一顿水，就能呼啦呼啦、茂茂盛盛地往上长。

"有椒其馨，胡考之宁。""椒聊之实，繁衍盈升。""视尔如荍，贻我握椒。"……《诗经》中关于花椒的记载颇多，想来在先民眼中，叶青、花黄、果红、膜白、籽黑的花椒，是吸得天地五行之精华的神物，他们将它和泥抹于墙壁之中，虔诚供奉庙堂之上。再往后，蜀人发现花椒能除膻，楚人发现可入酒，吴人发现能作苴……花椒就此被赋予了除神性外更多的烟火味，渐渐征服了更多的中国厨房，成为麻辣火锅的点睛之笔，被誉"川菜之魂"。

二

可我明明去的是西藏啊！为什么"我的西藏"会与"川菜之魂"花椒相对应？思来想去，关键因素当是我在西藏遇见的两个四川人了。

第一个是我从机场坐大巴去市区时的邻座。落地后，我很不争气地高反了，便试图用墨镜来掩饰自己的狼狈和难受。可我那看上去颇为敦实的陌生邻座，却一点也不懂"人艰不拆"的道理，她先是轻蔑地白了我一眼，再用鼻孔发出很不屑地"哼"声，然后鄙夷地别过头，显摆似得裸着一双眼与窗外的猛烈阳光对视。

我内心升腾起莫名的胜负欲，应战似的，一把摘下墨镜。目光审判下的我的邻座，头大，发短，嘴唇厚，皮肤黑，眼神清绝，神情肃穆，脸上生有许多疙瘩刺座，应是粉刺生了好、好了再生留下的证据。我瞬间想到在北京植物园里看到过的一株有着赫灰色树身、鳄鱼麟表皮以及密集皮刺的老花椒树来。据我所知，花椒也会"生刺"，刺生后易落，落刺后再生，破其结，累其座，循环往复，贯穿一生。当我凝视那些刺座时，不知怎么，总联想起如万千兵士持久作战的无穷力量来。寂然无声的力量，隐匿着山呼海啸，使人如临大敌，一点也不敢轻视。

仿佛洞悉了我的心理，待窗外的秋风一漫灌，邻座突地咧嘴开怀，如椒吐黑籽般向我吐露起生活的"黑珍珠"来。

她是四川汉源人（汉源，我没去过，但我知道汉源的清溪花椒，色泽丹红，个大油重，醇麻爽口，曾是贡椒），为多赚钱她男嘞（老公）闯西藏、辗转各个建筑工地做小工好多年了。这是她第一次进藏，不为旅游，是为送 14 岁却不愿读书、满脑子要闯世界的儿子而过来的（她给我看了她儿子照片，长得人高马大）："也许跟着爸爸吃哈子苦，就会知什么才是真正的'讨生活'，也就愿意回去继续念书啰。"

"孩子送爸爸身边后，该乘大巴去机场回四川，莫不是坐反了方向？"她撇撇嘴，说自己其实是明天凌晨的飞机（具体几点她忘了，只记得那个点的机票便宜），担心自己跟儿子待越久越舍不得，越舍不得就越容易淌眼泪，便提前去了机场，本想着在机场旁找家旅馆开个房间，由着自己一个人哭也好笑也好，没人看见，也就不难为情啰。可到机场后才发现住店费用实在太高，就还是老老实实花几十块钱坐大巴回工地了，刚好还能帮父子俩做顿晚饭，真想哭时，躲厕所抹就是……这做母亲的百转千回的心情啊，我心有戚戚，伸手轻拍她的肩膀，点开手机收藏的一段视频给她看。

视频中，一个汉源农妇攀着一根花椒枝条向行人介绍："看，这是大椒粒，后头背了个小娃娃（小椒粒），合在一起叫'娃娃椒'，是真正的贡椒。没背小娃娃的都不算。"农妇用力扯了扯小椒粒，"把子没红，小包包拱得很好，别心急，给它点时间，很快就能成熟了。"

邻座眼圈微红，转头望向窗外，我留意到她脸上正浮起一层纯粹到使人心疼的清光，在那清光里，雪山巍峨，阳光慷慨，湖水纯净。

三

日喀则乘火车返拉萨，车站门口简直就是出租车的海洋。于万千车辆中随机选一台，就有了我与在藏四川人的第二种相逢。

师傅瘦瘦高高，手长脸也长，风将微卷的短细发一吹，让本就长的脸，愈发显得长了。偏偏，他还肿着半边脸，那种想拼命"吧嗒吧嗒"聊，又实在不能好好"吧嗒吧嗒"说的招揽生意的样子，总给我一种瘦猴子照哈哈镜的喜感，我实在没忍住笑出声来。

这一笑，让我的行李箱一下就跑到了他手上。"车在那头。"为跟上他的大长腿，我几乎是一路小跑。安置妥当，颇有些雷厉风行的他却不着急发车，作为乘客，我不得不被动接受了一个关于花椒的很有些仪式感的慢镜头：小心翼翼从外套内衬贴近胸口的方向掏出纸包，小心翼翼展开，用手指小心翼翼撮上一小撮，像呵护珠宝般轻轻搁置在某颗牙齿里，再小心翼翼将纸包重包齐整，复归于内衬口袋，最后，低下头，对口袋宠溺一笑……如此宝贝，简直了。

157

"见笑见笑，牙疼么。是离家前我屋头的（老婆）帮我备好的。"

"花椒能治牙疼？"

"能呐，别说牙疼，就是崴脚或伤了筋骨，熬些花椒水洗洗，活活血，歇上几天准能好。"

也不知是花椒起了作用，还是师傅看到这包花椒时心底产生了对抗疼痛的某种美好，反正他似乎彻底克服了牙疼引发的表达障碍，开始滔滔不绝向我倾诉他的故事。

他是四川雅安人，有两个很会读书的儿子，十年来，每年夏秋他都会来西藏跑出租，以保"家庭读书基金"管够。平日里，他牙口好得很，之所以会牙疼全是因为月初跑车跑太狠的缘故。他一个人，在刚刚过去的十五天内，开车跑了五千多公里，累上火把牙弄疼了。我笑他应是赚钱过火了，但还是得安全第一，这样乘客坐着放心，家里人也心里踏实不是。师傅点头，又摇头，说这一趟跑的可不是生意，而是作为父亲承诺给娃儿的必须做到的事情，前些年，他大儿子考上湖南大学，他开车专程送到了学校门口；今年，小儿子考到成都，跟哥哥一样争气，老父亲巴适得很，必须送，绝不能厚此薄彼。从拉萨到雅安到成都，再从成都到雅安到拉萨，于出租车师傅而言，确实是一段会累到上火的单子，但在一个父亲心底，它从来只是一段爱的旅程，多远多累都甘之如饴。

"中国好爸爸！"我向师傅竖起大拇指。

"哪有！我做得很不够，最好最能耐的一直是我屋头的。这些年，我时常不在家，真是苦了她了。这里的藏人喜欢盘佛珠，说最惬意就是喝着甜茶晒太阳；我们川人喜欢搓麻将，现如今娃儿们都上大学去了，我再在西藏好好闯几年，赚更多的钱，就可以让我屋头的啥事冒得力去想，天天搓着麻将晒太阳。"师傅说到"屋头的"时，他微肿的侧脸写满牵挂"后方"的温柔。印象中，一串星月菩提有108颗子，一副麻将有牌108张，"晒着太阳搓麻将"无关盘佛珠般的信仰，背后也没什么浪漫主义，说到底不过是"养家糊口供孩子"的朴素愿望，而恰恰是这朴素愿望，让生活充满静水流深的力量。

四川是传统人口大省，也是移民大省，每年都有大量的农业人口流向繁华的东部，又或是走近需要更多人建设的新疆、西藏，尤其当10万筑路大军修通川藏公路后，大量川人涌入藏地，仿佛无数花椒树在时间的长河无声又坚定的流动。流动花椒构筑起一道密实椒墙，这何尝不是另一种隐秘又牢固的国家边防？

我突然觉得，所谓纯净的心，无外乎不辜负凡俗日子的灵魂模样。祝福花椒，想念西藏。

# 野菊

    如果用一个字来形容"秋",我会选"空"——与"满"对应又相伴相生的"空"。

    大豆、花生、番薯、稻子,一茬茬收获,层层叠叠的房子,层层叠叠的竹匾,晒秋之后,粮仓是满的,土地是空的;大雁、天鹅、白鹤、东方白鹳,一批批迁徙,挨挨挤挤的叫声,挨挨挤挤的部落,候鸟飞抵,湖区是满的,天空是空的。

    红的枫、红的柿、红的椒,黄玉米、黄南瓜、黄谷粒,农民将季节收进箩筐,箩筐色彩是满的,而坐在广袤田畴的石头上抽烟的那颗心,是空的;我长期生活在江南,看惯了江南的草木,当我一脚一脚,沿着蜿蜒山路、踩着台阶登上慕田峪长城时,秋风,满山满岭,而人生过往,似乎转瞬成空。

    我觉得自己陷落在另一个时空里,直到听到水声。有些意外,北方,通往广袤苍凉长城的路上,居然会有叮咚清绝的溪水，在错落的圆润石子间流淌。沿溪而上，榆槐早已失了葱绿，杨柳也萧萧不见婆娑，唯山坡一侧开着团团簇簇的小朵。茎枝匍匐生长，绿茸茸的叶片布满柔毛，舌筒花盘金灿灿的，很像是一个个缩小版的向日葵，纷披的花瓣儿一如小孩子的长睫毛般鲜活灵动。是遍生郊野的野菊呀。

世人都知陶渊明爱菊，却鲜少有人注意到古人与野菊结缘其实远早于陶渊明。东汉时期的《神农本草经》中这样描述："菊花，味苦，平。治风头眩、肿痛、目欲脱、泪出、皮肤死肌、恶风湿痹。久服利血气，轻身耐老延年。一名节华。生川泽。"此菊花，即为野菊。当然，这并非我主观臆断，而是南北朝时期陶弘景给出的结论。

"菊有两种，一种茎紫气香而味甘，叶可作羹食者，为真；一种青茎而大，作蒿艾气，味苦不堪食者，名苦薏，非真。其华（花）正相似，唯以甘苦别之尔。"陶弘景在《本草经集注》里正式给了"味苦"的野菊区别于其他菊类的名分：苦薏。

苦薏，苦亦。强调的是野菊入药时的滋味。苦薏？苦亦！良药苦口利于病。人活一世，有几个不是以苦中作乐之精神，支撑自己走向苦尽甘来那个未来的？多少年了，下岗后的我的老父亲，为了每月 5000 元左右的薪水，辗转他乡，满心骄傲又满身孤独地，苦苦打拼着。我劝了许多回，也没能将他劝回。他说只要身体可以，他要用一辈子努力，换得妻子儿女更好的生活。父亲所在的小城，没有机场，不通火车，也少有省际直达的客车，每次，好不容易攒足两个月的假回趟家，却总像是在打一场无声的恶仗。我深深心疼父亲的舟车劳顿之苦，却更惊讶于父亲满心愉悦之态。看吧，每次回家，父亲的笑脸，从始至终都是熨帖温暖的，多像是一朵总在亲人视线里，昂扬绽放的野菊！

辗转他乡的父亲，不工作时，身边连个说体己话的人都没有，他总爱一个人去公司后面、那座朝家方向的山上转悠。像一棵驻守在荒原里的树，时而高兴，时而忧愁。有一天，父亲发现山边田埂处，突然零星散落着一簇簇的野菊，明晃晃的，黄澄澄的，看着看着，就像是看见了千里之外亲人们的笑脸。父亲听当地人说，这种野菊泡茶最是清火，填入枕头最是清心，就漫山遍野开始寻觅起来。父亲将野菊一朵朵采下，洗净，蒸馏，晒干。因着我打小爱吃油炸又整天对着电脑，父亲把自己用心晾晒的一季秋的成果一股脑儿全给了我。

玻璃杯中注入开水，一朵朵野菊干，伸展，悬浮，膨胀，将岁月的光与影，用暗香撑得满满的，只是，有满处，总见空，一双卸下情感洪流的眼睛，难掩空漠。世事苍苍，山高水长，我一点也看不清，父亲脸上究竟多长了几条皱纹，头上多长了几根白发。

登城隘口，遇见一位老者。老者白衣，白裤，白发，白眉。着一双布鞋，持一柄折扇，向风而立。太阳闪烁，群山、田野、河流、草木、人群瞬间有了无边佛性。倚靠灰白厚重的城墙，我长久地凝视老者的侧脸，及他侧脸后面所有的庞大。慕田峪，沉默。而沉默，放在天地之间，时常就会产生出巨大的消亡魔力。苔痕寂寂，石块苍苍。很多东西瞬间被沉默抽空。我以为，眼前这个不说话的老者是历史的分水岭。历史在他那边，我在这边。

我登上了长城。我在长城的残垣断壁间行走。我在长城古旧的砖块上坐下。眼前的长城，不再有历史烽烟，不再有白骨离愁，城头变幻的若干旗帜也不见。因为一簇野菊的存在，我在心里，赋予长城一个全新的形象，就是《山海经》里头，那个既管着落日也管着秋收的名叫蓐收的秋神形象。

一片碎瓦滚落脚下，发出浑厚音响。我平静地弯腰拾起。瓦片之上，是被风吹落的野菊花。我想起了顾城《门前》里的几行诗句：

我多么希望，有一个门口

早晨，阳光照在草上

163

我们站着

扶着自己的门扇

门很低，但太阳是明亮的

草在结它的种子

风在摇它的叶子

我们站着，不说话

就十分美好

# 绿袖子

一

　　时令已入冬，桂花始有微香流转叶间，菜地里泥土不停裂缝、碎硬如粗粝的砂石颗粒，而苦夏秋连旱久已的木瓜还如发育不良的小柚子在枝头瑟瑟摇摆，这些"作妖反常"令婆婆很有些愤愤不平，她不断摇头，佐以含义不明的叹息。

　　家中电视已坏好长一段时间了。当时，为免因疫情停课在家的孩子长期"钉"在电视机前挪不动脚，一直也没去修，这有点苦着毫无娱乐生活的婆婆了。种菜卖菜之余，婆婆再不能守着电视机打发时光。日复一日，她只能闲躺沙发闭眼想似是而非的心事，又或是不停婆婆自己那双老手感叹岁月是把杀猪的刀。

　　而假模假样将书本铺满整个窗台的我，也完全被后疫情时代的某种隐忧所侵扰，失了自以为的书卷气。我像一个躲在暗处的跟踪者，紧盯微信朋友名单中一些人的

"梢"，仿佛他们集体存在"越狱"的可能。他们是某水果连锁店店长、某品牌服饰专卖店经理、某品牌车保养店技师、某饭馆业务主管、某发型工作室老板、某美容院老板娘、某品牌蛋糕店服务员……我假装对他们的家长里短感兴趣，天知道，我其实只不过是期待他们能每天发布些业务动态与推销广告。因为，只要他们这样做了，就意味着他们所在的那些店还正常经营着；只要那些店还正常经营，就意味着我过去一鼓作气充的值、办的卡并没有被"关停、转让"等字眼给无情打了水漂。几十成百也好，成千上万也罢，每一张票子背后都是我的血汗啊。

美容院老板娘已经很久没有更新诸如女人如何保养的动态了，我花费上万元预存的大小套盒，不会从此不见天日了吧？我趿拉着鞋颇有些烦躁地从房间走出来。婆婆半眯着眼跟我抱怨，说自己实在是要坐老了，每一根骨头似乎都生了锈，转哪哪疼。我心里一动，开始游说她跟我去许久没去的美容院，倘若复业开张，刚好请她按个摩，舒通舒通身子骨。


二

美容院是几年前的一个春天隆重开张于对面小区北门的。记得当时，请了好长的队伍敲锣打鼓，庆贺的花篮沿街摆成了长龙。

图美容院离家近，开张当天，我就被店中唯一的那个年轻美容师所"笼络"，成了它的主顾。美容师是老板娘的表妹，我便跟着也喊"表妹"。表妹，大脸盘子大嗓门，长相分外讨喜，人也很是活泼，近身恰如沐浴春风。相较于老板娘的嘴拙言寡，表妹简直就是一个话痨，而且是个可爱的话痨。因为，话多如她，每回帮我做保养，竟能做到只聊闲天八卦，从不推销产品，着实难能可贵。

表妹说，姐俩是抚州人，因表姐夫在南昌樟树林与人合伙开 KTV，表姐遂带两个小孩来了南昌，家就安在正对面的小区里。房子可不是租的，是花大价钱买的。本来呢，表姐夫的 KTV 生意很好，完全可以养活一家人，是表姐不甘于只做家庭主妇，也想有自己的事业寄托，便让表姐夫出钱盘下了这家店。

表妹还说，自己是乡下姑娘，家中兄弟姊妹五个，因她母亲重男轻女，初中没毕业就被迫辍学了，前段时间，表姐回家动员她出来学美容，她母亲乐得将"省城大，指不定能碰运气嫁个好人家"的如意算盘拨得噼啪作响，便速速打发她跟着表姐过来了。

颇使人惆怅的是，一个春节过后，南昌再无"表妹"，听老板娘说，是过年回家时有人上表妹家提亲，表妹母亲心动于男方开出的不菲礼金，都没问过表妹本人，便应允了男方的婚请。初六那天，表妹母亲示意表妹跟着未婚夫去了景德镇，只待肚子一大，男方便带回抚州结婚办酒。

兼营了美容师一职的老板娘，在处理家事和事业上，明显分身乏术。何况，受疫情影响，经常被迫关门，所谓营业可说是"三天打鱼，数月晒网"，我的保养很快变成了预约制，且是三向的，首先得有店门可开的通知，其次得老板娘要有 1 小时以上的空余时间，最后是在老板娘有空的时间段里我刚好也有时间。

且行且珍惜，不要闹情绪，对于毫无道理可讲的事情，我大体上是这样宽慰自己的。但我实在没能力帮老板娘做心理建设，做保养时，面对她突如其来的粗口，我选择屏息静气："停业，停业，停 TMD 的业，睁开眼，每月光租金就要付两万（应该指她和她老公一起要付的店租），收入呢，一分钱没有，王八蛋的日子，没法过了。"

老辈人常说"蛤蟆冒路，一跳一步"，意思是，日子难过天天过，过着过着，一辈子也就这样过去了。理是这样的理，过程中，却是很考验人的脾气，很煎熬人的。当正常生活没有了底线收入的充分保障，谁能够做到真正的豁达与从容呢。

应约去做已有套盒的最后一次，老板娘排除一切忧思旁骛、将全部精神和力量灌注于帮我做保养这件事，重新恢复了过去沉默是金的样子。都说人在认真做事的时候最美，可在老板娘身上，我实在没看到美，我只看到有只老虎潜藏在她心里，紧盯着我，确切地说是紧盯着我的钱袋子，在酝酿着什么。

我赫然一惊，不断反复暗示自己：老虎爪子在刨坑，不听不看不买单；老虎爪子在刨坑，不听不看不买单……正庆幸自己终于将一只脚跨出店门，跟在身后的老板娘扯了扯我的袖子，让我等一分钟，等她将家里详细门牌号通过微信发到我的手机上。唉，嘴拙如她，大概是想用这种唐突却真诚的方式来打消我继续消费的疑虑吧！她内心一定渴望死了，我这根救命稻草，能如"心虎"所愿，以接继一家子的生活用度。

尽管是背对，但我依然能强烈感受到那束无比期待中掺杂无限哀愁的目光存在。目光，如寒霜刀剑般，剐得我全身上下隐隐作痛。密不透风的窘，四面楚歌的危，人生的困境，这一刻，她仿佛都占齐了。窘困人生的沉默震耳欲聋。我咬了咬牙，转身点了两个价格颇高的套盒，内心涌起一丝"明知山有虎、偏向虎山行"的悲壮。

# 三

婆婆一路扭捏，不长的700米路，我俩足足走了近二十分钟。本该我一路占着的上风，在看到美容院铁将军把门后，顿时一败涂地。

"怎么大周末不开门啊？"我拨通老板娘电话，有点兴师问罪的架势。"不开了，产品放家，愿意就上家做吧……"我开的是免提，老板娘身后一双儿女尖锐的吵嚷声瞬间填满我和婆婆身边的每一处缝隙。

我看一眼婆婆。婆婆回看了我一眼，将头摇成了拨浪鼓："不能上门呀，人家里有年幼的恖女，上门，相当于讨债，人家心里会受不住的。"十字路口，等绿灯的婆婆，仿佛圣母，站在荒芜中。

我不知道天底下的老人是否睡眠都少，反正每天早上四五点钟，我的婆婆一准大张旗鼓起床了。

婆婆起床后的第一件人生大事，不是种菜，就是卖菜，要不就是买菜。婆婆买菜比她卖菜精明，方圆几里的所有菜市场、超市、各小区小菜铺、零散菜农的路边摊，门清！她不止一次向我夸赞过某小区小菜铺的老板娘，说咯小娘（三十岁左右的已婚妇女）是永丰老乡，生得漂亮大方，讲究和气生财，菜品新鲜、菜价良心不说，笑容更是饱满得不得了，唯一可惜，是个哑巴。我每次称赞婆婆烧菜好吃，她大体上都将功劳记在那个哑巴小娘身上。

永丰小娘，漂亮哑巴，笑容饱满……会是当年我在根之根遇到的小哑巴吗？

## 四

根之根是永丰县城一家足疗店的名字。

自打生了小孩后，我的身体一直不太好，一入冬，四肢冰凉，穿成一个大熊猫也无济于事，用中医的话来说就是气血两亏。县城流行足浴后，爱人便在根之根办了一张卡，勒令我隔三岔五去泡个脚，以改善身体。

在古代，一个人在洗脚时接见客人据说就被认为是非常失礼的一件事，元代曾有戏曲家专门写过一本名叫《汉高皇濯足气英布》的杂剧，大致是讲楚汉相争时，项羽的大将英布叛逃刘邦，而刘邦正在洗脚，英布觉得受到侮辱，气懑难受，想要拔剑自刎。起初，我是有些排斥的，觉得泡脚确实是很私人的事，且当众被陌生人脱鞋袜完全超越我所能承受的心理安全距离。是小哑巴改变了我。

我人生的第一次足疗，是小哑巴帮我做的。

额头高洁，卷发懒懒，眼神明亮，笑靥软萌，皮肤白里透红，两个酒窝若隐若现……那天，手拎足疗箱、腰卡小木桶卡的小哑巴，仿佛刚从谢楚余的油画《陶》中向我走来。

她莞尔一笑，坐在我的对面。绿色盘扣中式工作服的包裹下的年轻身体，饱满又纤细，搂在怀里，怕是会让人腹部生出一万朵玫瑰花的质感来。她用手试了试水温，将我的脚轻轻放入小木桶中。

揉肩、敲手、拍腿、转腰、捏脚、拔罐……小哑巴手掌绵软，手劲却挺大，一推一按，充满奇巧的力量。热气氤氲的狭小空间，仿佛一片混沌未开的绿野仙林。我有些纳闷，仙林中的小仙女为何一直不开口？趁小仙女出去倒水，一旁帮爱人做足疗的技师，急急解释，她什么都好，就是天生没法说话。

天地不仁，以万物为刍狗，接受就好。我用遥控器将足疗室的嘈杂电视给关了，掏出手机随机播放起平日里收藏的曲子来。

听到《绿袖子》时，小哑巴正在按摩的手明显在我脚底愣了一下。她抬起头，用那双会说话的乌溜溜的眼睛盯着我看了好一阵子。她的眼睛，盈满独属于哑女的天真、忧郁、无辜与良善，如秋水映照长天。

"喜欢这首曲子？"我问。她用力地点了点头，不好意思地抿嘴，笑了一笑。

"之前听过？"小哑巴使劲地摇了摇头，可能是觉察到自己居然忘记手上有活，她又很不好意思地笑了。

《绿袖子》是一首英国民谣，相传是英皇亨利八世为思念一个穿绿衣裳的民间女子而作，旋律古典优雅，情绪缠绵忧伤，我手机里播放的版本是钢琴家理查德·克莱德曼演绎的，他用琴键演绎出来对爱与美好的渴望，感动了世界，此刻显然也感动了小哑巴。小哑巴用写满期待的下巴，指了指我的手机。我点点头，将播放模式设定为单曲循环。

小哑巴蝙蝠一样灵敏的耳朵，是上帝给她开的一扇窗，还是上的一道枷锁，我不知道，我只知道沉浸在《绿袖子》音律里的她，愣是将一场足疗做出了千回百转的味道。

在足疗店，技师给客人泡脚叫上钟，客人指定技师泡脚叫"点钟"。我记下了小哑巴的工牌：316号。以后每次去，"316号"就成了我和小哑巴的接头暗号了。某天，我明明点的是316号，进来的人却不是小哑巴，我的心里升腾起深深的不安与失落。小哑巴哪儿去了？店长意味深长地摆摆手，一脸讳莫如深。

五

没有了小哑巴的根之根，显然失去了吸引力。

但每时每刻，人总是需要有处可去、以安身心的。深藏一颗做灵活胖子野心的我，开始混迹体育场的灯光球场区域，那是县舞蹈队占下的根据地。就在我差点要代表县里去市里参加比赛时，县舞队里几个美女集体去领队那"上访"，强烈请求封杀我这个"编外程咬金"的参赛资格。"某人擅长的是文学，干吗来抢我们的舞台？"她们说这些话的时候，当中有人委屈得都快要哭出声来。

她们约好似的，让我在偌大的体育场上，"站"成一座孤岛。实在不喜欢被人性围攻和压迫的我，很快以"自己太笨学不好"为由向领队主动辞演了。当然，这个小插曲并没有影响我对舞蹈和擅舞者的喜爱，我依然穿梭游走于体育场舞队根据地偷师学艺，但凡县里有舞蹈表演或比赛，也必排除万难去捧场观看。当聚光灯亮起，那些远远近近、大大小小的舞台，瞬间从一地鸡毛的生活中剥离开来，蝇营狗苟从浓墨重彩的脸上跌落，舞台中人抽象成既神秘又遥远的美好存在。

接近盛夏的一个早晨，失联已久的小哑巴从天而降，但她并非为神仙所惩罚。神仙才舍不得惩罚这么好看的女孩呢。小哑巴是被县舞队某资深舞女给扔进体育场的。资深舞女仿佛被恶魔附体，满脸戾气、眼露凶光。从资深舞女口中吐出的每一句话，都被恶魔化成刀子，一把把，掷向小哑巴。

被刀子围殴的小哑巴，眼神失焦，披头散发，双膝跪地，膝下渗出的缕缕鲜血，呼应着她脸上仿佛春梦过后的两佗潮红。小哑巴的衣服总是来不及扣好。她其实一直想去扣好它们。

当资深舞女再没有力气宣泄愤怒，舞队围观人群嚷嚷着"婊子"类咒语作鸟兽散。小哑巴，保持着刚才的姿势，一动不动，仿佛被世界遗弃的孤儿，像极了《西西里的美丽传说》中贝鲁奇的样子。贝鲁奇，无论面对贪婪的爱慕还是恶毒的中伤，永远无声无息，缄口不语，美得摄人心魄。

有好心人用一件衬衣裹住了那个早晨人世间仅存的一点体面。小哑巴像一朵轻飘的云离开了体育场的视线，再次不知所踪。后来，听人说，原是资深舞女的帅气老公有次去根之根泡脚，趁酒性强行抚摸并拥吻了小哑巴，酒劲过后，他带着礼物向小哑巴道歉，叮嘱许多朋友泡脚时要点小哑巴的钟，一有空就守在足疗店门外等凌晨两三点下班的小哑巴并守护天使般送她回家，过程中再没有用任何过分的举动侵犯她。

小哑巴是跟着继母从中村乡大山里出来谋生的，在她有限的人生经验里，从来没有哪个男人对她这样好过、上心过；在她心里，那个长得帅、不嫌弃自己口不能言的男人实在是老天爷瞌睡时错派给她的奖赏。

一无所有的小哑巴，在怀春的最好年华遇上他，心里涌动的全是对爱情最赤诚的渴望，根本没有也压根不想有年纪、婚史的概念，也根本理解不了被呵护的自己，其实早已成为他豢养的池中鱼、掌中仙。她只想用自己青春的身体毫无保留地去爱他，去回应他的爱慕以及老天爷的厚赏。她毫无保留的勇气，像星辰，在黑夜里与整片天空对峙。

哑巴小娘会是当年的小哑巴吗？

我动过好几次跟婆婆去见哑巴小娘的念头，可每到周末，我不是在加班就是在去加班的路上。

最近一个周末，我去鄱阳湖参加保护江豚的活动。几十个人，七手八脚却又凛然有序地把存在搁浅危机的江豚往快艇上转移，要把它运往水更深处。江豚永恒的微笑使我想起独属于哑女的沉静微笑来。江豚受困，有人救助，蒙难的小哑巴可有人向她伸出援手？我留意到艰难跃出湖面的一头江豚，嘴似乎是张开的，那张因干旱而极度渴望上苍普施甘霖的嘴，仿佛空洞尽头，吞没所有声音。


## 六

小雪时节，天空闷声响过一阵惊雷，干旱许久的山川大地，终于下起了一起像样的雨。

因着对这场雨的喜悦，我决定骑电动车送孩子上学和上班。门里门外，婆婆与我们撞了个正着。但失魂落魄的婆婆并没有注意到我们在她身边，她拎着买回来的各式菜品寂寂然朝阳台走去。

脊背频耸，鼻翼唏嗦，喉咙稀里呼噜，阳台上，婆婆的自语啜泣，是另一种寂静……一番艰难破译，才知是哑巴小娘跳楼自杀了。

"老天公公瞎眼，咯好个小娘没给她一条活路啊，咯小娘老公没收入，不踏踏实实想办法赚钱，却一门心思迷彩票，听哇（听说）还赌球，殊不知十赌九输哇。咯小娘讲又讲不得，打也打不赢，是过不下，逼得没办法才寻了死路哇……"

婆婆断续的悲叹，使我又想起鄱阳湖张嘴江豚的微笑来。微笑是江豚的表情，微笑也是哑巴小娘对待生活的态度。当金子般可宝贵的雨落下来，江豚又能微笑着在鄱阳湖生息繁衍、嬉戏游玩。可是，冬雷滚过的哑巴小娘，却用接受一切的微笑，接受自己仓促走完一生的命运。

七

沿江快速路辅路两边，落满了黄色的叶子。雨点一颗一颗砸在脸上,生疼生疼。

路遥马衰,人如蝼蚁,头盔面罩渐渐模糊,我实在不能再顶风冒雨地往前硬赶了。我将电动车驶进朝阳大桥底下。我掀挂起湿冷的雨衣,靠着桥墩,使劲搓了搓冰冷的双手,等风雨过境。水泥做的桥墩,岁月之苔无处攀长。与辅路并行的沿江快速路上,雨中赶路的喇叭声此起彼伏。

一个穿绿衣的背影挺拔的女子正在桥梁连接道路的那块平地上独自翩然而舞。空旷之境,一个人的舞蹈,悲凉又美好,温暖又苍茫,像极了生活本来的面目。音乐结束,她长袖遮面,向我的方向盘腿以作燕子回头状,渊停岳峙般,凭一腔热爱对抗整个冬天的冷雨寒风。桥沿下,雨幕成帘,如云之雾,如雾之松。

有交警骑着警用摩托车穿幕而过,尾灯上交替闪烁的红蓝之光串起无数粒细小却未名的光粒子。这些光粒子一层层铺陈天地,消解着我记忆中美容院老板娘脸上的怨气、小哑巴眼神中的惊惶以及婆婆胸中郁结的块垒,宛若救赎主题的油画。

生活的河流里,涌进越来越多的人群。我,我们,抖抖身上的雨水,继续赶路。

# 苇地长风

秋冬的鄱阳湖，水干枯了，生命的寒意在那小河般的蜿蜒里显露无遗。然而，蜿蜒之势的两旁，却生长着无边无际的芦苇。

芦苇，一丛连着一丛，一片连着一片，似水，如竹，朴素洁净，坦荡高贵。苇叶是温暖的黄，芦花是轻柔的白。太阳光洒下来，一群水鸟扑棱翅膀从芦苇丛飞向天空，整个湿地活泛起一种生命明亮的美。

一阵风起，芦浪翻涌，芦花悠悠，那些游荡的白色精灵，在"我"中穿行，每一个细节都在展示饱满的力量。没有谁可以驾驭风的走向，芦花的命运注定"随风而逝"。但这又有什么关系呢？不问西东，顺天适性，该努力生长的时候就努力生长，该抽穗扬花的时候就抽穗扬花，该零落成泥的时候就零落成泥，只要美过，葱茏过，奋斗过，作为生命，足够了。何况，每一个逝处，其实不都是生命重新开始的地方吗？看着吧，只要根下有一点儿湿土，下一个春天，定能"噌噌噌"地长出一片新绿。这么多的芦苇，每年开了谢谢了开，多像一茬茬青春的孩子，敢爱敢恨、敢闯敢试。我多想自己也是它们当中的一株，怀揣梦想，无所畏惧，从熟悉跑入陌生，从白天跑进黑夜，从近处跑向远方。

夕阳敛约光线时，有鸟归巢，在芦苇丛折腾出不小的动静。只是，我始终都没听到芦苇的声响。这是一种不出声响的植物。世间的寂寞，异语的聒噪，风雨的磨砺，它一直都在默默忍受，永远是那般细腻修长。当遭遇外力不得不弯曲成一根弧线时，它依然可以依赖内心的韧性挺拔如初，于是就有了傲然风骨，像极了旧时光里儒雅的文人，不曲时阿世，洁来洁往，靠一己才学，立命安身。

一朵芦花落在我的袖子上，毛茸茸的。又一朵芦花亲吻我的脸颊，虚无柔和的气息从脸上到脖子到心脏。气息向下，一些往事却漫过记忆，从岁月深处涌上心头，世间跋山涉水的悲壮以及悲壮之后难以言喻的柔情交织在一起，宛若强大电流在袭击，我难受地几乎要哭出声来。

当遍野金黄被一把把镰刀收割干净，幼时黄昏水渠旁，那几簇撑到深秋的芦苇，成了水的骨头。山寒水冷的世界，本就是瘦骨伶仃的可怜人了，造物主偏偏还要着意去渲染一份骨感，小小的心，谁会愿意去喜欢支棱在渠首边的那几丛芦苇呢？

我假装看不见芦苇。我只看到又圆又大的夕阳。我对着夕阳挤眉弄眼，仿佛多挤几次眉多弄几下眼，远山那一片云就会以最快的速度苏醒。醒了的云拽着热烈的红满天空地跑，一圈两圈三圈四圈……世界，开始重新热闹起来。身边的母亲却一直很安静，即便我着意提高了跳跃的频率，她也始终保持秋的表情。

母亲怕是不喜欢夕阳的，她的眼里只有那些芦苇。对芦苇看不够的母亲，每一次，都会把最沉默的那一支带回家。"最沉默"是我的说法，我觉得它把头垂得最低，最想亲吻沉默的大地。

带回家的芦苇，一天一枝地，全被母亲安插进了那只泛着温润光泽的大瓷瓶里。那是父亲出差景德镇时，特意买来送给母亲的。父亲在外地工作，一两个月回一次家，回家时总带给母亲礼物，有时是东北的皮靴，有时是上海的面油，有时是杭州的丝绸，而最中母亲意的应该就是那只瓷瓶。母亲把瓷瓶摆在梳妆台的旁边，每天把它擦得锃亮。

插进瓷瓶的芦苇再不是水的骨头了，它仿佛会变魔法，不仅是把它自己，连带着把整个世界都变得无比蓬松柔软。看一眼芦苇，再看一眼母亲，我似乎一下就跌进了梦境。梦里，到处都是怀抱，比乳房还要丰盈多汁的怀抱。母亲也渴望那样一个怀抱吧，或者母亲想在梦里送给父亲那样一个怀抱。

其实我也是无比想念父亲的。思念快要把胸膛撑破的时候，芦苇也把瓷瓶插满了。我慢慢发现一个秘密：芦苇把瓷瓶插满时，父亲一准回家。这个秘密使我的心"怦怦怦"地跳过好几回，每次母亲带我们去渠首边折芦苇的时候，我就跑得远远的，我怕母亲窥破这个秘密。因为当秘密不是秘密，日子便无所期待了。无所期待的日子未免也太不好玩了些。

回家的父亲把我和弟弟挨个高高举起，清脆的笑声在他的头顶打着转，向屋瓦、向天宇漫散。回家的父亲把母亲紧紧搂在怀里，之后，帮着母亲把瓷瓶里的芦苇一枝一枝取出来，扎成一把结实的扫帚，扫去人间万般愁。尘障总是越扫越少，路也会越走越宽。几年之后，父亲买了房子，将留守乡间的母亲及我们接了去。那一刻，瓷瓶最空，母亲的心最满。那一刻，因为母亲脸上的熨帖，我无比欢喜起故乡水渠旁的芦苇。

与父亲团聚了的母亲，执意让瓷瓶空着。

母亲将瓷瓶送给我，作为嫁妆的一部分。母亲的心意，我懂，所谓岁月静好，莫过于心被爱填满而瓷瓶空着。很多次，我其实很想跟母亲交流一个看法：这世上，最有意味的清供莫过于一只插上几枝芦苇的瓷瓶。但是，我忍住了。不想让母亲忧心，我便一直空着瓷瓶。

多年以后，当我行走在吴城这条著名的水上公路时，我在想，该如何向母亲形容眼前所见的芦苇？不是一枝两枝，不是一簇两簇，是铺天盖野，是辽阔无边。我又该如何向母亲启齿——她的女儿，一个年届不惑的女人，心里有颗文学的种子正在不管不顾地发芽，她正被不可知的远方所吸引，她要打破现世的安稳、离开熟悉的县城去省城工作？一切从头来过，她其实也很担心也会害怕，究竟自己有没有足够的气力去折腾，带给爱人、孩子的，究竟是幸福还是忧愁？

芦花两岸雪，江水一天秋。"逝者如斯夫，不舍昼夜！"生活是流动的河流，唯流动才能生生不息，我终究还是迈出了去往省城的那一步。我、婆婆、孩子在省城，爱人、父母在县城。空着的瓷瓶，在离开家的时候特别醒目，像生活被撕裂的那部分，使人不忍直视。我便在摆放瓷瓶的正上方墙壁上挂了一幅风卷芦苇的图画。爱人端详画许久，告诉我："放心吧，所有的春天都是从芦苇开始绿的。"

这句话，使我流了许多幸福的泪。我想到了另一幅画——波提切利的《春》：水星神指引生命最珍贵的美、春、爱向无终的大路上迈步前进，虽然生命的仇敌——西风——在后面追捕，他们仍旧勇往直前，孟实先生说此画可叫《生的胜利》。生的胜利！

　　熟悉的、陌生的；艰辛的、幸福的；失去的，收获的。芦苇所经历的，我必将经历。当一切慢慢走上正轨，母亲那颗悬着的心终于可以放下了。是的，母亲，放心吧，漫卷芦苇的长风从来不是困厄，它应该是梦想。浩荡长风，自由，勇敢，无惧无畏。大凡被长风培育过的事物，都跌宕而柔韧、蓬勃而绵远。

<br>

　　　　我曾经失落失望失掉所有方向

　　　　直到看见平凡才是唯一的答案

　　　　当你仍然　　还在幻想

　　　　你的明天　　Via Via

　　　　她会好吗　　还是更烂

　　　　对我而言是另一天

　　　　向前走就这么走

　　　　就算你被给过什么

　　　　向前走就这么走

就算你被夺走什么

……


此刻，芦苇地的长风在《平凡之路》的歌声里起承
转合。

# 自由行走的花

　　创业以前，小于是"丛一楼"很有些个性的 80 后室内设计师。我看过她设计的一些作品，简约环保，实用且很有些艺术格调。她说装修其实是用一堆新垃圾取代旧垃圾的过程，应该提倡人居合一，以留存最大空间方便心灵行走。正火爆呢，她辞去工作，一个人背包去了新疆。她说每天签约、设计、交稿、取酬……日复一日的循环状态里，衣食虽无忧，可每天困在原地，活着，已是惯性，甚至麻木。她害怕有一天她的设计才思会在狭小空间被同化枯竭，她不甘心自己人生的意义仅限于丛一楼的设计师，她渴望突围，至于想要突围的究竟是什么，小于坚信只有在行走时，才听得到内心的声音。

　　新疆的辽阔与深远，让春夏秋冬乱象纷飞，也让距离变成了一种可畏的符号。无论是北疆的风景还是南疆的风情，最后全都幻化成一颗又一颗尖锐的尘土，只为折磨身体、磨砺意志而存在。尤其是徒步旅行的第三天，小于辘辘饥肠并在深山迷路，求救无果，咬牙开辟求生道路，那是一条从未走过的路：翻越高山峡谷、攀登大板坡、跨越河流、横穿森林……体力耗尽极致，生死关头，她用乔布斯的那一句"记住你即将死去"来给自己打气！她告诉自己，当所有的困难、窘境、失败、骄傲、荣誉、成功面对死亡时，都会消失，剩下的将是她真正重要和想要的东西，她只管朝着这个目标前行，再前行！

自救十几个小时后，半夜一点，山腰处一座毡房突显，一个放牧的儿童递给她一大包包尔萨克（类似发霉的馒头干）。就着冰冷的雪水，囫囵填饱肚子的小于，身体重重摔向雪地。仰面朝天的恍惚中，小于说，她看见了天使，听见了天使为她剥离生命繁花的声响，感觉到生命之重最后只剩设计和行走这两条通体泛光的骨架。新疆回来，她辞去丛一楼的工作，开办速美个人室内设计工作室，开始创业。

小于说，创业一如行走。她喜欢在一个完全陌生的环境里，颠沛流离，自得其乐。她用自己的方式与客户交流设计理念，达成共识，完成一个个具体的作品。这些年她每年都会安排一两个月的时间去欧洲、亚洲、非洲等其他国家行走，在罗马、佛罗伦萨、米兰等国际时尚之都，她参加过很多设计发布会，边惊艳边充电；泰国清迈，兰纳建筑鲜活在乡野空灵的土地，她赤脚穿行，触摸唯美的石雕菩萨和水盘里花瓣微卷的水莲花；在迪拜、在巴厘岛……岁月无痕滑过的同时，馈赠给了她无数可遇不可求的灵感，行走成了她设计的源头活水。

小于还说，行走途中，以赤子之心待人，坦然接受好人的帮助，同时尽自己微薄之力回馈，把快乐和温暖传递到每一个需要的角落，最大限度拓展了自己的人脉。好比，驴友 Jerry 是一家上市公司的老总，新疆丛林徒步归来，执意选择她做风险投资；又好比，云南萍水相逢，递给学生背包客阿远五百块，嘱一句"走好，不要还"，一辈子成为阿远心中的"好心老板娘"。后来阿远自美国学成归来，在上海一家顶级设计机构任职，对她帮助很大。

小于的事业因行走而风生水起。很快，小于在南昌抚生路盘下七百多平方米店铺经营安德鲁生活馆，定制高端家具；之后，又注册成立莫高国际室内设计有限公司，旗下有一流设计人才近十名；小于爱喝咖啡，最近，她签下一份合同，准备在红谷滩最繁华地段打造一座南昌最大规模的咖啡厅，她说她想让每一个走进咖啡厅的消费者，可以在最寻常的日子找到驻足幸福的美好。

倾听小于行走，印象最深的一次，是在一次同学聚会上。她酒量不高，却连着干着三杯。三杯后，她微红着脸，捂在我耳边聊自己与欧阳的过往。她说，欧阳是一个真正有军魂的男人，他军旅生涯的艰辛与丰富令她很是向往。曾经她很想做一个时下流行的"嫁得好"的小女子，依人小鸟般事事指望他。可他没有时间成全，一个月能见上两次面，已是难得。军事活动期间，连电话都不能打。一度，小于很是为这段感情忧伤。她害怕自己不能足够强大，做一个完全独立的女子；她担心自己长成树上一根藤的模样，令欧阳窒息、逃离；她怀疑是不是每一个她至亲至爱的人都有意忽视她的存在？一如她的父母，在她很小的时候，离开家乡，以农民工的身份辗转于各大沿海开放城市为生计奔忙，余下她以留守儿童的名义在乡间如小草般成长。

　　小于娓娓略带忧伤地诉说，令时空间或有了重影，不知不觉我回到儿时乡野间。作为留守孩子，我比小于幸运，她见父母的次数以年计算，我见父母按月划痕。我的父母不是农民工，是外县一家大集体企业的员工。八九十年代，企业很是红火，父母亲忙，一个月难得两天假。又因那时交通很不发达，每天仅有一趟永丰到兴国的班车会路过我的家乡白沙。我与父母的团聚，便有了千山万水般的惆怅。

　　那是年关，一个大雪纷飞的日子。想着父母该回家过年了，我领着两个年幼的弟弟早早起了床，踉踉跄跄又欢天喜地，在铺满霜雪的路上艰难行进，在寒风刺骨的小站口翘首以望。汽车是早晨五点半从永丰发出的，那天路况不好，磨蹭到上午九点才停靠我的家乡。车走远了，想见的人儿，始终不见踪影。小手儿冻成冰棍了，小脚儿再使劲跺都没知觉了，小脑袋上遍开雪花了……只有盼归的心和眼始终热着。可任凭光明从东往西跑了一大圈，即将隐匿在西边那座最低的山头，我们依旧没能等到父母。年迈的姑婆用尽各种说辞劝不回我们，情急之下，老泪纵横："老天啦！大的没音讯，也不知在外一个好歹；这小的们要是再冻坏身体，生出场大病来，该让我这老婆子怎么办，要怎么办呀！"瞬时，我们仨竭力想要掩藏的委屈、不甘、失望、恐惧、饥饿、寒冷等等，统统在那一刻因着姑婆的引导，喷薄而出，号啕之哭如决堤江水，浸湿了多少如父母一般在外谋生活的那一代人半世的心！

后来，才知道父母是想在春节多陪我们几天，连着调班以致推延了行程。只是，这一次没日没夜辛苦的守望，铭刻岁月，成了一个解不开的心结。似一个魔咒，念起便煎熬。从此，我害怕与父母的每一次离别。从家门到站台，三公里路，我像一只八爪鱼死死地吸附在父亲的身体上，一句话不说。汽车快进站了，父母合力掰开我的手，迷蒙着双眼坐车离开。我顿觉自己掉进了深水井，身体几乎全部淹没在冰水里，撕心裂肺却发不出一点声音，头顶上的时间像死去了一样；从此，我从内心抗拒一切一切的布娃娃，我以为，她们是魔鬼，换走了本该陪在我身旁伴我长大的爸爸妈妈。我不知道，其他留守孩子们是不是也曾这样想；从此，我害怕关灯睡觉，我害怕一个人行走，我害怕生命的变故，我害怕现状的改变……我就这样成了最胆小的。

上大学了。爱读书的我"遇见"了三毛，那个为爱行走沙漠与海岛的勇敢的写作者三毛。这个用流浪方式追随爱情的女子，其文字带给我的，不仅仅有旅居生活的传奇色彩和浪漫爱情的瑰丽绚烂。更大意义，那些文字传递着勇气、力量、善良和温暖，鼓舞葱茏岁月里的我，打开心结一个人去行走，去追求一种有意义的生活。我开始有了很多渴望：对自由漂泊的渴望，对高远无垠的渴望，对朴素生活缀满诗意的渴望，对万象人世传递温暖的渴望。就这样，我一路高歌壮行，一个人北上南下。至今我还能清晰地背诵出大二我在广东东莞打暑期工时，写下的一段篇章：月黑风高夜 / 我混迹站台 / 遗失学生证 / 干脆票不买 / 南下广东 / 于一餐馆打工 / 最是要瞌睡的凌晨一两点 / 我端着杯碗 / 被该死的老板、食客唤去呼来 / 迷糊又惊厥 / 耗子亲吻脚趾头的危险……

现实谈话的一头，小于还在继续她与欧阳的过往。只不过，忧伤少了，光芒有了。为沉淀感情、过滤心中杂音，小于一个人来到厦门。厦门，是她十岁那年，一个人从上饶爬上大巴去向父母索爱的地方。少时，冒着路上的危险，她小小的心里却全然不怕，因为她知道，厦门有父母在，他们会在那里等她。可这一次，她多少有些恐惧，她全然不敢去想，自己想要好好爱着并以期牵手一生的人，究竟会在厦门这个地方得到还是失去？

记忆中这是一场毫无目的的流放，说是行走，更多是在生活的别处驻足。驻足于一截美丽枯枝，驻足于一位盲人歌手，驻足于白浪逐沙的海岸，驻足于月朗星稀的夜晚……关于那场恋爱的点滴记忆，很多时候像极一颗颗很是顽劣的星星，不停地在她舌间闪耀，甜了又苦，苦了又甜。直到有一天，她站在广场上，悠扬浑厚的钟声袅袅传来，耳倾已息，心聆犹闻。抬眼望，天地之间，全然只剩一位慈祥的、陌生的、坐在竹藤椅上安详睡着的老人。孤独又安详的老者带给她一种莫名的心安。

她突然觉得，其实世间的每一个，终其一生都只不过是时间孤独的旅行者。漫漫旅途，父母亲人、知己朋友、爱人孩子、老师同学、生意伙伴、名利事业等等，都有可能也终将必然地，一个个渐渐离我们远去。而我们所要做的，只有强大！强大自己的内心，强大生命的意志，遭遇再大的变故不茫然失措，面对再大的困难不惶恐胆怯，如此，生命之花才能绽放永久的芬芳。自己相中欧阳，不就是因为他是军人，铁打营盘流水兵，到哪他都能生存并且强大么？犹如菩提树下的顿悟，之前被执拗着的一切在那一刻风轻云淡。她给欧阳打了一个电话，说，她要与他惺惺相惜，寂静守望，她要尽快做他的新娘。

我有些唏嘘，三毛斟不破的，小于竟然斟破了。对荷西的爱与依赖，让三毛一生画地为牢，就像孙行者的筋斗云之于如来佛的五指峰，行遍万水千山，耗尽全部才情雅致搭建"沙漠天堂"，心，却始终在爱的囚笼里很不自由。荷西一死，三毛的世界立马一地碎片，让人怅然。从这个意义上讲，三毛啊，终究不能算是一个真正自由的行走者。在我看来，她只是与心爱的荷西一起，诗意栖居在别处。真正自由的行走，没有仪式，没有纪念，不需要人陪伴，不在乎目的地，在意的只是每一次行走，能为自己的心声找一个出口，为自我的突围找一个方向，然后成就一次又一次全新的自己。

关于行走的谈话还在继续。小于慧眼观心，知道如何盘踞在一个男人心里，如磐石无转移。她深深懂得，欧阳，一个陆军军官，前半生最大的骄傲或者说最引以为荣的履历是在西藏高原之巅驻守过，整整三年。不久，小于背着包出发，沿川藏公路进藏一个月。一年后，她又一次一个人沿青藏铁路进藏，穿越尼泊尔国境线。究竟是有多强大多顽强一个人走完川藏线、青藏线，统统因着笔墨的苍白我假意忽视。只是，我必须描绘，这个进藏途中总能在最撑不下去的时候幸运地遇到军车，挥手拦下，只说一句"我老公是老兵，曾在西藏服过三年役"便成为军中宝、座上宾的姑娘的剪影，多么娇羞多么豪气！征服了西藏的小于以树的姿态同她的偶像爱人并肩而立。之前因为担心她安全介意她穷游天下的欧阳，完全放手，以一个男人最为宽广的胸怀，任凭她信马由缰。

　　我始终觉得这是一次很有意义的关于行走的谈话，把我引向认识的艰难地境，不知不觉就开始思想：人生是一段由生到死的旅途，我们始终都在前行路上。只不过，世间的绝大多数，包括我，从头到尾几乎没有真正意义上的自由行走过。整个旅途，我们心安理得地将身与心，拥塞在一辆名为"生命之歌"的火车上。火车或急或缓向前开着，在里头出生、成长的我们，左冲右突。其结果是，有的可在软卧里幸福，有的能在硬卧上满足，有的千辛万苦好容易占到一个硬座，有的栖栖惶惶始终都在逼仄的空间里站着。我们满足于这种状态，并以"这就是生活"的名义，四平八稳地活着、持续着。

外面的世界很精彩。每到一站，站台上满满都是走下车厢看风景的人。可鸣笛声响，"呼啦"一下，身边的绝大多数重又挤上火车，在属于各自的位置、空间里，按部就班地"前行"。我很是有些失落，上车的刹那，世间的绝大多数都跑得比兔子还要快，大家都在害怕么？害怕被落在未知的将来，还是害怕现状可能的改变？回望坚定行走的小于，真想冲入人群中振臂一呼：行走吧！像个勇士，敢于直面惨淡的人生，敢于正视穷途的危险。

我们都是时间的旅行者，一生驿马的因子只是假意温顺地匍匐在我们的灵魂里。当我们为寻找生命的意义，终其一生，行走在漫长旅途时，也许可以幸运如小于，将家庭、事业、朋友等阳光雨露收入囊中，狠狠滋养一朵开在灵魂深处的自由行走的花。更或许，我们不是那么幸运，一直都还没有看到任何花开的兆头，请不要气馁，埋头赶路，用心聆听，一定会有生命拔节的脆响。

焰

火

# 江上

　　天空的飞鸟，从晚霞中飞过。车子轰鸣开动。落日，被沿江快速路两边的高楼大厦阻隔，我看不到远方田园的丝瓜藤、南瓜花，也碰不到夕光里那些欢快扇动的透明翅膀。中间绿化带，是一色低矮的海桐，间隔还种了些高瘦的雪松和樟树。这些树，四季常青，常给我一种塑料的春天盆景的想象。家门前这条路，似乎越走越漫长。在仿佛城市霓虹到天边明月的距离里，人总会产生微渺的孤寂，甚至，某种绝望。

　　上班，下班，几乎每天，我都会以某种固定姿势朝一个方向并入车流。车轮压过积水，飞溅起无数水花。黑的沥青，灰的水泥，冰冷的玻璃，冷硬的钢筋……倒映在水珠里的明暗相间的城市，面貌冷峻。车与车相会，往北的呼啸而来，往南的绝尘而去，每一次灯闪，似乎都暗含某种不动声色的汹涌。由速度产生的汹涌，无从把握，日子被一天天收割并放进某种容器，加工成没有丝毫差别的样子。天街小雨、湿地蒌蒿、黄鹂翠柳、桃红李白……诸如此类需要充分时间来酝酿的春天的事物，被一一略过，春天变得虚无。

事实上，也是如此。南昌的春天，一直都很短暂。在我心里，它仅仅指向春节。春节放假，我沿着这条路，向南，上高速，回到父母身边；假期过完，返城上班，春天就结束了。南昌的秋天，向来也是这样，甚至于比春天还要更短。三天假期，一场秋雨袭身，冬天也就来了。我时常在没有变化的匀质时间里，想念乌江，想念南山岭，想念儿时在老家生活时，以各种方式告诉我节令更替的美好自然。比如谷雨时节的布谷鸟叫，比如春末夏初的苦楝花开。只是，姑公姑婆西去后，父母在其工作所在的县城常住，我搬到了更远的省城，老家的房子空空如也。一年年过去，乌江变成清明祭祀时一碗通灵的酒，南山岭化为冬至坟头上一把御寒的草。

衰败得厉害的老家的房子，父亲却一直舍不得处理。每年都要特意从永丰赶过去，在伯父家借住几天，花大量的精力修修补补。去与回，起与落，有和无，父亲的用心呵护与老房子的凋敝速度形成强烈对比，当中那种反差感常使我想到乡情式微、田园将芜，继而感叹起面对命运时，人的有心无力与力所不及的苍白、无措。

父亲六岁不到，他的母亲就病逝了。爷爷常年在外唱戏，亲情寡淡。是父亲的姑姑、我的姑婆收养了他。姑婆因不能生育被她的第一任男人给休了，再婚后，她其实很喜欢第二个男人，但又离了。父亲跟着独身的姑婆艰难漂泊异乡，靠姑婆沿街叫卖煎饼果子和出售手工刺绣物品维持生计。生活的苦不算苦，最使姑婆和父亲屈辱的是，总有些牙尖嘴利、刻薄好胜的乡野妇人，一口一声"绝户""野种"地叫唤他们。一个在林站工作的鳏夫实在看不过，站出来抱不平。他渐渐懂得了姑婆所有的好，娶姑婆进门，把父亲当亲儿子般疼了大半辈子。后来，姑婆说服姑公，带着父亲回老家。父亲问，现在生活挺好的，为什么要回老家？姑婆说，因为那里有千年的祖宗，不变的血脉，回去，才有根。父亲嘟囔，树有什么好，根扎下去，永远动不了，流水才不腐。姑婆嘴巴动了动，想说什么，又忍住了，是姑公顺接了父亲的话，说，老家有乌江，跟这儿的泷江一样，都是赣江支流，水大得很。父亲这才松了眉头。

那时的乌江，鱼特别多。鱼多势众，且从不惊慌逃窜。只穿一条裤衩的少年，有时会带网下水，捞鱼贴补家用。一网捞个一二十斤再寻常不过。更多的时候，水性极好的父亲并不愿捞鱼，他深吸一口气，直直潜到水下五六米深，和许许多多的鱼儿待在一起。乌江深处的水，蓝得纯粹，晃一晃眼，五彩斑斓的鱼群竟成了一匹匹灿若锦绣的云霞，那些穿行的浮游生物可不就是闪闪发光的漫天星子了……这哪是水底，分明是少年向往已久的九万里长天啊。高二上学期末，空军部队来父亲就读的学校检兵，父亲的身体素质让负责检兵的同志很是欣喜。可是，膝下无子的姑婆舍不得父亲远走高飞，她用一种近乎激烈的方式将一块疤痕安在了父亲的后背上。担心疤痕在高空环境下会出现破裂，加上生源充足，体检人员筛选时，身上有疤的父亲被简单判定为不合格。一个快要瓜熟蒂落的飞翔梦想就此萎黄。

军检结束，父亲没有回家。他一个人来到乌江边上。乌江向北，并入赣江；赣江北去，汇入长江；长江再远，是无边无涯的大海。都说海阔凭鱼跃，天高任鸟飞，属于自己的高天阔海究竟在哪？父亲没有如往常般直直地潜水，也不再远眺水流的方向，他向对岸游去，然后，游回来。此岸，彼岸；彼岸，此岸，一个接一个来回，直到筋疲力尽，把自己缩成一个睡到暮色四合的暗影。

姑婆寻到江边将父亲带回家，一把葱花、两个鸡蛋、三箍面条，给他下了好大一碗面，边收拾厨房边说："左右不过一份工作，国家有顶替上班的政策，过三两年你姑父退休，你进工厂上班，可不就一样了。莫不是，觉得我们对不住你，对你不够好？"一筷子面正吃到一半，几双眼睛突然就滚烫起来。人都是讲感情的，童年的不幸使得父亲对人世间的一切情感格外在意、珍惜。真要说"别离"，父亲其实是更难的那一个。那一刻，许多太过庞大的东西在父亲心里角力撕扯，最后变成一团虚空。父亲实在不知道使自己那般难受的究竟是什么。

姑公赶回家，陪父亲聊了一宿。姑公让父亲收拾收拾，去站上学撑排。上世纪70年代，林业红火，水运发达，用做火车车轨的枕木、用于煤矿打桩的坑木，还有建筑工地所需的杉木等全靠排工顺江而送。姑公在林站，管堂口，负责量方，与诸多排老大相熟。

巡山护林、采运检尺、砍柴扎排、装排撑排……满山的荆棘划拉了一脸的口子，沉重的坑木压弯了年轻的肩膀，十个脚指头被水浸泡全腌烂了，遇雪天横排，脱了衣裤就往冰窟窿似的江里跳……撑排特别苦，特别危险，可怀抱一团虚空的父亲偏偏享受这种磨砺，从没叫过一声苦，喊过一声累。也许，肉体上的苦痛与注意力的高度集中，能使人忘却精神的虚空，让心不再那么难过吧。

父亲在赣江撑了两年零四个月的排。大队给父亲分了田地，姑婆也有了属于她的一方菜地——南山岭。那时种田，没有肥料。由公社在大冬天选一口塘抽干，大家伙将塘底的泥挖散，一担担挑到晒谷场摊晒干，再一担担挑到田里去肥田。父亲的目光被走在前头的那个南湖村的张姓姑娘所吸引，往后劳动便多出几分隐秘的快乐来。

姑婆在南山岭种了许多菜，父亲在宗族祠堂里与心爱的姑娘拜堂成亲。姑公退休后，父亲跨过乌江，去了赣江另一条支流——恩江河畔的永丰县贮木场工作。每次与家人告别，父亲脸上都写满山高水长的惆怅。

流动的生活使父亲的内心一直都处在摇晃的状态，他时常担忧，寻常日子里，浪头会在好端端的一个瞬间扑打而来，将他所在意、所憧憬的人生吞噬。参加工作后，稳固的住所成了父亲一生的执念。故乡的房子当是他以男人的名义建起的第一个地标，他把它当作礼物送给了留守乡间的家人。

由扁砖垒起的新房，二楼有个敞开式的大平顶阳台正对南山岭。太阳每天从南山岭升起，最美的月亮每回都挂在南山岭那棵最古老的樟树上。父亲将村里第一台黑白电视机买进家门的那天，偌大的房子挤满了人。大家边看《霍元甲》边嗑姑婆端出来的香瓜子。母亲于半明半暗的光影中，给每个到场的孩子派发大白兔奶糖。不怎么抽烟的姑公，从兜里掏出很有些名头的大重九、红塔山给大伙儿散烟。父亲百感交集，笑中有泪。

一些特别的日子里，我总会梦见老房子。梦里，老房子门前，那些半人高的杂草突然快速转动，形成巨大黑色漩涡，屋里屋外，人都像中了吸星大法般，被吸到漩涡深处，之后，又被不知名的力量从漩涡深处扯出，变成贴在墙上的纸片人，跟祖宗们站在一排。我每从这样的梦中醒来一次，就免不得怀疑"远方"的意义；我每怀疑"远方"的意义，就免不了动摇对"家园"的认知，这真使人痛苦。

　　落桂如雨，又一年中秋倏然而至。

　　回永丰的路上，有人在朋友圈里分享了奥地利诗人里尔克的《秋日》中的几行诗：谁此时没有房子，就不必建造，／谁此时孤独，就永远孤独，／就醒来，读书，写长长的信，／在林荫路上不停地，／徘徊，落叶纷飞。

　　我想起很长时间都不曾回家的小弟。小弟喜欢动漫，大学毕业后去了动漫之城杭州。只是小弟并没能在杭州从事他所喜欢的与动漫有关的职业，而是在一家很小的私人企业做平面设计。领着微薄的薪水在杭州执着地漂着，不放过每一场动漫展。有年春天，小弟回家，脸上擎着桃花一样的绯红。小弟问父亲，可不可以搬回商品房、把带院子的房子卖了去杭州哪怕周边买一套小房子。父亲正嗑着花生，花生没有嚼响，也不知是否被父亲整个吞进了肚子慢慢消化。小弟启程回杭州的那天黄昏，我陪着父亲去了恩江散步。太阳落山之前吐的最后一缕光焰像是一口忧心的血，我们都躲闪不及，躲闪不及的还有光焰散尽后的黑，春节闹腾后的冷。象征爱情的那抹绯红在小弟脸上无疾而终。从此，小弟更为执着地在杭州打拼漂泊。

风尘仆仆，立于秋的檐下。门是母亲给开的。小弟还是没有回来。

母亲一路小跑，将拖家带口的我让进院子，很快，又一路小跑，冲进了厨房。整个过程中，她狠狠斜了一眼骑在院子墙头的父亲，菜立即就在锅里"哗剥"作响。

一只猫从院子外面无表情地走过，那种与生俱来的淡漠在猫棕色的瞳仁里闪着凛冽寒光。这使我瞬间想起老房子那顶古旧的棕色座钟，以及在座钟内以恒定节奏不断流失的时间。孩子们没见过那顶座钟，他们争先恐后跑出去，用各种亲昵又讨好的"喵"声逗它、叫唤它。猫不为所动，并未转头。

不为吵嚷所动的，还有父亲。我隐约觉得，父亲自从给我发完那条微信后，大体是一直保持着如此刻骑在墙头看树般的那种淡漠表情的。

那是一个盛夏黄昏，我正在家门口的赣江湿地公园散步。手机在兜里轻微一动，原是父亲发来微信："也许明天开始，再不用上班了。项目部被新东家接管，听说老总姓

×，你或许熟，是从××公司过去的。"强劲的夕光很快屏蔽了屏幕的亮光。赣江两岸，树木挺拔苍翠，江水粼粼荡漾，鸟还在爽利的风中扑棱着翅膀，花还在草地上高昂着一张张明艳动人的脸庞……藏在"也许"背后的落落寡合、百转千回于"或许熟"里的某种期待，我似乎都忽略了，我用"解聘即解放，六十多了，好好东游西逛"回了父亲。父亲的沉默比江风还要阔大。

不要误会，我从没有要把父亲隐讳成猫的意思。猫身上的那种凛然冷酷、了无挂碍以及高深莫测，是父亲所不具备的。父亲长久不理我之后，我也渐渐明白了：那条"或许熟"的微信，其实是父亲为弟弟们而发的。他想再被项目部返聘，不是因为他多留恋发光发热的舞台，而是他一直期盼自己在能动的岁月里，攒更多一点的钱，以备将来小弟买房之用（尽管只是杯水车薪）；万一返聘不了，能给大弟留意、争取到一个稍微稳固的岗位也是好的。是我无能，让父亲失望了。

在我心里，父亲更像是一条鱼，一条在赣江休养生息的鱼。

我生平第一次看到有别于乌江的恩江，是1988年，母亲带着我们仨去了父亲的工厂度暑假。出发前，姑婆特意给我穿了条白色的新连衣裙，胸前盛开一簇簇由姑婆手绣而成的淡黄色花骨朵。老家到永丰，一天只有一趟大巴，千难万难挤上车的我，眼瞧着连衣裙被陌生人的蛇皮袋蹭得泥迹斑驳，号啕大哭。不长的一百多公里路，喘着粗气的大巴，走走停停，待一条大河出现在眼前，已近黄昏。一手牵揽弟弟、一手挎好几包行李的母亲催促下车，跌跌撞撞的我，一头跌进父亲温暖的怀抱里。我再一次不明所以地哭起来。

乌江两岸，是良田村舍，是桃红李白，是鸡犬相闻的家长里短；而恩江两岸，是烟囱厂房，是歌声嘹亮，是喇叭声壮的车来车往。

工厂的门做得真大呀。一根大杆横着，层层叠叠的人推着自行车站在杆子那头，他们穿同一款式的衣服，戴同一款式的帽子和棉纱织的白手套，尽管有的人身上的衣服洗到有些发白，但一点也无损于他们的庄重或者说自信。父亲问我，觉不觉得这些自行车像闸中之水蓄在厂子里，我点头；父亲又问，觉不觉得这些人像江河里欢蹦乱跳的鱼，我更使劲地点头。杆子一起，洪涛般的自行车放了出来，在夕阳的照耀下，他们脸上的笑容闪闪发光。汩汩车流，流进恩江两岸，两岸灯火，次第点亮。灯火与水光浑然一体。父亲说，这是时代的江河。我很小，不明白什么是"时代的江河"，只记得父亲形容大家是欢蹦乱跳的鱼。

我很想问父亲，鱼会老吗？老了的鱼游不动了怎么办？可是我没有问，我被迥异于家乡的黄昏深深吸引。

父亲在他的江河里，不停游啊游，从一个啥也不会的高中毕业生，迅速成长为集电工、电焊、机修、冶炼等各种技术于一身的多面手。派去上海东风木材厂学习时，大上海的师傅们开始有些瞧不上，根本不愿教他。机械故障抢修，本是最好的实战教学，可每每这个时候，师傅们会借少某种工具之故将父亲从现场支走，待工具取来，关键点的活也"恰好"完成了，总不能耽误生产再重拆一遍吧。父亲也不别扭，转身就去了趟五金店，花了好大一笔钱买齐机修、电工所需的整套工具，从此天天背在身上。牛皮糖就牛皮糖，反正师傅们走哪跟哪，要什么就从工具包里给掏什么。师傅们维修，父亲边看边在小本本上写写画画，将一些关键的技术点用他自己才看得懂的方式迅速记下。父亲鲜少去凑夜上海的热闹，下班就把自己关在屋子里琢磨、钻研，想不明白就挨个问，讲了还不明白，就买烟买酒求着师傅们出现场，直到全部捋清才放师傅们走。

世界一直在变，改革如火如荼。在不可知的命运面前，父亲一直奋力游着。三十岁不到，开始承包车间，自承包后的第三个月，他底下一百二十余名工人人均月工资较之前翻了四番不止，当年就上交了一百二十万利润给林业局。

时任县委书记到厂检查，对父亲说："小罗，我当书记每月工资才三百多一点，你领着大家都拿我双倍的工资了，了不起。"

　　有一天，余师傅从上海给父亲打来电话，问父亲愿不愿"下海"，说自己有个大学同学，在北海做房地产的，要建一支电工队，天南地北跑，辛苦是辛苦，但收入肯定是很高的，还能入股。下海，是一种趋势，余师傅认可父亲，忠厚、肯吃苦，也不怯场面，他让父亲别纠结，勇敢去过更好的生活。父亲感慨万端，却还是回绝："谢谢师傅，我不是不舍得公家这个饭碗，我是舍不得跟着自己的那帮兄弟姐妹。再者，家中上有老，下有小，牵绊终归是太多了。"在父亲心里，工厂是小社会，车间是部落，这些年，他们工作、劳动、学习、生活、娱乐以及生儿育女、生老病死都和厂子捆在一起，患难与共，很难放下。那种情感，余师傅懂，他再没说什么。

　　父亲调别厂任副厂长不久，原先的工厂倒闭了。得知消息，父亲特别难过，辗转反侧了好多天。父亲当然明白，有些事的发生是时代的必然，这些年，山上的树都要砍没了，原料供应不上，纤维板厂难以为继；新的制造业异军突起，市场上出现了许多更新颖更环保的产品，跟不上更新换代的步伐必须走向衰落。就像排工消失的背后是水路式微，是交通发达。父亲跟外界的联系明显多了起来，好些个原来车间的技术骨干都被父亲推荐出去了。父亲送他们去车站的时候，笑得特别舒心灿烂，仿佛他们正替代自己通江达海。

1998年，地方发展林产化工，工厂改制，父亲很快迎来了他人生当中无法规避的又一个"必然"。也是暑假，父亲买的商品房还在装修，一家人还是挤在工厂的宿舍里。晚饭前后，母亲最为忙碌。那个点，工厂制冰室的门口，买冰棒的工友们，仿佛不断涌进来的潮水。配料、倒模、取件、收票……我们仨，自然而然化为母亲的三头六臂。"轰嗄"一声，制冰室厚重的铁制后门被推开，黄昏的阳光像躲在门外偷听热闹的孩子般，一股脑儿跌进来。推门而入的父亲，在一室拥挤中，朝我招手。

我们去了江边。江畔，夕阳绚烂，河风温热，两代人的影子越拉越长，长到似乎都跟河流一起走向了远方。"企业改制，买断经营，吵嚷许久的那只靴子明天就要落地了。"父亲问，"大学生，担不担心我和你妈双双下岗？"我对"下岗"这样的字眼很敏感。"下岗"意味着铁饭碗被打碎，意味着重新变成个体，意味着一切从头开始而他们没有做好知识更新或者是资金准备，很快就将被挤向城市边缘……我向前跨了一步，再转身，像个大人般，站到了父亲对面。父亲朝我走了一步，拍了拍我的肩，示意我再转身。夕阳又大又圆，江上气度雍容。

逝者如斯夫，不舍昼夜！努力对抗时间和命运，当是人到中年时父亲的倔强。那种倔强，平淡而庸常，惊险而悲壮。

父亲向亲友借贷，连着厂里买断他和母亲工龄的三万余元，凑了整二十万，与人合伙在赣江上游的兴国县办了一个小型"油茶化工厂"，不多的员工当中，有三分之一是他一直未曾在心里抛下的年纪偏大的工友。他们有的在外地当保安，有的在本地开摩的，有个别在商贸大楼拖大板车。父亲与他们生活在水里，上下左右，在同一个生命体中。只是，父亲不明白，合伙人是坐车的。坐车，你上，他下，没那么多交情可讲。合伙人是兴国本地人，主动说跑原料及销售，父亲懂技术，自然抓生产，这没什么不妥。合伙人鼓动父亲说行情好，要扩大规模，所有利润用于购地建厂房，暂且不分红。父亲呢，也有自己的小心思，想着规模扩大又能带动更多的工友过来，重温集体的种种美好，压根没反对。转眼两年过去，名义上父亲是持百分之四十的股东，可实际，父亲除了工资什么也没有。管着销售的合伙人将钱死死卡在自己手上，对外宣称自己没收到货款，横竖不再给大家发工资，昔日工友被逼离职，再次陷入下岗窘境。父亲的创业以失败告终。

单家独院，上下四层，带院子的房子是父亲购房三部曲中最气势恢宏的一部，堪称父亲拼搏人生的谢幕之作。因为，买下这套房子不久，父亲的厂子就没有了，悬在记忆里的杆子灰飞烟灭，父亲不得不再次离别，辗转黄山、遂川、景德镇、宜春等地的私人油厂做职业技术人员以谋生度日。

院子是父亲自己设计的。一条鹅卵石小道将院子一分为二，一边用来打摇水井、建洗漱池及晾晒场，地面砌瓷砖；一边用来植树、种菜和养花，地面需铺几层丰润的泥土；东墙边必得种三棵石榴树……当时，母亲找了很多人，才在两处人家寻到三株满意的石榴树。栽下石榴树的那晚，月色皎洁，母亲在院子的小圆桌上摆满瓜果，父亲给每个人都满上了一碗家乡的老冬酒。老冬酒在青瓷碗里细细碎碎地闪动，像接纳醉酒星星的小小湖泊。母亲从桌上选一个石榴，轻巧掰开。多子多福的石榴籽，挨挨挤挤，剔透晶莹地蹦了出来。父亲说，再往后，石榴花开，一树灯笼，石榴结籽，满堂红火，等着吧，将来会有更多的孩子在这屋子里撒着欢跑、可着劲叫。

父亲顺着梯子下来，从车库取出木锯，又攀着梯子立上墙头，开始一下一下，锯长高长大了的石榴树，他最喜欢的石榴树。

十几分钟后，左边的那棵石榴树拦腰而断。暮色秋光"哗"一声涌进院子，父亲下意识扫了眼客厅。我忽然就理解了父亲的难受。父亲年岁渐老，日子失却了生龙活虎的蓬勃。大弟在一双儿女出生后不再外出打工，回永丰开了一爿鞋店；小弟一直单着，成了母亲的隐痛。突如其来的新冠疫情，让"失业"高频发生，小弟工作暂停，大弟鞋店倒闭，六七万积压的库存被一箱箱、一层层地全部堆在了客厅里。没有工作，没有收入，底层劳动者家庭细水怎么长流？高高垒起的箱子就像是一道一夜而起的拦河坝，伤感、局促，人生失败者的感觉总也躲不掉，父亲是离了水的鱼。

父亲难以忍受这种"满"，虽然，在过往人生里，父亲其实是一直在渴望着另一种"满"的。父亲不断向赣江深处游，遭遇再多的风浪也要游，很多时候只是为了回溯一个屋子的圆满，但绝对不是很多人挤在屋子里找不到流动方向的满。那不是满，是迟钝，是停滞，是堵塞。父亲左右不了那些箱子，便只能处理自己种的石榴树了。

"叽割，叽割"，三棵石榴树依次倒地，院子上空像秋天依次被收割干净的田野。

"八月剥枣，十月获稻。"几千年来，我们都是这样，在辛苦中期盼着稻熟酒成，然后选一个夜晚，觥筹交错，在东方大白时打一个嗝，继续劳作。小时候的秋，是收获的季节，先是芝麻和大豆，然后是水稻和花生，霜降之后是番薯，一茬接一茬，田园一次比一次空旷，最后露出厚实而广袤的土地，上霜落雪，来年的春又厚了一层。而如今，回马寻踪，物是人非，石榴树倒地，我所感知的秋，水瘦山寒，华服落尽，沧桑寂寥，百草凋敝，以待严冬。

晚饭时，母亲的老庚春秀发来小视频，是家乡人在老樟树下为中秋烧塔做准备的小视频。视频里，老樟树更老了，也似乎更高了，落在地上的影子越来越大，一些牵牵蔓蔓的藤趴在它身上，显得干枯而繁复。中秋之夜烧塔是老家延续几百年的古老习俗，人们通过烧塔表达收获的喜悦，祝福生活红红火火。我总记得，儿时，回家的父亲领着我们仨用大石头、碎砖块垒一个一人高的塔，然后在塔尖上放一片大瓦，烤花生，烤栗子，在火里煨番薯。"砰"的一声，一个栗子在瓦片上咧开嘴笑，我们仨一拥而上踮起脚尖，抢到的跑到一边呼呼吹气，没抢到的扯着父亲的袖子哭闹不已。孩子们没有这种记忆，想去老家看一场，母亲不许，说，黑了，远，老房子也住不得人。老家或许再回不去了。

一家人只好在二楼小客厅看电影，片名叫《消失在地图上的名字》，是我用手机随便选出，投屏在电视上。电影主要讲述一对居住在莫斯科的父子前往科克特贝尔小镇的故事。这是一部关于家园、旅途和梦想的片子，莫斯科是承载伤痛记忆的家园，父亲在这里成为失业的飞机工程师和酗酒的男人，十一岁的儿子在这里成为丧失母亲的孩子；位黑海边的科克特贝尔小镇，有滑翔机飞行员纪念碑和大海，是承载儿子美好梦想的地方，也是父亲幻想摆脱现实、抚平伤痛的地方。儿子一次次迎着风举起纸，想象纸能像信天翁一样飞得又高又远，纸却一次次落在地上；姑姑离开，不能给梦想以庇护，百无聊赖的孩子来到餐厅，歌手在歌唱：

> 我的道路呀，我亲爱的道路。
>
> 我的腿带着我走，上帝也助我一臂之力。
>
> 我被爱，我被背叛，这个老女人摇着她的地毯，不允许我逃走。
>
> 我那不可能的道路，变成了我的逃生之路。
>
> ……

影片结束时，孩子奶声奶气地说，他不喜欢里面那个总想着放弃的"爸爸"，他喜欢"儿子"始终为梦想一路奔跑。我说，妈妈也是，一直不喜欢忘记危险和奔跑的麋鹿，只喜欢那些一天到晚游泳的鱼。父亲在旁边"哗"一声，转了下身体。

回到南昌，秋天就结束了。夜晚的江边，寒凉刺骨。一棵枝丫清疏的老树把阴影投在江上，水面斑斑驳驳，像一个人在永丰看新修古城时，新旧时光重叠江上时的那抹幻影。游步道上，有天真的孩子向家长喊话，说自己看到一条鱼，一条很老很老的鱼。

是的，鱼是会老的。鱼的老主要体现在鱼鳞上，鱼鳞上又亮又宽的同心圆是夏轮，又暗又窄的是冬轮，一夏一冬，便老一岁。铺陈在父亲身上的同心圆，显然叠加了许多重。

街头的红绿灯坏了。双向马路，人潮拥挤，车流汹涌。整个城市像是一刻不停地往前跑的巨兽。大灯的白光，尾灯的红光，声色之外的过快速度使我产生强烈的眩晕，仿佛眼前横亘着一条奔腾大河。

使人恐惧的速度，背后意味着流逝。这些流逝，汇成人世的镜像，汇成时间的沧海。对于每一个立志做"鱼"的人而言，"江上"从来不只是一个概念，它是来处和归途，它是梦想的道场，是永不终结的生命线。

江上，有无数的鱼。

# 白月光

又梦到她了，还是老去前的精瘦样子。四目相对，她没有能力再着一言，我想说什么却还是沉默，有时候心照不宣地静默伫着，悲欢离合才不会太过沉重。

那一天，老家大伯来电话："姑婆病危，门锁紧闭。趴在窗口，只看见老人斜坐床头，呼无应答，不知死活，得赶紧回来处理。"于是，百里之外，驱车急赶。爱人只一石头锤下去，门锁便应声而落。我与母亲，跌跌撞撞，扑进去。

我从没见过这样子的姑婆，在她活过八十有八的岁月里。这还是她吗？一件素缕背心、一条碎花短裤罩着骨瘦如柴的身子；头以偏离身体近九十度的姿势歪扭着；嘴巴是张大的，没有一丝声音流转；眼皮耷拉着，仿佛是粘上了一层又一层的水洗胶布，瞳孔浑浊，尽乎灰白；一只手被压在身子底下，已经有了僵枯的斑紫，另一只手的五根手指头卷曲着，如五根风干的老鸡爪子般，无力地垂在床沿边；袒露在床褥间的两条腿，青筋突兀；僵硬冰凉的皮骨之上，没有一丝好看的肉。她已经不会言语了，除了偶尔上下抖动的喉咙和试图掀动的眼皮，她全身唯一残存的生之气息，只有那一头胡乱纷飞的白发。

这一头白发，在那个午后，轻绵地飘过来，力道却是那么重，像一柄柄锋利的剑，穿透我的心脏，很疼！我张大嘴巴无声哀号。世界上，每个人都有自己的顾忌，我无法责备叔伯们只在窗边候着的、在我看来有些清冷的坚持；每个人都有每个人的命数，我无法苛求老人家能恰好倒在有我守在身旁的时间里；每个人都有每个人的苦衷，我无法奢望世间长者，尤其是像姑婆一样无儿无女的孤寡老人能在垂垂老去的光阴里，近旁存在一个可以倚仗的后生晚辈；每个人都有每个人的生活，即便都是孝子贤孙，很多时候施以老人的大多恐怕只是蜻蜓点水近似敷衍的一些个潦草关心与念想。

姑婆一定很懊恼被病魔击中的自己，狼狈、无助、丑陋又悲凉。

她的心性从来比一般女人大。少时做女工，看着别家姑娘绣的牡丹鸳鸯漂亮，喜欢得不得了，却始终忍着不开口请教一二，只默立一旁，全凭一双眼，将针针脚脚记下。回去备好丝线，绷紧绣箍，好生侍弄，布上开出的花朵、情爱，总归是要胜人一筹。年轻时，她长得也比一般女人漂亮。那时她有个同族哥哥是乡间贵绅、民团团长，她时常扎一根粗黑辫子，着猎人装，蹬双马靴，飞身上一匹黑色骏马，急驰在白沙的青石板路上。一个带兵驻地的旅长，黑龙江人，据说是个有文化的书生军官，惊鸿一瞥，就沦陷在她那双眼水灵灵的眼睛里，开始频频来贵绅府上教她写字画画又或是邀请她去乌江边上赏云看花。情意相投后，军官托了好些人来说媒提亲。奈何她母亲，一个古板又严苛的小脚老太"棒打鸳鸯散"，对一干来人只说："招秀（姑婆小名）命硬，克家克夫，为折煞气，多年前已将她作童养媳配给别家，从来一女不许二郎，回吧。"转身，正告姑婆："战乱，带兵打仗容易客死他乡。我只一双儿女，命理相书又认定你八字硬，你弟弟能否绵延香火真保不齐。我只留你，在身边，老来扶一把，晚景不致太过凄凉。"姑婆认老话，识古理，哭哭啼啼把自己闷在家中，就此和那军官断了来往。

悲红颜，命薄如纸！一瓢浊水下肚，腹中骨肉流失，姑婆从此成了不会"下蛋"的"母鸡"，首任丈夫甩给她一纸休书，没了家的姑婆，还因此患上严重洁癖；之后，组织出面，促成革命家庭，可因着她不肯为官，第二任丈夫觉得她拖了自己后腿，三年婚姻解体，再置她于举步维艰的"守寡"地位。只是人前人后，姑婆从不允许自己是一副倒霉的"寡妇"模样。头发齐耳，梳理得纹丝不乱，人呢，坐定一个地方，腰板直挺，衣服整洁雅致，一双星目，凛然地看着时间、历史流动。她从不风月，性情刚烈，却又有着旧社会老鸨般的一流交际，九流三教、牛鬼蛇神统统与她会有交道打。1989年第三任丈夫因病逝世，她的社会属性最终被定格为革命遗孀。

姑婆是韧性的，无畏的，侠义的，圆通的，生活赐予了她化解各种危机的超强能力，命虽苦，运不坏。在世人眼中，百转千回，她也算收获了强势女人堪称传奇的丰富一生。只是，一生未育、膝下无子女人心中的悲苦，从来不足为外人道！这个骨子里悲情到有点自怨自艾的老人，时常我总能捕捉到她轻微的、隐匿的叹息。这叹息虽混乱于各种沉沉睡去的夜晚，传递的悲凉却是无处不在。在我很小的时候，每每月儿升上树梢，姑婆一定是素衣布鞋，圣洁安详地端坐院子中间，望月。一个人看久了，她再用最轻柔的呼声唤醒我。于是，端一把小椅子，我只乖巧坐下，顺势把头埋在她的双膝间。她的双手摩挲着我的头发，慢悠悠开腔："这一轮白月光，真好看！我说它就是一张无邪的小人儿的脸！只是它怎么就那么高，那么远呢？远到无论白天的太阳怎么暖都暖不了夜晚看月人的心，远到让她的娘一生孤苦，无根飘浮……"伴随她的自说自话，我抬起头，照面了姑婆脸上无声的泪。于是，小小的心里，开始对月费心留意。它是中秋甜蜜的月饼，它是母亲温暖的棉被，它是扬帆启航的梦想，它是行疆万里的归期，它是少女心尖的红豆，它是游子眼中的乡愁，它是诗人吟唱的一阕丽词，它是我们每一个活着的人，背过身所要祭奠的最深最厚的感情。

　　我的父亲打小没了娘，六岁那年，过继姑婆名下当义子。姑婆把全部的母爱给了他，供他念书，安排他接姑公的班、进了彼时很是红火的国有企业。吃得苦、会钻研的父亲几年便成了整个行业里拔尖的技术全能，年纪轻轻便领着企业车间一百多号人致富奔小康。优秀的父亲是姑婆精神与情感的寄托，成为她全部的希望。她乐得给他挑媳妇，乐得给他带孩子，乐得省下一切她可以省下的东西，变换成日渐丰富的钱物。可是，说不清什么时候开始，这份深沉厚重的爱，渐渐扭曲变异了，而且越年长越有些犯浑。姑婆开始挑刺、开始数落、开始怨恨、开始诅咒、开始变得有些刻薄和难以伺候。比如，盛一碗萝卜排骨汤，萝卜多些，她说没人吃的只给她，排骨多些，她说吃得油腻巴不得她早死，省得碍眼；比如，打电话给她，声音大些，她骂你凶，声音小些，她认定是你在骂她。她越来越坚信，我的母亲是横空冒出的妖孽，将她抚养多年的成果不明不白抢了个干净！她越来越怀疑，她身边人对她的好，目的只在觊觎她的财产！她越来越肯定，她喜欢的孝子贤孙慢慢一个个都在露出白眼狼的真面目！

好在，我的父亲也算气度宏阔，对姑婆落在他身上的霸道，听之任之，永不言说。好在，我的母亲文化不高，道理却极懂：这是自己男人的恩人，服从她、俸养她是应该的，何况自己三个孩子全亏得老人照应，得以周全，只记她这一点好，所有委屈便都能咽下。只是，人心啊，一有了猜忌就会有隔阂，一有了隔阂就产生冷漠，何况，曾经是姑婆小棉袄的我们姐弟仨，一个个都忙着长大，忙着生活，忙着家庭，忙着事业，忙着成功，忙着世俗，真正谁还有多少心思，去捋平一个老人变幻莫测的心境？去应付一个老人看似有些不可理喻的矫情？至此，我们与她，磨炼来磨炼去，说到底，感情有，不轻松，静水深处有潜流。

那年，母亲买下第一套完全属于自己的房子，兴高采烈把姑婆从老家接来同住。可热脸贴了冷屁股，一干孝心，姑婆偏说母亲是在示威，想要在她面前作威作福显摆本事。一段时间，家中狼烟四起，不胜其烦的父亲不远千里奔波回家，没能化解，终是溃败，只好答应她搬回老家独居的要求。之后，姑婆抱恙，母亲小心翼翼征得老人自己同意，再次把她接来。病愈后，同样的场景上演，姑婆又一次"凯旋"故里……十年光景，接过来送回去，这样的闹剧连着演了六出，其中还不包括姑婆到老年公寓及家乡敬老院小住的那两次。终于，2009年，姑婆以八十五岁的高龄，一个人，静处故乡，等候终老。逢年过节、清明冬至，我们多则五天、少则半天回乡看她，聊尽孝道。除此，便只隔三岔五去一通电话略表关心。所有关于留下她一个人在故乡生活的愧疚与不安，慢慢被时间和各自生活中的世事抹平，甚至遗忘。

　　白发胜雪，拂在脸上，冰凉！没有人知道她是怎么了，除了想象！我想，应该是在下半夜，内急，她掀被起身的瞬间，某根不知名的血管破裂，就此中风。她一定拼尽全力地挣扎过。不信，你只看她压在身子底下那只手，紫青紫青的，伫满了发不出去的力道；她一定呼救过，就着她被扭曲成近乎九十度的头颅看过去，嘴巴唏唏张合，喉咙嚅嚅上下，眼神惶惶内外。只是啊，夜晚门窗紧闭，她一个突然中风的独居老人所发出的声音，哪里寻得到一丝裂缝扩散出去？万籁寂静，天上的神仙在打瞌睡，世间幸福的人儿统统浸润在温柔梦乡里自顾欢愉。即便有不忍的风，钻进她胸膛，好心肠地捎带出一点求救声，也定然被那怪异的梦呓所掠去，最终只幻化成亲友乡邻们枕边的一口热气，杳无踪迹。

我有些手足无措，与母亲一道尝试着想把她扶起。也许是她胸中积压的怨与恨太多，那不到七十斤重的楚与怜的躯体里，生生有我们搬不起的沉。我只好就着她的姿势，抱紧她。我试着用手去暖她脸上大块大块的老年斑，去摸她似开还闭的浑浊眼。我慌张张去捏她枯紫的手，去磨她冰冷的脚……她都不理会我，一种深深的沮丧与无助轰然把我击倒。我把脸贴向她，沿着她的额头、她的脸庞、她的胸膛，一直摩挲到她的腿，末了，只能一如儿时般，盘曲在她的脚下。她了无生机的眼光照进我的眸子，一派寒光凛冽。氤氲的热气开始从眼中无休止扩散，周遭很冷么，怎么我眼中的热气都冻成一颗颗珠泪？这些珠泪在生与死的边缘游走蹦跶，在如花的容颜与陈腐的躯干间躲闪跳跃，滑稽又苍冷。

爱人抱起老人，以最快的速度送去医院。没错，姑婆是中风！在医院住下，母亲细心地帮姑婆擦洗，给她换上干净的衣裤。我不知道做其他，只一味给她全身按摩，并和她说话。我与她说起，她芳华二八的乌黑长发，她飒爽英姿的猎人装，她全心养育着的两匹马，她与心爱男人不能长相厮守的离人泪，她赠予我的一件件绣花衫，她心爱的梅花链，她珍藏的象牙麻将牌，她最赚人气的手工小甜点；我细数她的强势，她的倔强，她的善良，她的委屈，她对我们如山的恩情；我甚至有些不合时宜地揶揄她现在如此不济，质问她怎么就甘心这一副行将就木的寂然模样；我甚至很不人道地着重批评了她的眼睛，混浊死灰，要知道这一双眼睛，曾经点燃了多少少年对爱情的向往……她始终不言不语，但我分明觉察到了，她目光渐变得温和，初时像三月早春的暖阳，之后，像深秋静静一片白月光。

于是，很自然地，我又与她絮絮说起了她心念念的白月光。我小声告诉姑婆，要我看哪，这千年的月亮从来都是女人最隐匿的精神家园。情深义重的女人们，借由月亮，在白天黑夜这两个模糊着边界的世界里，休戚相慰，死生代谢，完成着心灵深处的情感内需。话说于此，有些意外，两行清泪自姑婆毫无知觉的眼中，缓流。

姑婆病后的第二十六天，凌晨两点，三点？我竟也忘了！我只记得睡着的自己，突地就这么一下从床上坐起，告诉爱人，窗外有可亲近的世界。先生好脾气地帮我把帘子拉开。果真，窗外一轮白月光，我亲爱的姑婆，幽然而坐苍穹，她整洁的蓝色褂子如天幕一般，静定安宁。天边，有一场老旧的电影在快速上演，所有关乎姑婆的恩怨、际遇、纷繁世象一一展播，最后，她的影像在白月光边隐去。

这时，手机响，母亲打来电话说，老人家走了！我轻轻应道，晓得了！刚刚，她已然乘着月光安详而来。

只是，始终是个遗憾！当时，我竟忘了告诉她：暗黑世界里她的背影，满满都是白月光的光芒。那光芒越过窗台，倾覆我的子宫，温暖腹中，那条妙不可言的脐带。我躲在一枚小果里，听喜悦的声音，他细微，却有着蓬勃生机。

# 何事惊慌

先生打来电话，"弟弟及侄女车祸，我赶去现场"。一块石头砸在了心里。最亲的人，在潦草挂线的另一端，飘摇。

23分钟，1380秒过去。先生号码终于闪烁手机屏幕，模样儿，活泼泼得。潜意识里，我长舒了一口气。

果然。谢天谢地。所谓猛于虎的"车祸"，不过一桩交通小事故。是弟弟的电动车小追了别家电动车的尾。弟与侄女摔倒，脸手擦伤。对方的电驴，稳重，晃了晃，没倒。

事故仅此而已。本以为所有关于这场事故的恐惧会在这并不复杂的陈述里，尘归于土。

然而，并没有。事故演变事件。

弟弟忧心姐姐受伤、受惊吓，停留现场安慰。刚才在电动车上纹丝不动的壮实妇女前行十几米后，居然掉转弟弟跟前，以不容置疑的口气告诉弟弟，右脚踝疼痛难忍，得给她，钱一千。

习惯用单纯认知推己及人的弟弟，对妇人提出的要求颇觉不可思议。尾是追了，但摔得明明是自己和女儿呀。换作他，看到对方带一个这么小的孩子，且脸面手脚全粘着泥、挂着彩的，早就夭夭而走，哪里还有追究的心思？

弟弟与妇人分辩了几句。到底觉得那壮硕的妇人面冷心硬，铁塔似得仁立在女儿跟前，纠缠越久阴影越大。他很快表态，愿意出钱四五百，赔偿妇人可能存在的伤痛或者说损害。表态的时候，弟弟有意将声音压得很低，似乎这样能使自己息事宁人的愿想，更显得真诚。

一方弱了，另一方总是要更强。这是自然规律还是人性使然？

反正，妇人更加怒气冲天。她一手扯住弟弟的胳膊，一手迅速掏出手机，很麻利地连着打了好些个电话。好像弟弟是十恶不赦的罪人，好像她受了天大的委屈。至于眼前摔了跤的小女孩，吓没吓着，伤没伤到，她大体是毫不在意的。

男男女女，老老少少，对方究竟叫来多少人？弟弟哆哆嗦嗦，数不过来。事实上，被里三层外三层的汹汹人群围着，个子本就不高的弟弟，哪里还能看到光亮及天。

现场一派严谨有序的混乱。沉默的，唯有弟弟还未来得及扶起的电动车。嗓子哑暗，又或是四下里传来的声音太多，弟弟茫然不知所措。

从未与人交恶的弟弟，明显是没有见过这"狭路相逢"仗势的。四面楚歌之中，他承认自己有气短的狼狈。他认怂，与妇人说，愿意出钱一千，将事了了。弟弟是后知后觉的。此时的"一千"再入不得那妇人的眼。妇人身后站着，一群人。

走不了、说不过、谈不拢的弟弟，像一只仓皇无辜的羊。他拨通了求助先生的电话。妞妞看到了先生。张开手，说：姑父你来啦，姑父抱，这么多人，他们要干什么呀？姑父你看，我的裤子破了一个洞，爸爸的手在流血。姑父，他们要拿走我爸爸很多钱吗？……声线那么细，细得快被叫嚣的话语淹没。可先生分明，被这细细的声音扎得生疼。

先生决定：法理裁决，其他，绝不妥协。

这个决定，让我很是踌躇。一直厌恶竞争，习惯用妥协、放弃、逃避来换取太平。何况现在要面对是"斗争"。电话里，我试图游说，如果谈得下，破财免灾吧。

"你们总是这样！"先生断挂电话。嘟，嘟，嘟……忙音一声更比一声长。

我在忙音中反省。终于承认，所谓忍，所谓退，所谓大度，所谓不争，都是扯。说到底，是胆怯，是无力，是面对纷繁世相，手足无措的慌。

我的母亲，是穷人家的孩子。外婆命运多舛，几度改嫁。外公生性怯懦，常年有疾。六亲无靠、仅有三年小学文化的母亲，打小就自觉对生活中所有"好"的事物保持距离。也许，不去渴望就不会失望，没有争抢就没有伤害。长至十八，寒门的姑娘竟也长成一朵素朴幽冷的花。

彼时，罗氏家族在当地也算有些渊源，在城里工作的父亲也堪称才俊。高中毕业那年，父亲通过飞行员检录层层筛选，最后只因背上有一枚硬币大小疤痕抱憾蓝天梦。稀罕"门当户对"古理的母亲，对能嫁作罗家妇，常常觉得自己是"瞎眼鸡仔天照应"。她格外珍重。

因为珍重，留守乡间的母亲在族系庞杂的大家庭里，始终谨小慎微。家长里短，是非功过，她一以贯之地缄默。至于生活中的种种小心机、小过分、小手段、小算计、小难堪，母亲以她最为朴素的世界观，一厢情愿地化解。吃亏是福。

母亲矢志不渝地，把自己圈固在尽可能小的范围内活动，连带她的儿女。仿佛唯有如此，才能协调各种人事，远离各种纷争，回报父亲对她的倾心。这种回报，对于母亲至关重要。因为除此之外，她再想不出微小、困顿的自己，该如何表达内心对父亲满满的爱与感激。

后来，母亲跟随父亲进城。门楣关合，窗帘四拢，母亲的天地，自然而然地被全面简化为"老公孩子热炕头，馒头咸菜小米粥"。很多时候，我觉得母亲就是一只无为的母龟，人生的所有努力，都只为蜷缩在小日子的壳里，得一个太太平平的安慰。

秉承母亲教导，加之性子均是一脉的清冷。从小到大，我与弟弟没有深远抱负，也不稀罕宏大叙事，更不擅长调动"经营、维系、取悦、巩固"这些词去处理人际关系。我们总是一厢情愿地以为，两耳不闻窗外事，冷眼旁观众生相，大体能与世界相安无事到老。

只是，尘世喧嚣。世人个个都是想要分得生存之粥的僧侣。僧多粥少。多少人为这碗粥，明里暗里剑拔弩张。我们可以保证自己一辈子不去动别人的粥，但我们却不能保证一辈子，每天只要睁开眼，就会有一碗属于自己的粥好生搁在眼前。而且不稀不稠，不凉不热，暖胃安神。关键从头到尾，还没人眼热，没人偷抢，没人伺机往里头丢几粒老鼠屎，再逮着机会一脚踢翻。就像今天，由一场小到不能再小的交通事故所引发的一切，不是我们闭上眼就能装看不见的。

先生报了警，抱着妞妞回家，留弟弟一个人在现场。

天，就快黑全了。冬季的街头，寒风凛冽。所有行人低头赶路。谁也不曾留意到康福医院的门口，有一个矮小个子男人存在，除了我。

弟弟两脚微分，面朝空旷，怅然站着。手里挟着一根若有若无的烟，半天不曾吸一口。靠近，与他并肩而立，半晌亦无言。

妇人指定这家医院检查，交警认可。妇人与医生，很熟地笑着。医生说CT机故障，打不出检查单子，却十分肯定地对伤势下定论：怀疑骨折。妇人欢天喜地在24床住下。

弟弟抬手慢慢吸了一口烟。火光微弱，我看不清他的脸。烟雾弥散，是他内心陈杂的五味么？

想起读过的画面：耐以饱腹的土豆装在塑料袋里。孩子心生欢喜地提着土豆走，以为有土豆就有全部的生活。袋子却有洞。一路走，一路丢，袋子越来越轻。孩子终于觉察出丢失的危险。孩子很难过，为什么袋子会长洞，世态人心会破绽百出？该如何在这破绽百出中保全完好？暮色越来越深。孤独的孩子原路返回，想要将遗失的土豆一个个捡回。只是，旷野无人亦无光，凭一个孩子，土豆最终能完整地捡拾回吗？我有些惊慌地发现，其实，每个人都可能会是那个丢土豆捡土豆的孩子，都有自己的绝望要走。绝望不在生活的温饱，而在孤独捡拾的无助。

弟弟将烟扔在脚下，踩熄，是表决心的样子。

地上，一星红光转瞬即灭。黑暗深处，我分明看到弟弟整个身心的抖擞。这抖擞，让极度怕冷的我，倍感振奋。他一改往日的慢，热气腾腾买来两箱纯牛奶，邀我与他一起去，看望24床的"病人"。

检查结果还面目不祥哩。医生已然在病人右脚包裹好一幅精致完美的石膏。病人高挂着石膏腿，正与近旁陪护的家人有说有笑。似乎说要让医生多写些药物、多做些检查，然后加上两个陪护工工资，大体就可向"倒霉蛋"索要三万了……

离开病房，弟弟坚持送我回家。

姐，对方来者不善。现场，有很多江湖道上的人。关键点在那个医生，他那句"怀疑骨折"是一团乱象的轴心，得想办法"找到"他。钳住他，反击才师出有名。交警含糊其词地说，那妇女可能会是谁谁谁的谁。我不怕，法治社会，任谁，也大不过法。明天我接那妇人去人民医院打CT。是骨折，无话可说，出多少钱都认；若不是，我去卫生局申请行业监管介入调查。再不行，我找纪检、找记者。世道人心在，不信她能猖狂讹诈。

天空飘起微微雨丝。它们闪闪发亮。雨落泥土，万物润泽。明天，所有动植物一定都会因为雨的出现获得成长，充满勃勃生机。那么，放置风雨中的人呢？我猜，自然也有虎虎生气。

世界生机盎然，事件自有结果，命运也会水落石出。如此，何事惊慌！

# 访贫记

一

人间立春，天地一动。虽余寒未尽，残霜犹结，但东风已条畅。

正月，携带米、牛奶、食用油，去单位包村帮扶的贫困村"走亲戚"。十里河堤，水流云起。懵懂的人们从料峭的春寒中缓过了神，开始新一年充满希望的劳作。路边田园，泥土湿润。想象泥土被翻耙起的那一瞬间，会有一股浩荡的力量辐射。五谷丰登的喜悦，预染农人的眉眼。车经村口那块大石头的时候，"邵家"两个大红字跃入眼帘，生机盎然的样子，无比精神。人，很是振奋。

邵家村，离县城十几公里，建在河堤边上。不大，五个自然村，两百多户人家，约一千三百人，田少人穷。本不闭塞的村子，过去却有着老旧、不喜接受新鲜事物的思想。村民出去打工的不多，许多人一辈子就愿意守着名下三两亩薄田，种传统水稻，在方圆几公里的熟圈子里打转，将就着把苦日子往淡里过。

风调雨顺，自然是皆大欢喜；遇大旱或洪灾，可就难熬，常常只对裂开口子喊渴的土地或漫漫一池灾田，干瞪眼。日子青黄不接，便极易生出许多病来，肺结核、肾炎、脑梗、结肠癌……恶疾一旦近身，可不又都成了悬在穷人头上的一把把铡刀？

打小，童年委屈、暮年霜雪，都是我特别害怕面对的人间愁苦。可嵌在世界的一些秩序当中，所怕却又是必须面对的。村子如何彻底脱贫？命运如何向好？是任务，更多的是发自内心的牵挂。两年多了，这些追问一直搅得人不安宁，恨不得自己可以长出能干的三头六臂。将扶贫政策烂熟于胸，对每户情况了然于心，不一样的愁苦，如何才能接获党和国家的雨露阳光，我们大体是要比贫困户自己还更清楚的。

挖山塘，建排灌站，修婆婆垅三千米渠道及若干田间工程，困扰村子多年的农田水利难问题总算是解决了。往年只能种一季的田，都种上了二茬。老表笑逐颜开，说田好种收成就特别好。

荒山荒地荒园子，用来栽种油茶或蜜柚，三五年，果苗成活，会是长效稳定的一笔收入。同时，免费请人指导有劳力的家庭学种烟叶、白莲，较之传统水稻，增收不止两三倍；帮助少劳力的家庭养牛或其他家禽家畜，短时间内，生活得以改善。每觉察自己一星微芒的努力能见成效，内心便生出许多感慨欣喜。

想起年前村委会那炉旺火。那天，邵家二十几个党员，里外几层，围着火炉，或坐或站，共商扶贫计。年轻的村支书表示，个人想向贫困户流转三十亩土地，集中种白莲。种子、耕作、加工、外销等他负责解决。贫困户以产业补助资金入股，有劳力者，到基地劳作还可取得相应报酬。

这个想法，与来之前单位班子会商定的扶贫思路异曲同工。邵家田不多，岭多，把这些山岭集中起来，以租赁或山岭入股的模式，吸纳所有贫困户及村里有意愿的村民参与，由水利局向上争资，取得国家水保项目支持，建两三百亩经济果木林。果木林的日常管护，由局里出资，聘请专人。果木林三年能见效，按每亩两千元收入计，邵家的青山荒山也许从此就成了金山银山。

## 二

防寒、施肥、锄草，村两委班子的几个人，在汤三的园子里忙碌。井冈蜜柚苗，已抽出簇簇新绿。

园子，约一亩地，从前是荒着的。本来挺珍贵的土地，受劳力和资金所限，一直闲置。倘若离开"嫁"作福建外郎的哥哥的帮衬，汤三与他年迈双亲的生活将无着无落。

许是同龄人蒸蒸日上的生活感染了汤三，当然更可能是穷则思变的缘故，去年这个时候，汤三一声不响去了哥哥那里。运气不坏，谋到个保安的岗位，每月收入近三千。劳动创造价值，价值塑造新生活，大家都为汤三感到高兴，但谁也不敢替他长舒那口气。"间歇性"病根，宛若高悬在平静日子之上的一枚强劲炸弹，一旦苏醒、发作，他又将失去工作，重回邵家。

这个春节，汤三没回家，却给父母寄了好几千块钱。电话拜年，汤三很喜庆。他说，留下值班的，保安公司能开三倍于寻常日子的工钱，又省下不少路费，划算。在外讨生活，累是累，好歹要比过去的自己强。省吃俭用，大过年的，总算寄给父母一笔还算厚实的孝敬钱。只是，那个园子，还是要麻烦村里干部多操心。父母太老，身子又弱……

放心吧。以一株苗挂果一百五十个估算，五十株的年收入，能有七八万元。三年后，蜜柚飘香的园子，会成为汤山一座带体温的靠山。

春联鲜亮。桂亭老伯偎着竹制火笼，坐在大门边。燃烧的炭火，用炽热的温度抵抗逼近的暮年。

记得刚到邵家，挨户走，亭伯一见我就老泪纵横。他说他76岁了，犯有哮喘病，一直吃着药，老伴身体也不好。大儿子患心脏病，不能手术，只能保守治疗；小儿子有结核病、肾炎，基本丧失劳动能力，都是贫困户。二儿子好些，但也挣扎在贫困边缘。他想不通，为什么时代进步了，日子还过得如此艰难？说这些话的时候，他的小儿子在旁边，沉默，眉头紧锁，手一个劲地抠边上的墙土，脸上的表情就像是碰到了尖锐的石头。老人靠在墙角，低垂着脖颈，成一个庞大的暗影。多么害怕他在时间中，无声无息地衰朽。

之后常去看他。他有时沉默，有时又特别能聊。他说，老屋空荡荡，实在给不了儿孙什么。自己说话喘气，就不想让儿孙来这里。其实很怀念从前的夜晚，能给小孙子暖脚。小孙子呼呼入睡的憨样，让他知足……这种对话很贴心，可是很难继续。我变得很不礼貌，时常抢在他前头说话。有时说，他大儿子的药费公家能报一部分，程序该怎么走；有时说，他小儿子拿政府补贴的钱可到牛圩上买一头小母牛，养一两个月，卖了，能赚三四千元；他的小孙子成绩不错哩，六一节问他要什么礼物，要的全是书。我说，依我看，贫穷应该是一棵倒栽着的树，生活苦一点只是暂时，不要紧，只要他的子子孙孙能在大家的帮助和自己的努力下，一节一节往地里，将枝叶扎结实，未来也就牢固、有保障了。我很喜欢看这时候的亭伯，他似乎很用力地将脊背挺了一挺，苍劲又安详。

正要告辞，他的小孙子一选连声叫着"爷爷"跑了进来。小孩子一手拿书，一手举着小米糕，让亭伯吃。小米糕冒着热气。小脸蛋闪着红扑扑的光。


三

噼里啪啦的鞭炮声从沙湾传来。年轻的村支书赧然一笑，今天是个好日子，差点就忘了这茬，这可是咱们村的大喜事。走，看看去。

一朵朵绚烂的红纸花儿绽放在乡间水泥路，像卧雪的红梅，张扬着一路芬芳。军祥从厂房里跑出来，欣然散着烟。这天是军翔鞋业加工厂新年开张营业的小庆典，返乡创业的军祥是老板。曾经，因家里条件不好，外表又有些残疾，在一次婚恋中受挫的军祥转身去往福建打工。这些年，他吃得苦，人实在，既学到制鞋技术，又有了不少相熟的客户，经济状况有了很大改善。军祥是个孝子，总惦记着回家承欢老人膝下，加上常听人叨叨县里出台的各种鼓励返乡创业的扶持政策。去年，他租下沙湾一幢三层民房办了个鞋厂，那可是邵家的第一家民营企业啊！尽管经济不太好，单子也不是时常能接到，盘点一年，鞋厂总产值也有六十多万元，实际利润约八万元。

军祥有点不好意思："厂子规模不大，只能请乡亲十八人。不过，有一点是问心无愧的，我情愿少些利润，也保证开给他们高于市面的工资。正常生产，月薪能有三千左右。"加工流水线的轰鸣声像一股股流进生活的欢声笑语。

我注意到，流水线上，有一双眼睛在对我微笑。尽管戴着大大的口罩，可我还是一眼认出了这双眼睛。这是一个叫梦的女人的眼睛。很年轻的时候，梦在广东一家电子厂打工，一个疏忽，左手被机器齐腕吞噬。梦，一度很绝望，不愿出去见人。没收入的梦，沦为贫困户。是一桩美好的婚姻点燃了她的生命激情。梦是能干的，生活越来越好。去年，县里照顾残疾人，拿出一批岗位安排就业，梦在工业园一家电子厂上班，按件计酬。村里核准贫困户，梦主动开口，现在这收入，脱贫了。尽管听说工厂可能要停产，但总能找到其他事来做。还年轻呢！她微笑着。

那双微笑的眼睛，有着恬淡的情怀，犹如清新的泉水将身心洗涤。我很想告诉她，在我心里，梦是月亮一样的女人。乌云再翻涌，月亮，最终都要从乌云的骨缝中射出凝睇，将光芒伸到远处，更远处。

回村委会，路过徐家河塘。接天莲叶、映日荷花的意境在岁月深处发酵，在盛大的春天底下蕴藏。就在之前的那个夏天，我目睹了无数新栽的莲，闪电般繁衍，占领一片又一片曾经贫瘠的土地，用颗颗晶莹剔透的莲子丰富许多贫困户渴望致富脱贫的梦。

河流寂寂流淌。炊烟从烟囱里腾出，将人间"暖老温贫"的情谊拉得悠长。墙背有人养猪养牛，徐家有人种白莲，新圩有人饲养山鸡、沙湾有人办鞋业加工厂……日子终将细水长流。

该回去了。我们微笑着告别。我在挥手，我们都在挥手，向过去挥手。立春了，又一轮循环往复如约而来。世界并没有在瑟萧凋零的冬天掉链子，这是多么值得庆贺的事情。山上，早晚都会飞满青鸟。坚实的大地，早晚会有许多草木，长出新绿。再大的雪，落在所有生命里，兆的都是丰年。

春风走在路上。

# 早餐

　　客居北京学习，一个人在一家早餐店吃早餐，瞧见一副生动画面。

　　画面中，有静物般的桌子，桌子上的小绿植多像是写给春天的一首诗。褐色的陶瓷小罐挨着墙头依次排，倘若打开，甜酸辣咸的百味人生定然会扑面而来。一个年轻女人端坐桌前，双手托腮，对她男人嫣然浅笑。男人快门一按，笑容定格成永恒。

　　一个人，生活在别处，看爱顾盼眉眼，很容易就感动。忍不住夸赞女人美丽的笑来："笑，真美。有现世安稳、岁月静好的味道。"

　　"谢谢！都是他，非得说每天帮我拍张笑脸。唉！"女人有些羞赧又有些落落寡合的一声长叹，敏感的我很是有些好奇：明明满满幸福，为何隐匿忧伤刻骨？

　　一声长叹，也重重落在了男人心里。他温柔地揉摸她的黑发，说："好好地又叹气，犯傻了不是？人家说的没错，你的笑，真是好看。我要天天帮你拍，今后天天看你笑。"满腔怜爱，令旁观的我，深深动容。有一层水汽在她眼里洇散，黑瞳里的阳光，快要滴下来。

真是巧，我与她点的餐居然一模一样：一个驴肉火烧加一款砂锅冬瓜。

"这里的驴肉火烧，滋味很不错！"我边吃边向她示意。而她的情绪似乎总不高，只微笑着点了点头。男人接过话茬："我老婆最爱吃驴肉火烧了。以前，在家乡，我们几乎隔一天就要去同一家驴肉火烧馆吃早餐。"

"哦，家乡？那你们到北京，旅游、工作还是学习？"我随口一问，不曾想竟问出一段关于这对年轻夫妇疼痛悠长的光阴来。

几个月前，怀着孕的女人突起怪病，莫名其妙全身使不上力，全身肌肉也开始萎缩，双腿支撑不了身体，双手连碗都端不结实，接二连三打碎。凶狠的病魔，不仅毁了珠结三月的孩子，夺了女人的健康，还刺伤了一个家庭的幸福未来。变故猝不及防，生活一地狼藉。他们不明白，为什么命运说翻脸就翻脸，眨眼间，似乎就要将人生所有的美好带走，将拥有的一切毁灭。

他的未来需要她的参与才算圆满，她又如何忍心了结生命，丢下他孤独存世？他们变卖全部家当来到北京，希望可以联手打败病魔，战胜命运，跑赢时间。辗转各大知名医院，他每天天不亮就起床，一个人扛起人生的全部重量，排长长的队，挂许多个专家的号，见各种表情的医生的脸。她以巨大的坚忍承受着肉体与心灵的双重折磨，吃各种药，打各种针，接受各种类型的治疗。世间平凡而又坚贞的爱情大体如此，世间相濡以沫的婚姻大体如此。

"真的想，寂寞的时候有个伴，日子再难，也有人一起吃早餐。虽然这种想法，明明就是很简单……"刘若英的《当爱在靠近》是她最喜欢听的歌。病中，她边听边唱，歌声触动他的心弦：一起吃早餐，多么微小的一个心愿，多么普通的温情需求，今时今日，却已是如此艰难，难以实现。他发誓，只要情况有转机，她能走动，以后的人生，他每天都带着她一起，将天南地北的特色早餐逐一尝试。

驴肉火烧很香，我竟难以再咽。

我一直很喜欢在孕育万千种开始的早晨里，为家人做温心暖胃的早餐。

稀饭馒头，豆浆油条，牛奶面包，肉丝面条……尽量不重复。时间充裕的周末，还可以更细致些。或将香蕉用榨汁机打碎，燕麦经沸水泡软滤出，齐齐倒进盛了酸奶的壶子，加坚果仁、葡萄干，搅拌成别具滋味的燕麦香蕉奶昔；或将丝瓜切成五厘米长、一厘米宽的段状装盘，加枸杞、蒜蓉放汽锅上蒸熟。

食物备齐上桌，家人围坐一起，热气腾腾享用，极具家的仪式感，也确认了我作为一个女人的存在。餐毕，一家人相互告别，上学的上学，上班的上班，全体都有了迎接每个新鲜日子万马奔腾的最好状态。

偶尔，因为这样那样的原因，早餐来不及做，看着行色匆匆的他裹挟在人群中间，像没人关心的"流浪汉"，顿感失职，内疚得很。尤其看到俩孩子背着书包，手握牛奶、往嘴巴里塞路边摊胡乱买来的各种食品时，母爱潦草的罪过感更加强烈。

如今，离家千里，谁为他们做早餐？

他给我看手机里她的照片，全是笑意盈盈的各种特写。他说，人生初见，她最打动和吸引他的就是那张笑脸，无限宁静，无比甜美，纯真又性感。

的确，她的笑散发着动人的光芒。手机中，生活的窘迫、存世的艰辛、病痛折磨的苦楚与惨烈是一览无余的拍摄背景，唯有笑容，依然绽放出好好活着的绵绵力量。

我以为那些笑容足以睥睨所有苦难，助他们赢得最后的胜利，然而，没有。她的肌体能量在药物的作用下，确实慢慢恢复正常，能下地走了，能简单动了，但医生说药有巨大的副作用，一方面恢复她的机能，另一方面却迅速损坏她的其他脏器，实在是以透支生命的形式来维持活动的能量。原来，死神不仅没有离开，反而愈加靠近。她，时日不多矣。

幸福、健康、安宁，人人都想得到，疼痛、疾病、不幸却也是人所不能避免。当死神被上帝诡异的手残酷引来，医生宣判死亡之吻即将到来，人要怎么办？除了坦然面对，人类别无选择。

晨曦中，我所见到的"笑脸"，从来都是他们抢占先机的一着，他们在未雨绸缪：既然死亡无可避免，那么好好珍惜，珍惜在一起的每一天。一起吃早餐，一起了心愿，每天拍下爱的瞬间，定格她最美的笑脸，不惧不怕不留遗憾。如此，将来即使在她的一个不小心的转身之后，他所托无人，他还有温暖的回忆。回忆，能填补心灵的创伤，是慰藉一生的良药。

水声溢过砧板，像夏天的阳光在清洗树叶。再去那家早餐店，我在心里轻轻一问，别来无恙，现世安好？

死亡是人类的宿命。总有一些事物，要远去，要更替，总有一些人要先离开。或许没有人真的畏惧死亡，我们只是不甘于死亡。不甘，是心中的遗憾太多，有太多的事情来不及做，有太多的爱来不及说，有太多的可能性在未来无法实现。来日不方长，凡事要趁早，珍惜眼前人。

是的，太多的人和事，只是一个瞬间，便已白云苍狗。

亲爱的，我们一起吃早餐吧。

# 旧时光

## 古镇

小雨初霁，赤水河东流，天地一片青白。

崖壁有凹槽，吊脚楼在其间错落，远眺古镇丙安，有南方女子出浴时那种湿漉漉又干干净净的柔媚。

一个女人，背着背篓，提着棒槌，沿石阶而下来到河边。她将背篓里的衣服，一件件仔细拿出，搁在石板上，用棒槌轻巧捶打。棒槌起落，阳光清贵，让我端端想起一段关于烟雨江南"古桥、河埠、洗衣妇"的清雅历史来。

过木板桥自东入古镇，我沿四百米青石板街行走。镇中山民聚坐茶馆，用一杯清茶，过滤浮世之白；用一副纸牌，清点掌中岁月。街市不是正经摆在店铺摊位上，而是蜂拥在道路两旁。当各色用新旧不一的袋子、盘子、箩筐承装的物品品相不一、挨挨挤挤摆在一起时，那份毛茸茸的生活质朴，足以使人心生欢喜。这儿的生意人也实在不像生意人，他们不凑近，也不吆喝，更不拉扯，一切买卖随意得如同远处的山尖轻轻飘过几朵白云。

　　沿街，还摆放着无数背篓。背篓的主人，是或蹲或站或坐的阿公和阿婆。阿公微眯双目，悠悠抽着烟袋；阿婆仨俩个凑一起，比对各自带来的好东西。他们用背篓里的香菇、木耳、竹荪等山珍，李子、杨梅、核桃等山果，手工纳的鞋垫、染的布匹等物品换取微不足道的钱粮。与其说他们做的是背篓里的买卖，不如说他们在向我们演绎一种更接近古风的生活。

　　等待就是意义，交换就有价值。背着背篓的山民，重复着一种缓慢节奏，仿佛生存于一个相对静止、凝固简洁的古典世界里。他们皈依自然，享受生活，对时间不分割，对财富不焦灼。这种存在与植物在四季交替中的轮回逻辑同一，与土地孕育、生长、成熟的节奏一致，给人一种平静而安全的感觉。

　　一个客人在一个阿婆的背篓前站定，要买两斤笋干。阿婆伸出手比画，三十块钱一斤。许是因为怕自己上了年岁口齿表达不清，又或许是担心自己报出的价格不合理，阿婆很有些羞赧。客人没有还价，还一个劲夸赞笋干好。阿婆松了一口气，不再拘束。她欢天喜地借来旁人的秤，将背篓里笋干一股脑儿全倒进袋子里。

　　一家小吃摊。摊主是一个背着儿背篓的年轻女人。儿背篓有个底座，框边四周裹上一圈柔和的红土布，是一个带着母亲心跳的背上摇篮。一个小娃娃坐在里面，晃悠晃悠，面贴着阿妈的背，睡着了。我点了一碗凉粉。凉粉柔滑爽口，苕糖、花生粒子、白芝麻等配料又放得特别足，一碗下肚，既甜又香。边吃边有一搭没一搭地聊着。女人说，她不是苗族是汉族，从四川嫁到这里来了。女人说，她男人去花花世界讨生活了，她在家带着两个娃娃。女娃子上小学，背上是男孩子，两岁多点。女人还说，她好喜欢这样子的生活：种点粮，栽点菜，摆个小摊守个家，得空再去山中背回些野果山珍。日子不紧不慢，感觉好得很。

我点头微笑，说，熟睡的娃娃正做着好看的梦吧，笑得真甜。梦里，他的阿妈哼着如水的歌谣，从吊脚楼的屋檐边，摘下好大一枚月亮，放在了他的嘴边上。

吊脚楼上，靠江边凭栏而坐。廊道左边，一个剃头师傅正在帮一个七八岁大的男孩子理发。师傅熟练地从背篓里取出围兜、推子、剪刀、梳子、发扫……最后还取出了一面小镜子，一个背篓原是一个剃头师傅的移动店铺。有妇人一瘸一拐走到廊道右边，一个黝黑皮肤的中年男子忙不迭递张凳子给她，扶她坐稳。他单膝着地，仔细查看妇人脚上的伤口。思索片刻，从身边的背篓里取出了三个小药瓶，再将药瓶依次打开，各取分量倒在掌心，娴熟调和之后细致帮妇人敷药包扎好，一个背篓原是民间药师的济世江湖。

目光被沿石阶渐进而来的一排大背篓所吸引。大背篓，竹制的身躯，左臂右臂，粗糙扎实，每个里面盛着的都是重约一百斤的细细河沙。河沙是沉重的。河沙把阿爹们的背，压得弯弯的。然而，重压之下，背着大背篓的阿爹，表情却是欢快的。他们不紧不慢，一步一个脚印，沿着石阶向上坚实地走着。一打听，原来，运沙的阿爹们，家家户户都在建造崭新的屋子哩。

加盐的汗水拉长了阿爹们的身影，也煮沸了背篓里的嘹亮歌声。也许人生沉重的背后从来蕴藏着生活丰硕的收获。我仔细看大背篓的骨骼，一路栉风沐雨，已然浸淫成了阿爹黝黑的肤色，如泥土般深沉。

负重前行，是人生常态。我们每个人其实都有一副属于自己的背篓要背。如何减轻生活的沉重，如何让自己在感到生活重量的时候也感知生活的丰沛和欢喜，起决定作用的应该不是智慧，而是不蒙尘的心吧。

## 古村

抵达钓源樟林时，好好的天，下起瓢泼大雨来。

山势西来断，江流北去平。万家深树里，闻是吉州城。

钓源坐落在吉安市吉州区，是一座始建于唐末的古村，由渭溪、庄山两个自然村组成，至清咸丰年间达到鼎盛，有60余家店铺，居民1300户近万人，还有戏园、钱庄、跑马场等场所，世称"小南京"。

无人机视角下的钓源，被植满樟树的S形长安岭（岭上有条古驿道）自东向西隔开，状若太极图。渭溪、庄山恰好分别落在阳鱼、阴鱼的鱼眼上。我猜想，那钓源的一世祖欧阳万，必定深谙周易之道。唐僖宗年间，在安福做县令的他，每经此古驿道前往任区，一定无数次地脑补过族人到此开枝散叶、生生不息的画面。奈何彼时，战乱频频，世事动荡，他至死也未能了定居之夙愿。念念不忘，总有回响，其五世孙欧阳弘后来遵照祖训，终抵此地开基建村。

只是，娑婆世界，小满为常态，缺憾是真相，自然界从来不会赐予人类十分理想的居住地。细观钓源地势，东高西低，虽有山岭环护，西面山岭海拔却只高出村落约9米，实在不足为屏障，欧阳氏族决定顺应自然之势对此进行改造，他们代代接力，先后在长安岭上手植了近两万株香樟。成林的香樟，慢慢长高，高出村落20余米，俨然一道天然绿色屏障。此后，东、南、北三面的风，要么从村落上空掠过，使钓源成为"藏风聚气"的理想之地；要么顺着樟林从西南坳口绕进，让钓源似乎凭空一下多出许多台天然巨型风扇来。"风扇"不停作用，风得以从各个角度折射进村，配以村中池塘、沼泽地等环境要件，形成"冬暖夏凉"小气候，居住十分舒适。

钓源的所有房屋，均依S形山势起建，东南西北各个朝向都有，完全不理会"坐北朝南"的所谓规矩。街巷道路，也是有宽有窄，通断无常。反正，目之所及，我是没能找到任何一条笔直的路，也没能寻到一幢四边皆直的屋的。这里的人，似乎连大头小尾"棺材形"的忌讳也完全不在乎，整个村子，看上去就像一个撒开脚丫欢跑于山野的孩子，怎么自在怎么来。这种自在欢喜，我曾在家乡吉水一个名叫燕坊的古村深刻感受过，作家江子总结出的"做至情率性的大地之子，在天地时光中、清风明月间仰天大睡"的燕坊哲学，似乎也同样适用于钓源。也对，钓源也好、燕坊也罢，都属于吉安这个古称庐陵的地方，两村的文化性格分别一脉相承于文宗欧阳修、诗宗杨万里，村中所有风水怕都是他们无拘心性的真切流露吧。

钓源人说，"歪门斜道"是他们村独有的建筑风格。我不懂建筑理论，但我相信"人宅相扶，感通天地"一说。在我心里，天、地、人、宅，从来都是自然界的一个有机整体；而"一阴一阳之谓道"，如此，钓源总结出来的"歪门斜道",其实可以用"顺其自然"四个字来代替,某种意义而言,是真得了中国文化"天人合一"生态观精髓的。

珍珠般的雨滴,从伞檐跌落,浇砸在庄山村青石板铺就的巷道上。一些水光濡湿了青石板上经年累月的车辙印,一些水光沁润了门前明沟的郁草野花,更多水花被两边暗渠吸纳接引,与开在各式天井里的水花汇在一起,淙淙流向村中央的数口大池塘。

雨果小说《悲惨世界》里有句话,"下水道是城市的良心"。世人皆知赣州福寿沟是一颗跳动千年的城市良心,殊不知,钓源较福寿沟更早,已然捧出一颗村落良心。钓源先民,经由天井、明沟、暗渠、池塘、田园、樟林、河流等,构建了四通八达的村庄排水系统,呵护古往今来每一个有着丁香情结的女子,"雨天撑伞过、绣花鞋不湿"。池塘,正是村落良心跳动最为强劲的那个部位。

村中央,从东到西、呈不规整"一字型"排列的七口池塘与上边一口圆形古井合在一起,组成"七星伴月",据说是经历代村民口口相传传下来的景致称呼。在中国人的观念里,太阳炽热、激昂,象征阳;月亮清和、素雅,象征阴,被等同于道,一并崇拜。古井位于东方。而东方,是太阳升起的地方。一轮红日,跃出水面,霞光万丈,其道大光,以太阳去命名,寓意不是更好?为什么钓源先民选择了月亮？许是建村之初，从唐末乱世走来的欧阳族人，深深领教了战争的残酷与动荡的艰辛，他们本能排斥一切如太阳般太过猛烈、刚硬的东西，比如强权，比如杀伐；他们认为月亮更符合中国人善良、平和、中庸的性格特点，无比渴望能有一块如月光般和平、安宁的土地，让村舍、祠堂、书院、寺庙、商铺等事物挨个成长。当离乱的人群从各个角落向村中池边聚拢，微兴的水波能抚慰紧张的神经，抚平心灵的伤痛，坚定他们好好活下去的勇气。

按时间维度，池塘的年龄，应与村庄一样古老。可站在塘边上下打量，我竟一点也不觉得它们古老，我只觉眼前有个意趣鲜活的小小生命体在我眼前蹦跳，展露出活跃的无穷伟力。粼粼波光承接雨露，小生命体中，有白鹅、青苔、彩蛙，有红莲、绿柳、繁花，还有无数如鱼儿一般的人影，在水里岸上明暗交错，真可谓是万物分得颜色，各有生机乐趣。此刻，它与杨万里笔下的"小池"合二为一。

"泉眼无声惜细流，树阴照水爱晴柔。小荷才露尖尖角，早有蜻蜓立上头。"《小池》用近乎白描的手法，呈现出属于池塘的蓬勃生命力，以呼应诗人"师法自然"之道的浩荡心宇宙，无疑是"诚斋体"最具代表性的诗作之一。按《诚斋集·江湖集》诗歌排列先后及联系前后诗中所反映的时序推断，《小池》的创作时间应是南宋淳熙三年

（1176年）端午节前后，创作地点就在诗人家乡吉水县湴塘村。绍熙三年（1192年）秋，65岁的杨万里辞官回乡，南溪两岸，梅花未开；数口小池，荷虽凋落，却依然发挥着如中天朗月般的心理调适作用。

明月千载，南溪之水，依然在湴塘的正南面蜿蜒流淌；村与溪之间，东西方向，亦如钓源，依然一字排开着十多口生机无限的池塘。石块堆池岸，蛙鸣铺绿草。碧叶喜翻风，樟露滴清响。这些池塘与掩映于燕坊樟树下、杨万里曾垂钓过的谷塘声息相通，与燕坊隔壁卧虎岭"莲虾共作"的千亩池塘心性无二。每年五一节前，无数虾苗在千亩莲塘成长，之后，把水位降低，池塘变身莲蓬世界，待莲蓬采摘完，再把水位抬高，到了春节又可收获下一季虾苗……在循环往复的道法自然中，孩子跃上小船享受钓龙虾、摘莲蓬的乐趣，老人搬张小凳赚得收莲蓬、剥莲子的快活钱，好日子的喜悦，年年岁岁在乡村音乐节、啤酒狂欢节的鼓点里不断绵延发散。

我承认，对于池塘，我始终怀有一种乳燕归巢的情感。明明是白天，我却仿佛正身处月色皎洁之夜，有点点萤光，从草丛弹起；墙角有蛐蛐，开始弹琴；一阵风吹来，天上如银之盆跌落水中，我与蛐蛐潜入池底，从一个月亮走向另外一个月亮。

# 站台

一

琼低头喝了一口汤，银耳红枣汤，气色似乎较先前进门时好了些。

省城生活"久在樊笼里"，尤其是在女人生下孩子后。好比，今日之聚，我与琼遥相呼应也该有好几个月了，实现起来却总是这么难。其实我俩隔得也不远，从我家到她家开车过红谷隧道也就半小时路程。

琼是在二胎全面放开前执意生下女儿的。在她怀孕不足4个月的时候，她的婆婆发起了一场声势浩大的两家（婆家与娘家）香港澳门游，游至香港，婆婆顺便安排琼去了趟医院做检查，也就顺带知晓了腹中胎儿的性别。候车回酒店，漫漫乌云笼罩下，婆婆的脸一如站台及站台两边的建筑，有了钢筋水泥的颜色。琼突然觉得有些冷，她下意识地紧了紧手臂，摸了摸并不明显的肚子。

旅程结束，列车停靠，万家灯火渐次而亮。婆婆独自

离开，停留站台的人群被灯火压抑，变成团团黑影。匍匐的
尘埃被夜风卷起，黑影随铁轨流向远处。生育本该是一种发
自内心爱一个人、想拥有和对方共同孩子的甜蜜行为呀，何
至于因性别就有了对错？琼强烈体会到属于站台的虚无。

月子是琼的母亲来照看的，婆婆只在生产时去过医院
一次。月子后，琼的母亲不得不回老家继续履行自己身为
祖母的义务。"你来人间一趟／你要看看太阳／和你的心上
人／一起走在街上"。许是一个人带孩子太忙，发完海子的
这几句诗，琼的朋友圈再无更新。

甲之蜜糖，乙之砒霜，一头是强烈渴望绵延香火的母
亲，一头是艰难兼顾事业和家庭的妻子，当两者和解无望，
除了保持沉默，琼的老公还能说些什么呢？尽管在心里，
他有自己的判断：女性不是牺牲者，生或不生，什么时候
生，生几个，视各自情况而定。若真有前提，也指向女性
个体本身，讲究的是每个女人在这个问题上的逻辑自洽。
沉默的他把心思都放在工作上，事业渐入佳境，他在省城
老年大学给母亲报了好几个兴趣班，愈发多次数地安排母
亲外出旅游，后来，还在海南长租了一套公寓供母亲与志
趣相投的女伴过冬；再请来钟点工和上门家教，将琼从疲
于奔命的困境中解救出来。

琼作为独立个体的生命力慢慢复苏，很快蓬勃，对自

己另一半的爱也像不断涨潮的大海，越来越汹涌，她比任何时候都渴望能与他再生一个孩子，生一个像他一样美好的男孩子。

对于全面放开二胎，琼是窃喜的，在她心里，这简直就是女娲用来补天的五色石。

琼开始期待，期待婆婆上门谈心，哪怕是一通暗示的电话呢！可是，没有。插花、烘焙、书法、古琴、摄影、旅行，婆婆的老年生活被诗情画意填充得满满的，除了不停给"宝贝孙女"（琼记不清婆婆是什么时候开始称女儿为宝贝的，转变自然妥帖，琼一点没有察觉）买礼物、叮嘱要好好学习外，似乎全然忘了"香火"这一茬。琼转而期待爱人，她多么希望他能聊聊单位上谁谁谁怀孕了、谁谁谁老年得子啦这些八卦呀，有了这样的铺垫，顺理成章，她就可以像怀春少女般再次搂住他的腰，轻轻咬着他的耳朵、脖子，抚摸他的腹部，跟他说出再要一个孩子的请求。琼坚信，他一定不会拒绝，可是，也没有。

过于庞大的东西，尤其爱与期待，总令人心生不安。琼有了溺水般的感觉。特殊的一天，她烧了一桌子好菜，备了红酒、烛台，深情款款地把他迎进家门。两张脸在烛光的映照下，神色如火苗般斑驳，像极了琼百转千回的心路。几个月后，当琼再次面临多年前的那个难题时，她一点儿也没有犹豫，很快联系了医院。"苦果不苦，它是生活的良药。"手术后的琼想到这句不知名电影里的台词，对着病床前的婆婆和爱人淡然一笑，踏实睡着了。

二

不知怎么，一束马尾的琼，总让我想起芬年轻时的样子。

"汽车奔向远方，告别还会再见。"上世纪末，芬分配到县城长途汽车站上班。在离县城近百公里远的乡政府工作的阿平与她站台相遇。时间与青春，短暂停顿了七秒，很快，爱情与他俩撞了个满怀。

乡路难行，车况堪忧，阿平几乎每天往返车站。阿平在站台向芬求婚。嫁给阿平的前夜，芬一个人在站台上看了许久的月亮，仿佛被爱神眷顾的女神……

芬的肚子一直没动静。

阿平一个人常去小酒馆喝酒。喝了酒的阿平不再文质彬彬，像赌博输红了眼的暴戾之徒。酒醒后的阿平，跪倒在芬的身旁。那具乌青紫黑的身体蜷缩墙角，一言不发，仿佛冰封的枯木。

清晨的站台，雨点轻敲车窗，去外地出差的我猛然看到芬小腹隆起的身影，喜悦的泪刷一下奔流而下。八年了，芬终于出了孕相。

然而，回来再见，芬的大肚子，没了。有好长一段时间，我回避经过车站。有些人事远远搁着，或许是另一种长情。可坊间讨论这件事的热度并没有因为当事人的沉默而减少，何况彼时阿平刚刚提拔至县城某部门任职，传闻最多指向重男轻女、肚子被狠心"做掉"。

芬的肚子慢慢又大了起来。我在心里祈祷，如果传闻是真，就请慈悲诸神赐一个健康的男孩给她。很快，芬的大肚子又一次不知所踪。大了，没了；又大了，又没了……三四年时间里，关于一个女人肚子的"闹剧"反复上演。昔日有着迷人微笑、苗条身姿、活泼性格的芬经历了使人忧伤的巨大变化：头发既短又枯，脸色浮肿昏黄，赘肉像人潮一般涌出身体，木然而沉重。

几乎成了整个县城话柄的芬，终于，远走他乡。亲人、朋友、工作、梦想、爱恋、遗憾，那些与前半生浑然一体的东西，被芬活生生血淋淋地撕将下来。芬用一张不知去向的车票将撕下来的东西打包，统一埋葬。我猜想，那个夜晚，芬一定在站台踟蹰了许久；而汽车鸣笛的那一刻，在她身后，月光碎了一地。

地铁在关门警报响上几响后，驶向暗处的远方。名为"时光"的相机景深，仿佛一个笨拙巨人拉得很长很长。不久的一天，我竟然在南昌的地铁站台见到了芬。站台上的芬，目光澄澈，身形婀娜，重新扎回的活泼的马尾辫，晃动着一张未见风霜的精致脸庞。

阳春布德泽，万物生光辉。八一广场，我们并肩而立。光泽里的芬，仿佛好看的油画。原是那个关于肚子的悲剧是病，一种真实存在却又匪夷所思的疾病——假孕。阿平没有生育能力，芬从来都渴望做一个好母亲，那一个个大了又没了的肚子都是因爱之名投射在芬身体里的幻觉。

一个穿公主裙的小女孩追着五彩缤纷的肥皂泡跶跶跑着，冷不丁，娇俏俏地在我与芬身旁摔了个小跟头。芬赶忙扶起，细声安慰，眉眼全是母性的柔情。

"我拒绝婚姻，年前却跑到国外冻卵，怕将来的自己后悔。是不是不可理喻？"我没有接话，只是轻轻拍了拍芬的后背。

后背传导属于阳光的微热，是恰如其分的一种温度。世间事，人所得的一切，本就是付出的一切代价本身。所谓人生种种，不过都是自己与自己协议，自己与自己和解。亲爱的女人，愿你付得起代价，之后，忍耐你的所得。


三

"琴，我想去做试管。"琼捏了捏我的手指。

"干吗要去遭那份罪呢。顺其自然，静待花开，不好吗？"我劝琼。

　　做试管婴儿的艰辛我曾听杨姐细说过。生性豁达的杨姐，日子一直过得很自在，女儿上大学后，不是在小区遛狗，就是在茶馆消遣。某周末，杨姐正搓着麻将呢，手气奇好，她老公铁青着脸突然出现。一桌好牌不欢而散。大嗓门的杨姐回家就跟老公吵上了："二胎，二胎，老娘今年四十四，都快绝经了，拿什么生？……"杨姐号啕大哭，小区里所有打开的窗户于心不忍，捂耳紧闭。

　　没几天，杨姐把所有麻友的号码删了个一干二净，将狗也送了人，每天只开着那辆火红的奥迪A6往医院跑。杨姐知道事业有成的老公的死穴在哪里：60后的他，传统观念根深蒂固，计划生育只生一个那会儿，为了前程，他会隐忍，何况体制内，独生子女家庭比比皆是，心里也能获得某种平衡。可偏偏在他们年纪最为尴尬的时候，二胎放开了，隐匿多年的渴望瞬间变成引力强大的黑洞。杨姐清楚，自己所有与之相关的抗议不过是色厉内荏的纸老虎。

　　磨人啊。补充激素、促进排卵、增强机能，先后做了三次人工授精，每次至少得打一个月的针。不知是年纪大了容易紊乱还是太紧张了导致焦虑，三次都没有成功，只好转试管。做试管的那段日子感觉自己就是一只"我为鱼肉"的老白鼠，一项项检查纷至沓来，身体总有这样那样的毛病不断冒出，打乱要孩子的节奏。心里急呀，又不敢彪，整个人脆弱得就像一片干树叶子，经受不起任何轻微打击和细小意外。好不容易各项指标正常，些许炎症也治愈了。从降调开始，每天早上去医院抽血、监测；每天打达菲林，肚子前所未有的涨；做阴道B超的疼痛还算是轻的，最难扛的是取卵；好不容易胚胎培植成功了，授胚过程又出意外，冻胚都解了两次……杨姐从不避讳自己生二胎的艰辛，当一切尘埃落定，这份艰辛仿佛成了她人生最有底气的谈资。尽管这份谈资，说到底，不过是依旧被钉在传宗接代观念上的被判决者的悲剧而已。

"琴，我爱他。我现在满脑子就想为他生个男孩。这念头，疯长的野草一样，怎么除都除不尽，越长越茂盛。你知道的，与重男轻女无关。"几近失态的琼转而贫起嘴来，"我求医生不行吗？对，我求他。我敬他是活菩萨。"

那个被期待的孩子真成了琼在这个世界上"安全感"的重要来源么？我突然有些难过。

跨入医院大门的时候，琼的身子明显抖了一抖，我不停摩挲她的手心，好让一些东西晕开、散远。

妇产科在7楼，有电梯直达，但琼坚持要乘扶梯上去。

也许电梯逼仄、密封的空间会让琼不安吧，又或是她想通过扶梯的缓速给自己留点体面和从容？

琼在诊室门口排队。我在公共椅子上坐着。一个黝黑的身着老旧衣物的农村男子被医生轰了出来，与男子一并轰出的还有他手里拎着的一壶油及一罐蜂蜜。装油的壶不亮，仔细看还有零星泥巴沾在上面，应该是二十斤从乡间榨坊榨出来的山茶油。男子不死心，拎着两样东西又觍着脸走进医生的办公室："帮帮忙，帮帮忙，医生，我家所有的钱都花在做试管上了，麻烦你行好心，无论如何帮我放个男娃进去。""说过多少次了，我们不包成活，不包男女，不包个数，别妨碍其他病人了。来，下一个！"

病人鱼贯而入，男子站在一旁，赔着笑。男人蹲在诊室门口，既不想躲开也不能隐藏，众目烁烁下，不停探头向医生的办公室张望。他的额头沁着汗，仿佛正经历一场持久的烘烤、暴晒。半个多小时过去，男子叹一口气，走了。离开时，他迟疑了片刻，最后还是把那壶油和那罐蜂蜜放在了诊室门口。

琼在窗口、科室之间不停穿梭。近三小时过去，浩大工程的前期总算完成了。琼依旧坚持乘扶梯离开。下一层，转一个弯；再下一层，再转一个弯；七层七个弯里，不断有人与我们同行，也不断有人与我们错肩。

下至二楼，许是中间与一楼打通的缘故，视野变得很是开阔。扶梯缓慢，所有房间退守于巨大的"回"字形环廊之后，我们的影子正不断与一楼的无数影子重合。

我有些恍惚，一楼中央的导诊台多像贾樟柯电影里那个熙熙攘攘的站台呀。过去离开的芬，今天这里的琼，那时使人们希望、欢欣、爱、生活的，都全部逝去了，站台只有一个虚空。

孩子本该是带着人性和爱才来到这个世界的。可在迎接孩子的路上，一切还远远没有结束。

# 香樟树

一

于我而言，在"粮仓"江西，秋天最好的景致，并非大地一片金黄，而是大地一片金黄、村口一株香樟。

香樟即樟树，为樟科樟属常绿大乔木。树冠广展、枝叶茂密的樟树，喜温暖湿润，产于属亚热带气候区的南方各省，是江南四大名木之一，也是江西的省树。司马迁《史记》中，有"江南出枏、樟"的记载，古时江南人有"前樟后朴"的种植习惯。

江西现存古樟六万多棵，古樟林三百多处，安福县的汉代"五爪樟"、泰和县的"笔架樟"、袁州区的"九兄弟樟"，分宜县防里古樟群、泰和县麻洲古樟林、乐安县牛田古樟林……村庄、山间、田野、河流，这些古樟树，或一棵独立，或荫蔽数亩，是赣地村庄的魂，是赣鄱百姓的根。

二

　　我的家乡，吉水县白沙镇桥上村村口，也有一棵古樟。这棵古樟，根系繁复，树身巨大，离地约一尺高的地方长年敞着一个直径约一米的树洞，也不知是怎样形成的？想来，起先应是外力强加给古樟的一处伤口，伤口经由古樟日日舔舐，自我疗愈，到最后成为浑然天成的洞口，化作树身不可分割的一部分，让古樟从此有了区别于别树的独特风韵。自然之造化修为，当真使人感慨万分。

　　树洞从来都是略带神秘的场所，或者说是具有神性的地方，村中孩子无一例外被树洞吸引，一有闲暇，总要挨挨挤挤往里钻。东看看，西摸摸，其实并没什么好看，小手摸到的，除了粗糙的树皮，就只剩下无尽的虚空，但孩子从不以为无聊无趣，相反，始终乐此不疲，仿佛钻进树洞的自己，已挤进神灵宽大的袖袍，正在传递某种不为大人所知的神奇密码。密码经由树洞向浩瀚宇宙发散，看吧看吧，日月星辰似乎都在眨眼示意。满心欢喜的孩子，一脸期待地从树洞往外边的世界看。天地会在某个时刻以某种方式有所回应吗？渴望得到答案的孩子，坚信树洞是小小人类与无边宇宙的信使，更加殷勤地往树洞里钻，争做第一个捕获回应信息的人。

树洞往上，约一米五的地方，"节外横生"着一根垂直于整棵古樟的粗大分枝，远远看去，多像是一座横悬于树身的硕大秋千啊。秋千的绳索，一边攀挂树身，一边藏在天地，好比上苍酒酣之后、童心大发的神来之笔。孩子常常三五成群地爬上"秋千"，打纸牌，丢沙包，玩拍手歌、解毛线结等各种游戏。树洞咧着没牙的嘴，像欢笑的老祖母，不再威严神秘。待到"少年强说愁"的年纪，孩子便不再热衷于结伴玩闹了，只喜欢于清晨或黄昏的某个时刻，静坐"秋千"，看村口人群往来，看远处河流丰枯，思考左右为难的少年烦恼，遥想似是而非的诗和远方。

三

没有人能详细描述出孩子对古樟的情感，就像没有村人能说得清楚古樟的年龄一样。日日经过古樟的村人，一个接一个地掰着手指头，指认古樟年轮，却总是力所不逮、力不从心，问为什么？他们的回答如出一辙，他们说每次经过古樟，周遭不知为何总回荡催人急走的声响，这些声响撵赶着他们，往南走进山野田畴，往北走向大小城市。一茬接一茬的村人，走呀走，不停走，脚步从蹒跚到铿锵，神情从迟疑到坚定，眼神从明亮到浑浊，心性从热烈到枯寂，走到最后，无一例外，被袅袅炊烟或都市霓虹，轻轻收割。只有古樟，一年四季纷披着青绿的叶子，一言不发。

绿叶纷披，老树成精，是姑婆那辈老人关于村口古樟的说法。耕牛走失、禽畜发瘟、身体抱恙、庭院失和……村上凡遇此类情况发生，老辈人必会拎着一篮子香烛祭品去求村口那棵古樟，他们五体投地对着古樟虔诚祷告的时候，古樟便成了辟邪消灾、有求必应的"娘娘树"。于是，我们这些孙辈便也跟着老辈人唤古樟为"娘娘树"。

弟弟幼时体弱，时有高烧，偶发惊厥，每此，一贯笃行敬天畏地的姑婆俨然化身为民间妙手。只见姑婆麻利将弟弟按躺大床，一手用酒精不停擦拭他的额头、脸颊、胸膛，一边命我们赶快用簸箩装一箩大米放床脚边备用。酒精产生作用，高烧有所减退，姑婆歇一口气，往一只小小白色葛布袋子里装米，接着，将弟弟翻个身，开始用米袋不停在弟弟背上滚动。姑婆一边滚动一边观察簸箩里米的动静，并喃喃喊出"诸神勿扰、鬼怪退去"等话语。等到簸箩里的米呈现出诸如树杈、脚印、鹅头等物的浅浅痕迹时，姑婆长舒一口气，她轻轻甩动累到有些酸胀的胳膊，再用木梳将有些散乱的头发捋成一个一丝不苟的发髻。姑婆迈着急速却又笃定的步伐向村口走去，端跪"娘娘树"脚下，并将红纸剪好的诸如树、人、鹅及从之前庙里求来的吉祥如意符，逐渐烧成灰烬。姑婆一边念叨"惊吓去莫再来、魂魄安定此身"，一边用老冬酒将灰烬圈固。不知是安慰还是巧合，弟弟四肢舒缓，面色祥和，呼吸重归平稳。

在宗教的观念里，佛往往藏在诸形诸相里。"娘娘树"上，郁郁葱葱、形似佛掌的叶子可真多啊。西去的姑婆，怕是也变成了"娘娘树"上一片青绿叶子。

四

阳世再无姑婆，我开始做梦。梦里，阳光从"娘娘树"的枝叶间透射出来，满地印满粼粼光斑，像时光之机，如岁月之钟。光斑之中，我与姑婆隔着"娘娘树"在说话。

"姑婆，樟树叶会落吗？"

"傻孩子，当然会。新叶发，旧叶落，是树的脾性啊，樟也不例外！"

"可是，别的树，秋天一到，光秃秃的，为什么樟树叶子还是那么绿、那么多啊？"

"樟啊，樟跟人一样，生老病死同步走！舍不得阳世亲人的魂魄没准通通变成了树上的叶子，你看，叶子和人，相互看着，多好呀！"

……

梦境之外，我其实是知道樟树会换叶的。

樟树跟别的树不一样，它在春季换叶。每年三四月份，

273

樟树一边长出柔嫩的新叶，一边褪去泛红的老叶，这种新旧更迭的方式让樟树始终绿荫如盖，人不留心，几乎察觉不到樟树身上发生了什么变化。历时月余，老叶逐渐由绿转红，远远看去，满树斑斓，堪比春天的花朵。煦风拂树，一些到了年份的叶子，会轻轻从树干上方落下来。偶有一片飘在人的肩上，取下凑近端详，叶脉中尽管残留冬的伤痕，却依然饱含水分，实在不失其青绿生命的质地。落叶之下，新的绿叶不断被抽出，涌现更高的枝头，樟树新一轮的生长重又开始，恰如人之繁衍生息，推陈出新，接力绽放生命的无穷魅力与无尽创造之伟力。

换叶之后，樟树开花。米白色、绿白色、黄绿色，无数细碎的花朵缀挂密云一般层叠的树冠。这些米粒大小的花朵，每朵有六个花瓣，摸上去硬硬的，是革质的手感，像极孩子每天缠着大人要帮忙实现的小小愿望。花朵在晨风暮雨里，悄然开落，低调静默却使清香成河，夏夜的乡村，用樟树枝叶烧一堆火，蚊子很快消失得无影无踪。每一个花朵愿望"达成"，树上便结一枚绿色的圆子，那便是樟的果实了。夏季之后，樟果逐渐由青绿转为紫黑，色泽诱人，宛若珍珠。母亲说，樟果是鸟儿在冬天最好的粮食，榨出的油还可供人食用，小时候的母亲全赖有它，腹中才有油水淌过。

## 五

在耕读传家的江西，樟树纹理排列工整，是文章才学的象征，寄托着学优致仕的美好寓意。"无村不樟，无樟不村。"许多村子的历史，都从古樟开始，许多村子的生活都与樟树息息相关。

母亲娘家所在的南湖村对樟树也甚是偏爱。樟树不娇气，寿命很长，又能涵养水源、固沙防风，是他们祖先相中的"风水树"。南湖人说，樟树栽得好则风水好，风水好则人丁旺，人丁旺则财运旺。南湖人还说，樟叶经蒸馏后，提纯抽取到的樟脑既能驱虫，也能药用；无论什么样的房子，搁几根樟木条在屋中，满室生香，进出之人，闻则神清气爽。每有家庭生了女儿，做父亲的必在房前或菜地旁择一地方，亲手种下一株樟树，亲亲昵昵唤称"女儿树"。

母亲在家排行老二，上头有个姐姐，下面两个弟弟、一个妹妹。外公，本分农民一个，家中收入全靠几亩薄田，没能力置办下什么值钱的家当，用外婆的话来讲，外公一生能将五个孩子拉扯大已是"瞎眼鸡仔天照顾"，了不得的了。

日子虽苦，生活虽穷，却一点也不妨碍外公对他五个孩子，尤其是三个女儿表达疼爱。大姨娘出生那年，外公去集市买回一株樟树苗，种在了菜园边上。种菜本是外婆的活计，因为这株樟树苗的存在，每天劳作完的外公，总要扛把锄头到菜园里帮外婆做点什么，外婆不要他帮赶他走，他就乐得歇下锄头到樟树苗旁边小坐。小坐的外公，必从兜里掏出一根自制卷烟，点上火，悠悠抽着。母亲回忆说，她小时最喜欢看在樟树底下坐着抽烟的外公模样，樟树兀自风华，外公眼里落满星光。

落满星光的外公的眼睛总使母亲触摸到日子的希望。有希望的日子，总是那样的快乐。快乐的母亲总爱走向菜园，依偎在樟树与她爹爹的身旁。

"爹爹，樟树好看还是我好看？"

"乖女，樟树是爹爹种下的女儿树，同你一样好看。"

"女儿树？"

"是哩，爹爹膝下有女儿，种下女儿树，你们长它也长。长到你们出嫁时，爹爹做几只樟木箱给你们当陪嫁。"

母亲此后常去村上的大户人家看樟木做的箱子和橱子：纹路缜密，木质结实，外观精致，清香宜人，防虫防霉，历久弥新。出嫁时的母亲，是很想拥有一只樟木箱子的。可是，外公没有兑现承诺，他在大姨娘出嫁前就病倒了。病了的外公常年缠绵病榻，根本无力照看女儿们以及他亲手种下的那株香樟。小姨出嫁了，外公种下的香樟，树身依旧孱弱瘦小，根本够不上做嫁箱的规格。香樟换叶的一个春天，外公叹着气，心绪难平地走了。往后余生，母亲再回娘家，只能拥抱那株长得颇算艰难的香樟。后来，父亲送给母亲一只小巧的樟木箱，并帮着母亲将她的金银首饰、上好衣物以及保存下来的沓沓书信悉数装进去。箱子合上锁的那个瞬间，堂屋里的母亲泪如泉涌。

## 六

"常绿不拘秋夏冬，问风不逊桂花香。泊名愿落梅兰后，心静好陪日月长。"村口以及外公菜园边的两株香樟在我的生活里渐行渐远，有意无意，我总在如今生活所在的南昌城中寻找樟树的身影。

南昌，古称豫章，汉高帝初年间曾设豫章郡。"樟"通"章"；"豫"有高大安裕之义。取名"豫章"，相传一是因彼时城南松阳门内有棵大樟树，二是因郡域范围内，无论官贾门庭还是寻常巷陌，到处都有樟树身影、到处可见樟之清贵气质的缘故。古人治下，借樟树繁盛之象以期成文章昌盛之郡，真是美好又贴切。"豫章故郡，洪都新府。"一千多年前，天才少年王勃以此句为起首写下《滕王阁序》时，眼前该是浮掠过城南松阳门的那株大樟树吧。

豫章路、紫阳大道、井冈山大道、庐山南大道，香樟搭建绿色隧道，提神醒脑，明心见性；镂空的香樟之窗，精致的樟树线条，樟树下巷苔痕上阶，烟火满面……巷子深处，一株香樟身上，系满长短不一、新旧各异的红绸带，这时，我才意识到，大地一片金黄、村口一株香樟的最美深秋景致，并非是我成长记忆之独有。这些穿越时间的绸带与樟叶，是家园厚土，是黎明苍生，是离我们最近的永恒。

江天万里，香樟林立。故园无声，同此青绿。

# 月亮，月亮

日落汹涌，晚霞燎烈，每粒尘埃都散发碎金的光芒。高虎脑水库一池碧水，幽深、静谧。一群鸟儿猛然飞起又落下，落下，又飞起。大坝上的孩子，以各种姿势站立，顺着平远静穆的水面，看西边山崖被夕阳砸出一片红黄。他们不再言语，仿佛一天喧嚣，只为这一刻安宁。

周六早上，大巴载着我们，先后到单位对口帮扶的两个贫困村接留守孩子，走水电站、看水工程、赏水生态。水是生命之源，领着留守孩子一起，亲水知水爱水，与自然亲密接触，该是能帮助他们找到重回母亲怀抱的感觉吧。

已是九月，秋的明亮澄澈似乎没能在这些孩子身上留下任何印迹，更多是羞赧、拘谨。他们身形局促、神色黯淡。女孩子清一色扎着的马尾，似有力不从心之感。男孩子衣着马虎，大多还趿着疲沓的拖鞋。

留守孩子被天上同一轮明月所照，却总会让人发出一种无可奈何的感叹。他们不仅不能像其他孩子那样，头抵妈妈温暖的怀抱、手摸爸爸慈爱的微笑入睡，而且时常被"失爱"和穷困包围。幼小的生命被孤独"留"太久，也许微笑、自尊、自信，还有点点滴滴的幸福感就快要"守"不住。打拼的至亲，是离土的蒲公英，在外面的世界无根飘浮。孩子呢，却是蒲公英散落在家乡的种子。种子，太轻太微，年年岁岁，日日夜夜，只能对着远方思念。思念将月亮撑满，越近中秋越圆。团圆的深刻意义在于父爱母爱都是心灵所需。盼不回父母，圆月成了留守孩子内心最难耐的荒凉。

　　我和她几乎是同时看到彼此。招招手，她在我身边的空位坐下。这个瘦小、清秀、干练的女孩叫莲儿，是我"一对一"帮扶对象的孩子。莲儿嘴角下弯，天生苦役者般的神情。动人的，是眼睛。在她那双眼睛里，始终透着一种习惯太多灾难之后的无限安详的眼神。莲儿一出生似乎就面临险境：妈妈被查出患尿毒症，双肾萎缩，因血小板偏少无法做血液透析，靠药物维持。每吃一个疗程的药就得辗转省城复查一次，被病痛折磨到只剩一把骨头。爸爸为填补被病魔捅大的生活窟窿，没日没夜在县城打拼，电工、泥瓦工、农机修理工……兼着好几份职。只是，这个窟窿太大了，吞光血汗钱的同时，几乎将一个家庭的笑声吞没。爸爸越来越阴郁，妈妈越来越虚弱，爷爷奶奶越来越衰老，莲儿闷声不响，咬紧牙关将里里外外的许多活一件接一件地做。她忘了自己还只是个十岁出头的孩子。

第一次见莲儿，在她家，贫困户调查摸底。"家徒四壁"真实存在于眼前，我没能忍住一声叹息。她很敏感，觉得叹息太刺耳，猛睁着一双凛冽的大眼深深看了我一眼。对后来开展的调查，她既不热络，也不拒绝，更不害怕，问一句答一句。罕见的早慧，坦荡的冷漠，令人生畏。记录完基本情况，我离开，颇有落荒而逃之感。读书人的同情，组织的调查，对这样的家庭会有用么？有没有除调查和同情之外的一种方法，能帮到这个风雨飘摇、空荡荡的家？我辗转反侧。

三年扶贫攻坚战让我们不断相见。

第二次见，我带着一笔不多的捐款。那是全系统干部职工响应倡议，献出汩汩爱心汇集而来的善款。点滴互助，于她生活的改善或许只是杯水车薪，可于纷繁的世道，却还是能传播一些仿若古风的东西，聊作人心的慰藉。

第三次，是"六一"儿童节，我送她一个毛茸茸的布娃娃和一些书。与她沿着田埂一直走，将国家扶贫政策挨个讲遍。我注意到，讲关于教育和医疗的扶贫政策时，她听得最仔细。

第四次，填报短期扶贫产业扶持资金申请表。五千元不多，但足够帮助她家买回来一头小母牛。

第五次，县里组织贫困户发展长期扶贫产业，从农艺局帮她家领回来五十株井冈蜜柚苗。记得那天，天下着蒙蒙细雨，我们一起，在门前荒坡，整地，打穴，栽种。春来发枝，秋到挂果的憧憬，全在我们的相视一笑里。

对于莲儿，扶贫的点点滴滴像是对她生命的一次更新，她不再假装自己无喜无忧无惧。她有了暖意的体温。她每天都在尝试，一点一点，与这个世界亲密和解。她会笑了，会主动找我说话了——"爷爷到牛圩挑了一头小母牛，用县上补助的钱，""妈妈解决了低保，缺钱看病的窟窿从此小了一点，""爸爸不再是机器人，会咧嘴乐了，""《钢铁是怎样炼成的》这本书我最喜欢，就想做个铁姑娘，撑起这个家……"

车子一摇一晃，莲儿低垂弦月般分外迷人的眼睛，斜靠我肩上睡着了。我轻轻执起她的手，唯愿手心相抵的温暖可以助她穿越岁月无情的甲胄，她美好的面目不为一切悲哀之魔所啮伤。环顾车内其他孩子，相互熟悉的，正咬着耳朵，吃着东西，偶尔低声惊叹天地万物之美。醒着的，端正一张满怀期待的脸，东看看西瞧瞧。困倦的，歪着脖子，微张着嘴，似有若无地吐着"睡泡泡"。有什么东西在我眼眶里涔涔萌动。窗外掠过金黄的稻田，沿路有荷塘。

残荷、断梗、枯莲蓬悬浮水面，像旧歌本上的五线谱，那是区别于蓬勃的另外一种美。

站在坝上，看秋时的山，树叶斑斓，野果满树。山环拢着水，头插枫红，身染桂香，似柔美恬静的姑娘。孩子脸上有圣洁的光芒。想来，人在山水草木间的成长，才是平等的、融洽的。一不小心，谁手中握着的果子落入江心，激荡起一圈一圈的涟漪。

"姐姐，我们能不能等到月亮升起再回去？"孩子的眉眼，全是水月亮的痕迹。

"好，我们一起等月亮。"妙造自然，最令人神往的，莫过于明月映照着湖水。月色朗洁，清辉遍照，山长水阔的牵挂，经风，送抵海角天涯。

坝上，铺几张圆圆满满的简易塑料布，间距相等，将圆分成好些"格"。"格"中，放有月饼、水果、香花生。有孩子轻轻一掰，手中的石榴，露出红红的果粒，多像一颗颗剔透晶莹的心。"格"对应赏月的位子，孩子们坐一个，空一个，想来是有意为藏在月饼里的妈妈或者爸爸留着的。暮色四合。我凝视那些瘦瘦小小的剪影。剪影面山向水，与晚霞秋风一起构成了光感、线条、空间比例，构成了画面以及心灵。思绪很远，困窘的现实也已成过去，此刻，他们心里只待银盘似的月亮到来。

亘古不变的月亮，古老而饱满的生命，千万年来，见证那么多的幸福，见识那么多的愁苦，却始终不动声色，在人类心灵的河流寂寂流淌。它是所有行走天涯人的乡愁，是所有留守故乡孩子的念想。

月亮还未从东山升起。不知谁起头，竟让月亮先泗水而过，哽哽咽咽，湿润了小小的心：

——想和爸妈过中秋。月饼好甜，月亮好圆。

——中秋爸妈不回来。月亮，是能飞的翅膀。

——中秋，敞开窗户睡觉。月亮伏上被子，就像妈妈的手抚摸我的脸庞。

——八月十五，我在村口借月光，爸爸回家不害怕。

秀秀甩甩头："都不会说，惹出眼泪来有什么好。中秋除了月亮，不是还有火烧塔么？多好玩啊，你们怎么不说？"秀秀，本是最该哭泣的孩子啊。她的疯妈妈不知流落哪个他乡，她的爸爸是智障。此刻，她小脸涨得通红。急急语速渲染下，我似乎从她眼睛里，看到了两束可照耀未来、点燃希望的火苗。火苗，在火烧塔绵延过来的快乐火苗的映照下，贫穷的桎梏，生活的窘迫，再可怕，破坏终究有限，生活的欢愉和璀璨的笑靥终将这些苦痛睥睨，踩在脚下。

我遥想一个画面：皎皎之夜，星星提灯聚拢而来，夜里苍穹犹如一个充满萤火虫的童话世界。村子中央大片大大的晒谷场，垒起一座座火烧塔。孩子围着塔，唱歌，跳舞，往塔里添火加柴。火苗蹿得好高，炽热了青灰的塔身，煨熟了躺在塔尖瓦片上的黄豆、花生，温暖了天上清冷的月亮。黄豆、花生、月亮忍不住，齐齐咧嘴大笑。银河般的夜幕里，这些远离父母、体温微凉的孩子和静谧的事物，一起发光。

一轮明月，穿心而过。归去，繁霜洒在一路花草上。天上是否鸿雁来，檐下有无玄鸟归，已经不重要了。中秋的温情，此刻团圆在孩子们明亮的瞳孔里。

# 十里江山

一

"空空""锵锵"，凌晨三点，夜的宁静被诸如此类的粗线条声响打破。

她起床了。她自言自语大声说了四句话，还大声关了两扇房门、六扇橱柜门并踢翻了一个垃圾桶。

她显然是有意的，有意让你知道她起床了，有意"逼"你起床面对面地抗议她。只是目的，你却不明。这些年，你大概早已从一弯烂漫欢快的小溪变成了一条不动声色的长河，遇事总是一副静水流深的样子。这样目的不明的声响又算得了什么呢，你一言不发，将"有意"轻轻用平稳的呼吸吹开、拂远。

发出巨大动静却被消弭于无形，仿佛满身力气砸在了一堆棉花上，急性子的她，干脆直接推开了你的房门："我本来不想吵你，但睡觉前又忘记说今天要起早卖菜的事，等会你送奥特曼上学。千万记得！"

"嗯，好。"你波澜不惊，应承下来。她想再说点什么，还是停住，迟疑两秒后，她带着她卖菜的那些家当，"咣当"一声，出了门。

她是你的婆婆。你知道，她迟疑是想表达歉疚。半夜三更搅扰人，总是不好。你当然也明白了，她之前有意为之的动静，不过是想激发你的怒气。人愤怒时，容易吼叫。只要你一嗓子吼出去，她心里悬着的那块歉疚石头也就顺利落了地，她便可以心无挂碍、专心致志去卖她的菜了。顾虑重重的卖菜，与世上所有瞻前顾后的事情一样，不仅让人心里不踏实、不享受，更容易使人长久活在忐忑憋屈里。尽管只是个农妇，但无论在乡间、在县城还是在省城，她从不压抑自己。兵来将挡，水来土掩；有话就说，有气就顺；吵得赢就吵，打不赢就跑，能屈能伸的她，一辈子活得敞敞亮亮。

不过，搬来南昌前，对她是否适应省城生活，你依然还是有担忧的。一个目不识丁的老人，不会讲普通话的同时，审美空白，心思马虎，脾气倔强，处世生猛，除却善良、能干及累积出来的一些经验，她似乎再没有什么能拿得出手的好牌。当然，你一直把这些担忧深藏在了心底，当你的爱人调不过来，你必须给她足够的勇气和信心，毕竟，南昌的家，只你跟两个年幼的孩子是撑不住的，会倾斜的，她来了，一座屋子的四梁八柱才齐整，屋子齐整才能换一家人四平八稳的生活。

调省城，机遇宝贵，错过不会再有；去省城，孩子们能有一个更高起点，家庭可谋更好未来……关于这些，年过六旬的她，心里跟面明镜似的。所以，无须你做更多思想工作，她自己早就在大张旗鼓做着准备了。

她并没有舍不得你的公公。她向你调侃过自己的命运，说生来命苦，家道凋零的娘家什么都没有，却又能硬生生塞个地主成分给她；她对你的公公一无所知，只听介绍人说他是贫农兼带还有过继给烈士作义子的一份光荣，便像捡了个大便宜似的迅速嫁了；嫁过去才发现，这个家里里外外大体是她一个人操劳着。

于她，放不下的，只有土地。这个地道的农民，一辈子对土地充满执念，在她心里，费心养大的孩子，翅膀硬了就会飞；飞得近，还能拱拱羽毛，远了，边都挨不着；不会离开她的永远是土地，种水稻、种烟叶、莳树苗，再苦再累，只要手脚还能动，付出就有回报，土地是从不欺她的。在她心里，勤力稼穑的快乐远大过于含饴弄孙的甜蜜。

二

奥特曼刚出生那会，你还在县城上班，她没办法，放下锄头，离了乡。

县城的家，只有阳台，没有土地，她过得很不自在，才周二、周三哩，就开始收拾自己与奥特曼的行李。周五下午一到，一分钟不耽搁，逃也似的奔回老家，回乡后的她，仿佛是那入了水的鱼，一路敞着嗓门和乡人打招呼。她将你的奥特曼往孩子堆里一放，戴张斗笠，扛把锄头，拎袋化肥，背个药桶，利利索索，就去地里忙活。

她不止一次向你提及门卫老戴，总羡慕并嫉妒老戴夫妇能在宿舍院子里开荒，侍弄偌大一块菜地。她越来越无精打采，越来越失魂落魄，常常无端就骂起自己来，说自己百无一用，过得是"坐吃等死"的生活。她口吐怨言，说老戴夫妇做人不凭良心，领着宿舍门卫的薪水，却一天到晚在自家菜园子里头绣花种草。土地是农民的根基，农民是扎根泥土的植物，你深深理解她，觉得站在阳台上发散怨气的她，既合理又悲壮。

"妈，你看看，能不能在附近也找块空地？"你的话让她眉开眼笑。很快，她就在你宿舍前后，整理出了三处大小菜园，还和老戴夫妇成了要好的朋友。园子里的菜，除却日常餐桌所需，她还用做人情，再往后，居然扎成捆或论斤而卖了。她日渐饱满，连浮荡在空气里的笑声都水汽充盈。

你清楚记得，搬离县城时，她将三处园子托付给老戴夫妇，有一双憋了几十年的红眼圈，泄下了全部的闸。

对于南昌，以及南昌背后意味着的庞大未知，她其实有紧张，会不安。你观察到她特意去县里的大超市买了身好衣裳、一双真皮皮鞋，并特意去装修豪华的某理发店花高价钱剪了发。出发那天，是盛夏，车里开足了冷气，约200公里行程，她一个劲冒汗，一口水不喝却叫停了两次服务区说是要上厕所；下车，她抬眼望了一下三十几层高的楼盘，没有站稳，慌里慌张，踩脏了你家彪姑娘的白球鞋，抓疼了你家奥特曼的小手腕。当你放弃远处公立幼儿园而选择离家最近、不用坐公交就能到的私立幼儿园时，她明显长舒了一口气。

你交代初来乍到的她，要端庄持重，要文明舒缓，同时，更要谨慎克制，心怀警惕。起初，她一丝不苟地配合执行着，不敢有丝毫偏差、丝毫孟浪。当然，这样做，她并非为了自己，骨子里，她其实是天不怕地不怕的，用她自己的话来说，做人，一不偷，二不抢，三有坏心思，四能自食其力，走遍天下都不怕。她不过是想为你及孩子们攒个口碑、挣点面子。直到某个周末，带奥特曼在小区玩耍的她，目睹了一对老夫妻的争吵。起因据说是丈夫怀疑妻子拿了他放在厅柜上的38元钱，而妻子说没拿。他们互不信任，相互数落，以"38元钱"为原点，发散到日常相处的方方面面，继而上升到性格缺陷、人格缺损、品格缺失……越吵越激动的两个老人，突然就拉扯着"拜天"。所谓"拜天"，是民间较为粗暴的一种诅咒发誓仪式。他们双手举过头顶，轮流向老天爷发着"若我拿的钱，天打雷劈""若我冤枉了她，出门就让车撞死"的毒誓。

"嗒"，门锁一开，她撇开奥特曼，率先冲了进来。左脚踩右脚，浅口皮鞋的右只"噗"一声脱向地板，有零星几粒泥丸滚落下来；左脚悬空，用力甩几秒，浅口皮鞋的左只沿一根粗暴弧线，"啪"一下，差点砸在奥特曼的鼻梁上。"奶——奶——"奥特曼嚎叫。"吵——死——"她丝毫不理会抗议，越过客厅，径直来到你的小书房。"呀肋（哎呀嘞），大城市的人怎么这样哩？不过38元钱。想想，还比不得我们乡下银（人）"，她像发现新大陆般，用极高的音量向你夸张评论所见，"之前坐电梯，碰过几次，穿得齐齐整整，对人冷冷清清。我怕自己土气，怕自己没文化，从来都不敢跟他们讲话。谁知道他们竟是咯样（这样）！跌股（丢脸）。跌股（丢脸）"。说这些话的时候，她的腰板挺得直直的，眉眼写满不屑。你断定，那一刻，一颗城里人不如乡下人的种子，已然在她心里生根发芽。

不再怯场的她，勇敢伸出天性中外向、生猛的触角，在方圆十里之内，用自己半生不熟的乡音普通话，辅以夸张又精准的肢体语言，热情又质朴地试探着这个城市的反应。仿佛谍战片里最有能耐的间谍。

### 三

"啊嚏！"你打了很响一个喷嚏，你摸索遥控器将房间的温度调高两度，并拍了拍奥特曼有些被惊动的睡姿。

夜，是那样无聊。无聊的你，在黑夜里睁大眼睛，推测喷嚏的成因。嗯，百分之八十是出了门的她在嘟囔你。因为，喜欢痛快的她最受不得别人的波澜不惊。哎，不对，与其说她是在嘟囔你，不如说是她对看不见光阴的愤愤不平。她一定很难理解，光阴里究竟藏着个什么厉害玩意，能让她待见的大儿媳妇——你，从一只跟她性格雷同的爆辣子变成一杯了无争斗生趣的温开水。

据你老公说，她是从你们定亲那天起喜欢上你的。那天，两家亲戚聚完餐，正三五一群，手拉着手，站在马路边上，轮流发表着假装熟络的临别宣言。两辆三轮摩的，心急火燎地挤过来揽生意，发生了剐蹭。剐蹭就剐蹭呗，干吗将口舌引发的拳脚之争祸及无辜人群？二十出头的你，没记着自己是准新娘子、得矜持，眉毛一挺，大衣一扔，第一个冲上去理论，唇枪舌剑间似乎还一掌推远了某个失控的拳头。她当时就乐了，跟你老公说，咯女俚（这女孩），找得好。急性子，敢担事，有恨心。

嘿，老人，眼真毒。秉性耿直的你，确实有一说一、爱憎分明。对是非曲直，你最推崇孔子的"以德报德，以直报怨"。天地悠悠、古往今来，对待"怨"的方式，你以为再没有比老夫子"怎么舒服怎么来"的方式更为率真的了；你最无法忘却的银幕形象，是电影《九品芝麻官》里的包龙星，你总说是那些场妙趣横生的经典骂仗让他的可爱举世无双。天知道，你有多渴望自己能做个快意恩仇的女侠士，或者干脆就是个睚眦必报的小妇人。

彼时，因为有些文字功底和表达能力，你被举荐从学校借调进了机关。某天，经过体育场，你目睹了某领导怪异的运动姿势和围观下属们荒谬的吹捧言语后，实在没能忍住，放声大笑起来。天性所至的大笑，让你一笑成名，你因此有了一个名号：没吃过油盐的二愣子。慢慢，"没吃过油盐"背后的凶险，一波接一波地，显露出来。

举荐你去机关的教育局长，曾告诉你"借"是"老虎借猪头，有借没还"，是"一年半载，无大错就会调"；而你所经历的"借"却是前不着村、后不着店，一借五六年。五年多来，人人似乎都管得着你，但人人你又是指望不到的；五年多来，你事事要做且必须得好，偏偏到了每次年终测评，都有人特意知会你不用参评，仿佛你只是一个努力的影子而已……在漫无尽头的"借"里，你挣扎又无助，能干又自卑，你变得谨小慎微，变得顺从沉默，变得压抑怯懦，你锐气尽失，棱角尽平，你始终都在担心，不知道你命运的哪个环节会在什么时候因为你的"率真、莽撞"而卡壳。你恐惧卡壳，就像恐惧缚在身上的无形绳索。

正式调入的那天，不会喝酒的你，主动把自己灌醉。醉里不知身是客，满船清梦压星河。醒来，你对着窗外的蓝天白云狠狠发誓，这辈子，打死也不再"借"了。然而，命运它就是个可爱又可气的老顽童。你想打死不"借"，他偏要让"借"成为你不服输的命数。边借边考，边考边借，几乎贯穿你所经历过的全部职业生涯。

你一步一个脚印，在职场里艰难跋涉，苦苦突破。而突破点大多集中指向你所喜欢的写作。走走在《想往火里跳》中写过，作家不是一种静止的状态，出过多少书，有过怎样的名声，都没法帮助一个写作者固定在作家的位置上，一直待在那里。这句话说到你心坎里去了。是的，你必须不断地写写写。只有写，才能证明你的才华还在。只有才华依旧，你的未来才有坚不可摧的基础。披荆斩棘的疼痛里，充满了动荡的荒寒与无边的孤寂。别人追剧你在看书，别人锻炼你在构思，别人游玩你在码字。睡不着、掉头发、嗜甜，胸部因焦虑而板结硬块，脸色蜡黄到油腻……一篇完成，不过是西西弗斯的石头滚落山底的短暂踏实。很快，你又将开始新一轮推着石头上山并做好被石头一遍又一遍砸坏自己的准备。你越来越害怕失败，越来越害怕江郎才尽，你常常担心会不会有一天，自己所有咬牙坚持的一切都付与东流水。

更使你难过的是，生而为人的许多时候，树欲静而风不止。总会有一些人，扯着"木秀于林，风必吹之"的人性大旗，在点滴可能的机会里，打压你。

你深刻理解人性的两面，就像悲悯这些年在梦中不断与人吵架的自己。


四

譬如，刚刚，在你的婆婆发动声响之前，你又一次在梦里与人酣畅地吵着架。

梦里，你是复仇者联盟，你两手叉腰，双目圆睁；嗓门高昂，言辞犀利；不顾情面，气壮山河，很快就将那个在现实中欺负你的坏人衣冠里的各种"小"榨了出来。你两眼放光地看着那匹马从起伏的胸膛跑出，飞过老屋屋顶，在南山岭呼啸驰骋。

梦是一面照妖镜，你每在凌晨两三点醒来一次，它就出卖你一次。你下意识地抹了一把脸，无汗。接着，又将双臂轻轻抬起，无伤。你趿着拖鞋，去餐厅喝了一大杯水。

此时此刻，世界上，究竟有多少人因为惦记生计而醒？又有多少人正做着一场接一场对抗现实的梦？你突然很想，好好地抽根烟。虽然你从未抽过，但这丝毫不妨碍你对一根香烟近乎病态的渴望。想抽烟这件事，跟梦里与人吵架，给你的感觉是一样的。事实上，自"借"开始后的二十余年里，你几乎从不与人吵架。吵架，需要天赋，而你嗓门细、泪点低，底气荡然无存。

嘴角扬起一阵苦笑。隐匿的角落里，脆弱无所遁形。这真使人沮丧。奥特曼一个转身，搂住你的脖子，你看着他平展甜蜜的嘴角，嘴角竟又很快上扬。你突然无比羡慕起凌晨三四点欢天喜地去卖菜的你的婆婆来。不是贩卖的卖，是自给自足、自种自卖的卖。

在你家小区东边，隔条马路，有一块拍卖已久却未开发的商用土地，一直用高高的围墙圈着。你不曾留心，以为里面圈的只是荒地，谁知，竟是比南山岭还要大上几倍的菜园子。关于南山岭，你在《岁月里的空心菜》一文详细描述过：南山岭不是岭，它是我们村的一处大菜园子……它是你已故姑婆的精神疆域，是你最爱的故土家园。

她起先也压根不知道围墙之内藏着自己朝思暮想的菜

园，直到有天，东边住5栋高层的邻居邀请她去家里玩。一路参观到阳台，一探头，眼都直了。乖乖，一畦绿，一畦绿，绵绵延延，像波涛，似春雷，强烈冲击着她的心海，她忍不住惊叫起来。之后，失魂落魄的她，常去菜园附近转悠。她不停跟人套近乎，并顺着各种各样的梯子（菜地无门，在里头种菜的人家都自备了梯子）往围墙高处爬。骑上墙头，坐稳，一个反手，帮人拉扯梯子搁里头墙面，再顺着梯子下到菜地。踏上菜地的她再挪不动脚，她一边一个劲夸人种菜手艺好，一边主动帮人运水、除草、择菜，从不求回报。

精诚所至，金石为开；人终究还是讲感情的……坚持着这些朴素真理的她，一个月后，果然打动了某"地主"，让出三垄地给她种。她有种开心到要飞上天的感觉。她迅速吩咐你给在老家工作的爱人、小姑子、弟媳妇打电话，让他们帮着置办种菜所需的各种工具、种子，还有化肥。接到电话的你的爱人，跟她在微信视频里大吵了一架。

"寸土寸金的省城，你一老人家想学别人当地主，做梦吧！"

"别人让土地，我自食其力，不犯法！"

"再过几年，就七十了，享享清福，不好？"

"你外婆九十岁了，天天做，身体更好！"

"爬上爬下，磕着碰着怎么办？"

"生死有命，福贵在天。"

"大超市什么没得卖，要你种？"

"你不稀罕，我就拿去卖。"

"这个家要是沦落到需要你去赚钱，不完蛋了！"

"你是你咯，我是我咯，我上有娘亲要孝敬、下有子孙要看顾。"

......

你盯着据理力争的她看了许久，鼓起掌来。你很快挑边站，成了她最可靠的同盟。然而，你万万也没想到，取得完胜的她会率先将"攻城拔寨"的霍霍刀枪指向家中那方小阳台——你最为中意的小阳台。

时常，你会很矛盾地喜欢那些看上去很矛盾的词，比如：玲珑与笨拙，沧浪与清流，江山与草堂，风致与粗糙。选房子时，你特别渴望能遇见那样一幢恰如其分的房子能将这些意境风韵融在一起，就像这些年你和她很融洽地相处在同一屋檐下一样。

你揣着为数不多的银子，去选楼盘，选来选去，总觉得差了那么一环。直到某天，你站上这方小阳台：繁花低处开，绿树江边合，滔滔赣江的水汽越过天桥扑面而来；抬眼望，蔚蓝天空辽远得近乎失真，仿佛梦想在星辰大海里翻涌；低眉处，是喧闹而有序的十字路口，红灯停，绿灯行，警示之间，芸芸众生悲欣交集地赶着路，恍兮惚兮，似有菩萨藏匿于透明的落地玻璃中……你内心缺失的那环，瞬间被严丝合缝地扣上。假如大厅不做任何隔断，假如地板一铺到底，假如打通搁置空调外机的过道堆放杂碎，假如用落地白纱配小阳台的落地玻璃，再摆上若干盆生机盎然的绿意盆栽……你以最快的速度买下并在假如的推进里装修好这幢房子。

看看她的强势改造吧——将两帧飘逸的落地白纱"呼啦"两响，靠边收紧，并各打一个大结高挽起来；用许多五颜六色、奇形怪状的包裹将小阳台填满；把那些株绿意盆栽一盆接一盆地从小阳台挪去大阳台，再从大阳台挪到屋子外，最终沦为野花野草的养料。


五

一个夕阳很美的黄昏，万物由远及近，披上一层薄过一层的柔媚金纱。在这层金纱的映衬抑或是修正下，一切色彩喧嚣，被彻底过滤。

穿着红花短袖上衣、橙青条纹长裤的她，以及摊在她两黑乎乎大脚丫子间的新旧不一、颜色各异的硬币、纸币，以及收着她蓝色拖鞋、包裹、纸箱、酒缸的小阳台，凑在一起，不再显得难看，反而生发出一种奇异的温厚来。

"不数了，不数了，总共不过几十块，数得作死。"她见你回来，胡乱将地板上的元角分用脚一拢，扯过旁边箱子里藏着的一只塑料袋将钱一卷，扭个结，丢在了一边。

她很想克制，但却实在没能管好自己的表情。瞧瞧，越咧越大的嘴早早让脸上的喜悦开出两朵大花来。你用脚趾头都能猜到，她的南昌卖菜生涯正式开始了。

"呀肋，读过书的人就是聪明。"她在讨好你。

"说吧，需要我做什么？"你看着她。

"呀肋，呛弄（怎么）咯么（这么）直接哩。"她似乎觉得刚才的讨好有点用力过猛，"城里人真懒，出门钱都不带，买什么都用手机。我今天头回跟着别人去菜市场卖菜，买几根葱问我要码，买半斤椒问我要码，买把白菜也问我要码，我不懂得，他们放下菜就走了，搞得所有菜都没卖圆（完），只好全散给别人吃了。你可不可以帮我作一个码，那种一扫就能收钱的码？只要成本不超过五百元，费用我出。"

你从小包里掏出收款码给她。串着红脖带卡套里的收款码，仿佛一张极具象征意义的代表证。她一把接住，孩子气地很快将它挂在了脖子上。戴上收款码的她，眼里都是星星。一闪一闪的小星星，将她的脸照耀得闪闪发光，那些黑乎乎的老年斑、干巴巴的难看褶皱似乎瞬间神采飞扬起来。你跟她说，很像代表哇，一辈子没当过代表的她，只冲你傻乐。乐到中途，突然转场，说你形容得不好，它不像代表证，更像和氏璧。你忽然觉得没文化的婆婆很多时候其实比你活得高级。

麻雀虽小、五脏俱全的菜市场坐落在十里江山小区里。不远，就在你小区斜对面，过两个红绿灯。有了收款码的她，地越占越多，卖菜都快卖疯了。她觉得这个挂在脖子上的码像个宝贝，当有别的卖菜老人要借扫一下时，她总觉得自己送给别人天大的人情。她不会使用智能机，收款码是你的，你是她的账户先生，一到家，就迫不及待让你查验收成，她尤其关心别人借扫的那些笔，那可是她预先就垫付出去的。你告诉她有，她就显摆自己是个人物；倘若说没，她会惆怅得连做饭的心思都没有。

她谁都不怵。先是吐槽城里老人没啥可横，抖来抖去不过抖子女的威风；再是鄙夷城里女人精作（精明），买把豆角都要掐头去尾，她气不过，会一把将菜从人手里夺下，说是看着心里不痛快干脆不卖；最后，竟跟你叨叨起菜市场税务管理员的不是来，说每天早上 8 点开始上班的税务，总要收她 5 元钱摊位费，简直就是穷银（人）头上搁把勺——天上落点露都要劫走的坏人。

301

不知是哪个缺心眼的跟她支招，让她凌晨三四点赶到菜市场，尽量将菜卖给菜贩子，菜贩子实在不收，天亮后还有早起买菜的人，好歹赶在8点之前卖完走人，就不用交摊位费了。可怜她竟一拍大腿，如梦初醒般地大喊："真价（绝）！"又好气又好笑的你，担心她黑灯瞎火出意外，自毁同盟，转个身站在对面，强行制止她再去卖菜。

不能再去卖菜的她，在家气鼓鼓磨了两天，莫名其妙，就生起病来。那种病来如山倒的架势，把你吓坏了，架着她跑医院打了好几天点滴。本来越活越生气的她，仿佛一夜之间苍老了十岁，背又弓得像一只老虾了。

大眼瞪小眼、相看两无言式的对擂，你的婆婆明显干不过你。干不过你的她有天就跟你说起她做的梦来。你大吃一惊，因为她曾说过，她从小到大都不会做梦，也不喜欢做梦。她还说，做梦是自欺欺人，是一个人阳火不盛的表现。阳火不盛是几个意思呢？大概就是指一个人因能力不足、心气不够、欲望大多而导致的畏畏缩缩的怂样吧。

她竟然开始做梦了，而且还是一个与你大吵一架的梦。

## 六

在她委屈巴巴的讲述里，园子里的那些菜，每一株苗、每一片叶子在每一个凌晨三点都会散发微弱光芒。那些微弱的光芒，一束一束，持续汇聚，成了照亮夜晚的明灯，能点亮她人生的所有希望。

喜欢坐在时间溪水里垂钓天上星辰的人，不可以劝勤劳的人节制勤劳。好比，无数个夜深人静的暗黑时刻，从电脑屏幕上反射出来的束束蓝光，不也照亮了你码的字，燃烧了你对文学的赤子衷肠吗？假如有一天，有人不让你写，又或者你再也写不出来，会不会你也生出一场大病，活成生无可恋的模样？你心有戚戚。你想起泰戈尔说过的一句话："鸟以为把鱼举在空中是一种善行。"你突然觉得，自己是一只把鱼举在空中的鸟。你突然有些羞愧，你懂的只是人生哲学，她懂的却是人生。

你向她表达歉疚，重新支持她开始卖菜生涯。

窗外，虫鸣在夜海里掀起微澜，你头枕微澜，回味并琢磨着你们的梦。

人生如海，海海无边。生、老、病、死、爱别离、怨长久、求不得、放不下，貌似正常的日子之下，每个人内心深处，都会涌动一些无法宣泄的风暴。在你的理解里，一方面，梦是压抑的天性，是现实中各种不如意的累积。另一方面，梦又是风暴之下，既可围困又能解救每个人的潮水。做梦，就是一场场撑船渡海的自我救赎。而梦境所系之地，应该指向你人生底气最足处。

你每次梦里与人吵架，地点从来不是成年后的生活圈、工作圈，而是固定在儿时老屋、南山岭，这使你很有些难过。因为，从某种意义而言，这意味着成年之后的你，始终没有获得过真正的安全感。离角色最近、离自己最远的中年的你啊，伴随推土机的轰鸣声，南山岭早已变形为并排而行的水泥公路，而老屋也随姑婆的离世破败不堪。斑驳的墙面，就像斑驳的岁月一样，再也回不去了，属于你的十里江山，究竟该指向何方？

而你的婆婆，一个大字不识的、年近七旬的、进城不久的农妇，头回梦里与你吵架，居然直接就将场子摆在了十里江山的大门口。是的。不是她出生的野背村，不是她住了几十年的阆田村，不是她儿子工作的县城，不是你们现在一起住的小区，而是她常去卖菜的菜市场所在的十里江山，这是否说明，只要她能在那里卖一天，她就能持续拥有江山永固的信念？

理直而气不壮，理不直而气壮。这里头都是命运。你记不清是哪个作家写过的这句话了，你只在这一刻无端感慨起来。中年的你，真该好好向你的婆婆学。学她活得简单，有想法就争取，有委屈就表达。从来，简单就通达，通达就快乐；学她对土地的热爱，始终如一，不像你，对于写作，常常心生怀疑；最紧要，是学她当一天地主卖一天菜，永远快乐地活在当下，过往的辛酸，该死的未来，不过只是你来我往、穿堂而过的一阵风。只要你心不动，定力常在，这穿堂之风又能耐你何？

就这样想着，天竟然就亮了。你随手拿起一本书，慢慢看，感觉像是打开了一个全新的世界。

# 后记

整理这部书稿时，一个词语总在我脑海里盘桓，经久不散，后来它成了书名，南来北往。

世上词语千千万，它能如此顽强地跳将出来，是有缘由的。

首先，书中文章都是我南来北往、不断行走时写下的。某种意义上，可以说是我在人生不断发生位移状态下，对时代风云、自然风物、俗世烟火、个体命运的凝视与揭示。

是的，是"凝视"，而并非只是"看见"。于一个写作者而言，"看见"属于初级阶段，意味着旁观和抽离，是客观呈现，它太冷静了，鲜有切肤之痛。而"凝视"，是融入，是承受，是透过现象看本质，是灵魂相嵌的感同身受，于是，"受困"时，我们一起突围，"受难"时，我们彼此救赎。

比如我在写《绿袖子》时，似乎就与文中写到的小哑巴、美容院老板娘、哑巴小娘等人一起，置身在电影《西西里的美丽传说》的"包围圈"里。我们一起"凝视"着影片的女主角玛莲娜，她不止一次穿过同一道窄门，路看上去越走越宽，但似乎永远宽不过拥挤到她身边的滚滚人流。我们发现人群正在合力把她逼成一种符号，一种被男性在公开场合凝视、在秘密场合窥视的去女性主体意识的审视符号。生活平静时，人群会保持一团和气；一旦动荡来临，失去男权社会意义上的所谓庇护，其他人会齐心协力通过摧毁符号来安放由诸如战争、疾病、嫉妒等带来的恐惧以及愤愤不平。

与此同时，玛莲娜也在"凝视"着我们，她用深邃克制的眼神告诉我们，生活虽然日新月异，但女性在男权社会话语权下被审视的命运依然没有发生根本转变。小哑巴在体育场被羞辱、被围观时，只能用手徒劳无功地重复着扣自己胸扣的动作，与双手捂胸逃离的玛莲娜无异；小雪时节炸响的冬雷，则像极了影片结尾处那一声声恍若隔世的"早上好"。

其次，"南来北往"很好体现了时代发展条件下命运流动不息的本质。信息时代，地球是一个村，没有人是一座孤岛，我们每时每刻都在与身边事物发生各种关联，作为一个来自水利系统的写作者，我一直更愿意将人比拟为水，将这种环绕不息的命运关联比拟作海。

于水而言，最自由的领地是海。水是原生状态，化身为雨，才能真正领略什么是海。在云端时，雨看海万顷如碧，蕴藏无数的生机；在浪尖时，雨看海深不可测，充满死亡的危险；只有落下去，与海融为一体，雨才能真正拥有那一片动人心魄的斑斓。而从水到雨，要经历一个变化过程，当中会有蒸发的恐惧、凝结的艰辛、分离的撕扯等痛苦存在，将这些痛感放置在"南来北往"这样一种状态中来书写、反思和追问，会更接地气，更具人味，更见力量。

最后，每个人都能在"南来北往"中获得成长，包括我。流动的命运中，没有什么是永恒不变的，所有我们经历的美好的、不美好的过往，都只不过是命运之手企图借用外力对我们进行涂改、重塑的企图，该如何保持定力、做自己最好的主人？《蓝边碗》《风栗子》《体育场》……那些被我书写的人生际遇、精神危机、生存困境以及突围路径等，不断丰富着我的生命经验，不断校正着我的哲学思辨，让我获得了更多成长力量，也希望未来能对喜欢它的读者有所借鉴和启发。

南来北往，也是人生的常态，更是时代发展的必然。未来，无论坦途还是窘路，我希望自己不再怨天尤人，不再咄咄逼人，不再左右摇摆，永远葆有纯真、深邃和尊严，不断塑造自我，走向真正的开阔。

2023 年 11 月 18 日